HANS FRIEDER HUBER - BRANDGERUCH

© Hans Frieder Huber 2017
Verlag: tredition GmbH, Hamburg
Werke - Buch II

ISBN 978-3-7439-1667-8
Entwurf und Gestaltung der Umschlagseiten Hans Frieder Huber
Privatfotos

# BRANDGERUCH

## DOKUMENTARISCHER ROMAN

Hans Frieder Huber

SUU

## WIDMUNG

Gewidmet meiner geliebten Frau Bärbel, dem besten Reisekamerad
den man sich wünschen kann - auf allen Lebenswegen über Berg
und Tal, Wiesen und Felder, Prärien, schroffe Gipfel, in fremde Welten, zu Fuß, auf Skiern, dem Fahrrad oder auf dem Rücken der
Pferde im kargen Norden Afrikas, in den Weiten Wyomings, hinauf
in die hohen Bergen Montanas, vom äußersten Norden des amerikanischen Kontinents jenseits des Polarkreises, bis in die südlichsten
Gefilde unserer Erde in den trophischen Dschungel Borneos.

## ANMERKUNG

Der Autor hat selbst den äußersten Norden das amerikanischen
Kontinents - Alaska, das Yukon- und Northwest Territorium, von
der Beringstrasse bis zur Beaufort Sea, zusammen mit seiner Frau
erkundet und dieses Erleben in den Roman einfließen lassen.

# INHALTSVERZEICHNIS

# I
# EIS

Die Kälte kriecht mit frostigen Krallen seinen Körper hinauf, unaufhaltsam von den Beinen über die Hüften zur Brust, in die Arme und nimmt seinen Händen das Gefühl.

Bertold van Boese liegt schwer atmend auf dem Rücken und seine durchnäßte Outdoor-Hose beginnt in der eisigen Kälte zu erstarren. Auch seine Füße in den kanadischen Schnürstiefel, die er, ebenso wie all die anderen ungewohnten Kleidungsstücke, eigens für die in der Natur Alaskas geplante Auszeit in Anchorage gekauft hatte, sind jetzt fast gefühllos. Das Wasser des Sees aus dem er sich, nach dem hilflos abgebrochenen Versuch, Bill den Piloten der Cessna, in der er eben selbst noch saß, ans sichere Ufer zu retten, gefriert an seiner durchnäßten Kleidung mit beängstigender Geschwindigkeit.

Die trocken gebliebene Bekleidung oberhalb des Gürtel halbiert für wenige Minuten die Temperatur seines Körper, bevor sie sich mit der aufsteigenden Kälte vermischt und ihm die tödliche Gefahr des Erfrierens bewußt wird. Ohne sofortige Gegenmaßnahmen würde er in kürzester Zeit dem Schicksal des Piloten auf andere Weise folgen. Im Moment dieses Erkennens löst sich der Schock des grausamen Erlebens der letzten Minuten und der Lebenserhaltungtrieb bestimmt von Sekunde an sein Handeln.

Er richtet sich auf, zieht mit vor Kälte starren Fingern die Stiefel und die halbgefrorenen Kleidungsstücke, die an seinem Körper kleben, aus und wirft sie über die blattlosen Äste der Büsche, die zwischen den schlanken, weißen Stämmen hoch aufragenden Birken das Ufer säumen. Dann reißt er den Schlafsack aus dem Securitybag, steigt aufrecht stehend hinein, zieht den Reisverschluß bis zur Brust und läßt sich zu Boden fallen, denn jede weitere Bewegung erschöpft ihn. Ohne Zeitgefühl liegt er wie betäubt auf der Seite, die Beine embryonal an den Körper gezogen.

Wie lange er so lag weiß er nicht mehr, als ein zaghaft aufkommendes Wärmeempfinden in den Beinen ihn in die Realität zurückbringt.

Er weiß, daß er jetzt handeln muß. Als Erstes versucht er im Schlafsack liegend mit den Papiertaschentücher, die sich stets vielzählig in
seinen oberen Jackentaschen befinden, die triefende Nässe des In-
nenfells der hochschäftigen Schnürstiefel aufzusaugen, um sie
schnellstmöglich wieder nutzbar zu machen. Auch diese einfache
Handlung, die er im Liegen ausführt, ermüdet ihn sofort und er muß
sich immer wieder auf den Rücken legen um auszuruhen.
„Was ist mit mir los? Wo ist meine Kraft geblieben? Die kann doch
nicht durch die, wenn auch äußerst dramatischen Geschehnisse,
plötzlich verschwunden sein?
Zeit vergeht.
In der Stille hört er das Knarren der Eisdecke auf dem See, das
manchmal von einem hellen knallenden Laut übertönt wird, so als
würde Glas zerspringen. Am Ufer plätschert unter dem dünnen, in
unendlichen vielen Zacken auf die flachgeschliffenen Steine auslaufenden Eis, Wasser hervor, das der Frost, wegen der ständigen kleinen Wellenbewegungen unter der starren weißen Decke, nicht
festfrieren läßt. Plötzlich zuckt, wie ein Funke aus dem All, ein Er-
innerungsblitz durch seinen Kopf, nämlich die Empfehlung Chilailis,
der hübschen, ein wenig rätselhaften indianischen Verkäuferin im
Sport-Center von Anchorage, für seine Tour in den Norden unbedingt Fleece-Unterwäsche mitzunehmen. Sie meinte, und ihr wis-
sendes Lächeln machte ihn fast verlegen, was er vor sich selbst
überhaupt nicht erklären konnte, es könne da oben in dieser Jahreszeit schon sehr kalt sein. Er war dieser Empfehlung wiederstrebend
gefolgt, mit der Bemerkung, er wolle ja nicht zum Nordpol wandern
– stopfte dann jedoch lustlos den schwarzen Knäuel in seinen Rucksack, der dadurch eine zusätzliche Ausbeulung erhielt. Jetzt ist er
mehr als dankbar für diesen, in seiner jetzigen Situation so unglaublich weitsichtigen Rat und beginnt die einzelnen Teile innerhalb des
Schlafsacks anzuziehen. Die Beinkleider sind für seine Größe viel
zu lang, aber unter den gegebene Umständen ideal, da er so auch
seine Füße damit bedecken kann.
Nach wenigen Minuten hätte er über das schnelle Erwärmen seiner
unterkühlten Gliedmaßen fast einen kleinen Freudenschrei ausge-

stoßen und nachdem er den Reisverschluß der langärmligen Jacke bis zum Kinn hochgezogen hat, entwickelt sich in ihm sogar ein minimales, Gefühl von Geborgenheit. Den jetzt ein wenig dünner gewordene Rucksack, welcher bis zur Erinnerung an das Fleece irgendwo zwischen den hastig hingeworfenen Teilen aus dem Flugzeug lag, plaziert er unter seinem Kopf und für eine begrenzte Zeit überkommt ihn, trotz der unbewältigten Widrigkeiten, eine kaum erklärbare Ruhe.

Ein Luftzug der über das Eis zum Ufer weht läßt die letzten gelbrot gefärbten, trockenen Blätter, die schon mit einem zarten Frostschleier überzogen sind und doch noch an den feingliedrigen Ästen der gelichteten Birkenkronen festhalten, leise klirren. Weit entfernt jedweder gewohnter Normalität ist es dem in der wilden Natur Alaskas gestrandeten Menschen nur begrenzt möglich die naturgegebene Schönheit dieses Momentes zu empfinden und doch dringt bei dieser Wahrnehmung ein unerwartet versöhnliches Gefühl in sein Bewußtsein.

Berthold van Boese, ein Nachkomme der Mannheimer Familienlinie, den seine Freunde, aber auch jene die es nur glauben zu sein – Bert - nennen, liegt auf dem Rücken und blickt hinauf in die fast kahlen Baumkronen, deren letzte Blätter sich, ihrem Schicksal trotzend, vergeblich an den Ästen festklammern, wo sie vor vielen Monaten geboren wurden, denn der eisige Wind des nahen Winters wird sie in den nächsten Tagen ohne Erbarmen zu Boden reißen.

Er ist jetzt müde, will nichts mehr denken, nichts mehr tun, doch sein Unterbewußtsein meldet sich erneut vehement mit dem naturgegebenen Willen zu leben, zurück zu kommen in jene Zivilisation, der er gerade, wenn auch nur für eine begrenzte Zeit, entfliehen wollte. Dabei überfällt ihn ein irrwitzig erscheinender Gedanke der ihm sagt, daß es vielleicht so, wie es jetzt geschah, hatte kommen müssen, um ihm zu helfen einen besseren Lebensweg zu finden, den er irgendwann im Dickicht der Zwänge seines Berufes, seiner privaten Verwirrungen, verdrängter, unbewältigter schmerzlicher Selbstzweifel, in der Hektik der Existenzzwänge im allgegenwärtigen Realen einer psychisch - physischer Überbeanspruchung, verloren hatte und ihm dabei ein Verändern zum Guten mehr und mehr unerreichbar schien. Fast unbemerkt hatte er zu resignieren begonnen, ohne, daß es sein Umfeld bemerkte und als ihm dieses innere Abrücken vom Leben in der gegebenen Gegenwart bewußt wurde, fühlte er sich bereits wie ein Ertrinkender den die Kräfte verlassen und der weiß, daß er untergehen wird.

Bei allen diesen auf sich gerichteten Zweifeln am Sinn seines Lebens, bleibt Bert um so mehr die schmerzende Frage, warum Bill Mahouny der Pilot, der sich im Frieden der Natur Alaskas eingebettet fühlende Vietnam-Kriegsveteran, sterben mußte, ohne mit dem verloren gegangenen Selbstwertgefühl seines dahergekommenen Flugpassagiers auch nur das Geringste zu tun zu haben.

Und doch, wer sollte Bert eine solche Frage beantworten? Mußte ein Mensch sterben damit ein anderer weiter, vielleicht besser als zuvor, leben kann, auf Kosten eines Anderen erkennen wohin es mit ihm gekommen war? Der jetzt sogar vielleicht die Chance erhält ein neues Leben zu beginnen, wenn auch nur für eine kurze Zeit der Besinnung, bis ihn die eisige Natur des Nordens, in die er so unvermittelt hineinkatapultiert wurde, tötet. Dann würde er dem vorausgegangenen Sterben folgen, mit Sicherheit beschwerlicher, wahrscheinlich langsamer, grausamer, hilfloser, vielleicht um dabei eine Schuld, welche auch immer seine Seele belastet, hier auf der Erde abzutragen.

„Absurd, so kann man das nicht sehen, darf ich es nicht sehen. Immerhin ist Bill aus Gründen die ich nicht zu vertreten habe, ertrunken und dies paßt keineswegs in dieses Bild des eigenen vorbestimmten Weges, vielleicht jedoch in den von Bill?"

Doch diese Schicksal bestimmenden Gedanken bleiben in Bert wie ein schuldhafter Funke haften, flüchtig und doch heftig, nicht verdrängbar irgendwo in der Unendlichkeit seines Gehirns eingebrannt.

Der See ist groß. Die äußersten Ufer verschwinden hinter grauen Dunstschleiern. Drüben steht, wie im Schattenriß, eine dichte Mauer hoher Sitka-Fichten aus der an vielen Stellen Bäume ihren

Halt am Boden verloren, in unterschiedlichen Neigungswinkeln in den See sinken, dessen Oberfläche jetzt im Grau-Weiß erstarrt ist. Hinter Bert, auf dieser Uferseite, zieht sich über buschigem Unterholz ein lichter Birkenwald tief ins Land.

„Ich muß Feuer machen bevor die Dunkelheit hereinbricht, oder wird es hier im Norden in dieser Jahreszeit gar nicht mehr Nacht, oder nicht mehr heller als es jetzt ist? Quatsch jetzt Ende September Anfang Oktober wird es logischerweise früher Nacht und sie dauert länger, na klar."

Bert weiß es nicht so genau, hat sich nie mit Nebensächlichkeiten beschäftigt die sich allzu abseits seines direkten Umfeldes ereigneten, wenn auch die Natur in Ihrer Vielfältigkeit für ihn oft eine Art Fluchtpunkt bildete, den er gelegentlich in unterschiedlichster Form wahrnahm. Manchmal saß er nur für einen Moment auf einer Parkbank mit geschlossenen Augen und hörte den Stimmen der Vögel, dem Plätschern eines nahen Brunnens zu, oder lag in einer Wiese auf dem Rücken, um das langsame Ziehen der sich ständig ändernden Wolkenbänke zu beobachten. Dann fühlte er sich für Sekunden, vielleicht auch für wenige Minuten frei, in einem Moment der ihm zwischen zwei Geschäftsbesprechungen oder in der kurz bemessenen Mittagszeit blieb. Dabei konnte sogar hin und wieder ein kleines Glücksgefühl durch ihn hindurch huschen, das er gerne festgehalten hätte, es ihm jedoch stets entglitt, davon flog, erschreckt vor seinem zu übereilten Versuch es festzuhalten.

Jetzt, hier in der stillen menschenleeren Einsamkeit vermittelt ihm die Natur jedoch ein gänzlich anderes Gefühl. Bert weiß, daß er in den nächsten Stunden mit Sicherheit keine Rettung erwarten kann, also in allem was nun kommt auf sich selbst angewiesen ist und dies auf unbestimmte kurze oder längere Zeit, also mußte er das Tageslicht nutzen seinem jetzigen Dasein eine angepaßte Ausrichtung zu geben.

Als erstes schneidet er seinen Wollschal mit dem großen Jagdmesser in zwei gleiche Teile und wickelt sie innerhalb des Schlafsacks um seine Füße, denn diese müssen in Kürze wohl oder übel wieder zurück in die noch immer feuchtkalten Stiefel.

Die lebenserhaltende Erwärmung die seine untere Körperhälfte im hochisolierten Schafsack, im Verbund mit der Fleece-Unterwäsche und der Fußwickelung allmählich wieder erreicht, gibt ihm Auftrieb und läßt ihn hoffen die für ihn so außergewöhnliche Situation, in bisher noch unbestimmter Weise, in den Griff zu bekommen. Man wird das vermißte Flugzeug suchen und ihn sicherlich finden, wenn Bill auch erklärterweise von der eigentlichen Rückflugroute abgewichen ist um einen privaten Auftrag zu erledigen.

Weiter im Westen müsse er an einer bestimmten Stelle den grauen Hartplastikbehälter, den er direkt hinter seinem Pilotensitz plaziert hatte, abwerfen. Der Inhalt bestünde aus Nachversorgungsgütern, Nahrung und Munition für einen alten indianischen Trapper, der von der Jagd, vielmehr vom jährlichen Verkauf seiner Felle lebe. Dieser sei einer der Letzten seiner Art mit staatlicher Jagdlizens und wohne in einem kleinen Blockhaus am Fuße der Endicott Mountains, nahe des oberen Wolverine-Creeks. Dies sei ein gutes Stück westlich der Rückflugroute, was aber nicht viel mehr als eine halbe Stunde Zeitverzögerung bedeute. Bert habe ja Zeit und in Fairbanks sicherlich keine Termine, meint Bill ein wenig ironisch.

Die Abwurfstelle läge in einer sehr einsamen Gegend zwischen den umgebenden hohen, eisbedeckten Bergen. In dieser Wildnis würde es nur ein dort geborener Athabaska Indianer aushalten - „das kannst du mir glauben"- bemerkt Bill noch ergänzend und genau da, irgendwo in dieser abgelegenen Gegend, befand sich Bert jetzt und der graue Behälter lag bei den ihn umgebenden Dingen, welche er und Bill aus dem Flugzeug retten konnten, bevor es im Eis einbrach und mit dem Piloten auf seinem letzten Transportweg vom Flugzeug zum Ufer versank.

Bert in der Fleece Hose und seinen selbstgefertigten Fußlappen schlüpft, nachdem er glaubt im unteren Bereich seines Körpers genügend Wärme aufgebaut zu haben, aus dem Schlafsack, zieht die noch naßkalten Boots an und bewegt darin ab sofort, während seinen nun folgenden Aktivitäten, die Zehen, um sie stets zu fühlen und durch die Bewegungen warm zu halten. Er weiß, daß er schnell handeln muß damit er vor der inzwischen hereinbrechenden Nacht, alles getan hat um nicht zu erfrieren. Mit der kurzstieligen Axt die sich im oberen Teil des aufgerissenen Securitybags befindet, schlägt er vier kleine Birken, die sich mühsam zwischen ihren großen Schwestern im Unterholz des Seeuferbereiches einen Platz zum Wachsen erobert hatten, um damit schnellstmöglich ein Feuer zu entfachen.

„Wie viele Minusgrade dürfte es haben?"

Minus zehn, zwanzig, fünfundzwanzig Grad Celsius? In Fairbanks hatte es noch wenige Plusgrade gehabt, aber hier im hohen Norden kam der Winter offensichtlich früher als erwartet und mit aller Härte.

Chilaili hatte ihn gewarnt.

Bill sagte noch direkt nach dem Start zum Rückflug in Anaktuvuk, dessen niedere Holzhäuser schon in frostigem Weiß erstarrt waren, kurz bevor das Desaster begann, die Inuits hätten ihm erklärt, die Temperaturen seien in den letzten Tagen, ungewöhnlich für diese Jahreszeit, ganz plötzlich rapide gesunken und dies wäre kein gutes Zeichen für sie und die Tiere. Die Karibus befänden sich noch auf der Wanderung und Bill deutete in diesem Moment nach unten wo gerade eine große Herde über die noch durchsichtige Schneedecke der Tundra, nach Süd-Westen zog, angeführt von einem stolzen Bullen mit einem, auch von weit oben erkennbarem, ausladenden vielendigen Geweih.

„Sie haben ihr Winterquartier noch nicht erreicht."

Mit trockenem kleinteiligen Astholz, das vom letzten Schneebruch zwischen den hochgewachsenen Birken zu Hauf den Waldboden bedeckt, bildet Bert die Basis des Feuers, legt drei Grillanzünderbriquetts, die er im ausgeschütteten Inhalt des Securitybag fand, unter die zerbrochenen Äste und zündet sie mit den beiliegenden Sturmstreichhölzer aus dem kleinen blechernen Schraubdeckelbehälter an.

„Mann, die Leute die den Rettungssack für den Notfall ins Flugzeug gepackt haben hatten tatsächlich an alles gedacht."

Vielleicht aber auch nicht, denn ob wirklich alles was man in einer solchen Situation benötigte tatsächlich vorhanden war, würde er erst im Falle des notwendigen Gebrauches feststellen können.

Die Schlagstümpfe der kleinen Bäume mit der weißen streifigen Rinde legt er fächerartig in die aufflackernden Flammen damit er, wenn sie denn hoffentlich, trotz lebender innerer Feuchtigkeit anbrennen würden, nachschieben kann.

Hastig legt er weiteres Reisig auf und die erste kleinen Flammenbündel, deren Wärme beim Schüren auf seine Hände trifft, vermittelt ihm ein kleines Wohlgefühl.

Wenige Zentimeter vom Schnittpunkt des brennenden Baumfächers entfernt, in dessen Zentrum die Flammen die ersten stärkeren Äste erfaßt haben, was hoffen läßt, daß auch das restliche junge Baumholz anbrennen wird, legt er die braune, sich beim Ausrollen selbstaufblasende sechzig Zentimeter breite und knapp zwei Meter lange Isoliermatte aus, die ebenfalls Bestandteil des Sicherheitsgepäcks war. Der gesamte restliche Inhalt liegt noch immer wahllos verstreut um ihn herum, nachdem er in der ersten Eile alles auf den Boden ausgeschüttet hatte, mit der Absicht die Einzelheiten später zu sichten. Zunächst befriedigt ihn jedoch, nachdem er die Windrichtung mit dem nassen Zeigefinger abgefühlt hatte, sein Feuer richtig angelegt zu haben, so daß der Rauch nicht auf ihn zuweht. Er hofft nahe dem wärmenden Feuer, im Schlaf der nächsten Stunden, ausreichend Kraft zu schöpfen den ihn erwartenden Anforderungen stand zu halten.

Nach Bill´s Erklärung, vor dem Abflug in Fairbanks würde der Schlafsack aus dem Securitybag bis zu minus Zwanzig Grad Celsius ausreichend warm halten und erläuterte weiter - alle Versorgungsflugzeuge für den hohen Norden zu den wenigen kleinen Ansiedlungen der Indianer und Inuits in der Brooksrange, zu denen keine Straßen führten, hätten für den Fall in der Wildnis notlanden zu müssen diesen wasserdichten Plastiksack an Bord. Er würde alles Notwendige für ein zeitbegrenztes Überleben in der harschen Natur des Nordens beinhalten. Dazu kam noch Bills zweiläufige Jagdflinte, die im Flugzeug in einer Klemmvorrichtung über der Seitentüre hing und die Bill als eines der erstes Gegenstände ans Ufer brachte. „Die Munition ist im Bag," sagte Bill zu Beginn des Fluges, nach seiner pflichtgemäßen Erläuterung dessen, was im Notfall in der

Wildnis zum überleben wichtig sei.

Erschöpft zieht Bert die Kapuze des Schlafsacks über den Kopf, der auf seinem eigenen kleinen Rucksack relativ komfortable liegt und versucht seinen Gedanken eine Richtung zu geben, die der so gänzlich fremden, ihm noch immer unwirklich erscheinenden Situation, in die er unvermittelt und völlig unvorbereitet geraten war, einigermaßen gerecht wird.

Das Feuer brennt jetzt gesichert. Der gelbgrüne Rauch des angebrannten jungen Holzes steigt zwischen den rostfarbene Blätter der Birken des hier im Norden längst vergangenen Indian Summers in den schwarzgrauen Himmel.

Stärkerer Wind kommt auf und die letzten kleinen, frostig, trockenen, nur noch lose haftenden Birkenblättchen fallen leise klirrend zu Boden, manche davon direkt ins Feuer und erzeugen Flammpünktchen, die wie verirrte Sternschnuppen für Sekundenbruchteile aufleuchten.

Bert weiß nichts über die Naturgesetze dieses so wilden, einsamen und doch so unfaßbar schönen Landes, das während des Fluges unter ihm vorbeiglitt im Wechsel unterschiedlichst geformter, scheinbar unendlicher Flächen von bizarren Flußläufen durchzogen, verstreut liegenden Seen, deren Wasser- oder im Norden bereits vereiste Oberflächen im Sonnenlicht glitzern. Sie hüpfen über schneebedeckte Berge, die Bill, offensichtlich bewußt nahe den meist zackigen Eiskuppen überfliegt, läßt danach die Maschine in ein schneebedecktes Bergtal fallen, um dann gleich wieder den nächsten Gipfel anzugehen, den er mit den Flugzeugrädern fast zu berühren scheint. Will er seinem Passagier imponieren oder hat er einfach Freude die Wendigkeit des Flugzeuges zu nutzen. Wer weiß? Endlich kommen für Bert, dem es bei den wechselnden Flughüpfern über die Eiszacken nicht sonderlich wohl ist, entspannende weite Tundren und sie gleiten wie ein Vogel vom sanften Wind ein wenig hin und her getrieben darüber hinweg.

Doch dann reißt ihn der Moment, als der einzige Motor des Flugzeuges anfängt unregelmäßig zu laufen und die Rotorblätter vor Berts Augen allmählich zum Stillstand kommen, aus allen Naturbetrachtungen und er fühlt ganz plötzlich und unmittelbar körperlich die atemberaubend schnell auf ihn zukommende Nähe des fremden unberührten Bodens, auf den sie, nach dem totalen Motorausfall jetzt im Gleitflug zurasen.

Bill schreit über den Bordfunk, so daß es in Berts Kopfhörern dröhnt: „Festhalten, wir müssen auf dem Eis des Sees dort drüben runter - hoffentlich trägt es uns?"

Während er dies in Überlautstärke in sein Headset-Mikrofon brüllt, funkt er seine Fly-Identifikation und den Notruf „Mayday, Mayday!" Dann gibt er seine Position an, wobei Bert das Wort Agio Lake herauszuhören glaubt, doch fast im gleichen Moment hört er Bill laut fluchen: "Stromausfall, die Verbindung ist unterbrochen. Verdammt ich konnte unsere Position nicht mehr durchgeben, Shit", dabei reißt er sich das Head-Set vom Kopf und schmeißt es hinter seinen Sitz. "God save us!"

Das sind seine letzten Worte solange das Flugzeug noch in der Luft ist, gleichzeitig verringert er durch Aufstellen der Landeklappen, die er nach Ausfall der Elektrik mit aller Kraft handmechanisch bedient, die Geschwindigkeit und im nächsten Moment berühren die beiden stelzenartigen Räder, bei leicht hochgezogener Flugzeugnase, kra-chen und in Folge mehrfach hüpfend das Eis des Sees, der einzig möglichen Landefläche im umgebenden Wald-und Tundragebiet. Es gibt mehrere harte Schläge, aber das Eis scheint durch die schnelle Vorwärtsbewegung des Flugzeugs zu halten.

Die Maschine hüpft jetzt nicht mehr, sie schlingert während des ein-geleiteten Bremsvorganges, rutscht, beginnt sich um die eigene Achse zu drehen, rüttelt, verliert dabei an Geschwindigkeit und Bert hört Bills Stimme, die dem abgeschmierten Fluggerät schreiend ge-bietet anzuhalten, was jedoch nicht geschieht.

Im Gegenteil, die Rotationen wollen nicht enden, das Bugrad kreischt über den frostige Grund, dann kippt die Maschine nach links und Bert, schräg im Sitz hängend sieht, daß die linke Tragflä-che über die karstige Eisdecke crasht und Fontainen von abgeriebe-nen Eiskristallen aufsprühen. Jetzt legt er seinen Kopf in den Schoß,

beide Hände über dem Kopf, um dem Anblick dieser unkontrollierbaren Schleudervorgänge zu entfliehen und wartet hilflos auf das Krachen eines Aufpralls, der sie zerschellen, oder in einem Überschlag der Maschine zerreißen würde. Doch noch scheint dieser Punkt nicht erreicht zu sein, denn das gequälte Fluggerät kracht, ächzt nach wie vor schleudernd über die gefrorene Wasserfläche und die Luft im noch intakten Inneren vibriert und verzerrt den Blick. Als Bert einen Moment aufschaut sieht er, daß Bills Fuß immer wieder das Bremspedal bedient, woraus er schließt, daß der erfahrene Pilot doch noch auf das Verhalten des Flugzeugs Einfluß nimmt und offensichtlich gezielt bremst, um damit die Vorwärtsbewegung der auslaufenden Landegeschwindigkeit in kontrollierte Rotation überzuleiten und so einen Aufprall am immer näher kommenden, bewaldeten Ufer, zu verhindern sucht. Der Endzeitknall bleibt aus und es herrscht unvermittelt eine plötzliche Stille im Cockpit. Bert hebt den Kopf und sieht Bill das seitliche Fenster aufklappen und sein linkes Ohr nach draußen halten als erwarte er einen beifälligen Zuruf für die gelungen Landung, doch statt dessen kommt aus seinem Mund ein erleichtertes:
„Uff -nichts zu hören - das Eis trägt - God saved my damned Plain, Jetzt aber ganz schnell raus und sofort entladen!"

In Berts Kopf herrscht einen Moment lang eine Leere des Unbegreiflichen. Noch realisiert er nicht wirklich was geschehen ist und welch Glück sie dabei hatten, doch dann handelt er mechanisch nach Bills Anweisungen. Sie beginnen in Windeseile die im Flugzeuginneren nach ihren Zwischenaufenthalte im indianischen Alakaket und Inuit- Dorf Anaktuvuk verbliebene Teile über das Eis ans Ufer zu schleppen, wobei jeder Ihrer Schritte ein beunruhigendes knackendes Geräusch auf der Eisfläche hervorruft. Es sind ungefähr fünfzig Meter zum nordwestlichen Seeufer, das sie in hellem Weiß der Birkenstämme und glitzernd gelbrotem, restlichen Herbstlaub erwartet. Bill, der Pilot schreit während des eiligen Hin und Her immer wieder:
„Schnell, das hält nicht lange - oh my God!"

Sie schaffen den Transport in drei Gängen zum Ufer, als Bill mit Erleichterung in der Stimme sagt:

„Ich glaub wir haben verdammtes Glück. Bleib du bei den Sachen, ich muß noch einmal zurück mein Logbuch holen das ich in der Türtasche vergessen habe."

Als Bill ein letztes Mal in das Flugzeug steigt, bricht dessen linkes Rad ein und rasend schnell bilden sich im umgebenden Eis sternförmige Risse, die sich unaufhaltsam um den Rumpf der Maschine ausbreiten, der jetzt unmittelbar zu sinken beginnt. Bill läßt sich aus dem Flugzeuginneren auf das zerberstende Eis fallen, doch die Risse haben bereits ein verhängnisvolles Spinnennetz gebildet das nun auch unter Bill aufbricht und ihn ins eiskalten Wasser eintauchen läßt. Gleichzeitig bildet sich von der Einbruchstelle ausgehend, krachend ein weiterer Riß, der in Sekundenbruchteilen, zackig aufreißend, auf ihrer Gehspur dem Ufer zuläuft. Bills Kopf taucht auf und er schreit verzweifelt, mit gurgelnder, sich überschlagender Stimme, um Hilfe:

„Help me, Bert help, help...!" Bill krallt sich dabei an den Rand des Eises, sucht dort einen Halt, den er nicht findet, denn wo er auch nach der gefrorene Decke des Sees greift, bricht diese ein. Die Eisstärke schien vor Allem in Ufernähe dünner zu sein, was Bert, vom sicheren Boden des Seerandes aus mit panischen Entsetzen erkennt und gleichzeitig sieht wie Bills Cessna Skyhawk langsam, knirschen, ja mit einem Geräusch das sich wie das Jammern eines sterbenden Tieres anhört, ächzend, von brechenden Eisrändern umgeben versinkt. Dabei prallen die Tragflächen flach auf noch intakte Eisflächen, bis sie sich von der versinkenden Schwere des Rumpfes abknickend senkrecht aufrichten, um dann fast mit der Langsamkeit einer Zeitlupenaufnahme gurgelnd unter der aufgerissenen Wasserfläche zu verschwinden. Sprudelnde Blasen markieren noch für Sekunden die Stelle des Untergangs, dann herrscht Stille.

Zuvor hatte Bert in äußerster Panik versucht dem ertrinkenden Bert entgegenlaufen, ihn zu retten, dessen Hände sich immer wieder an die brechenden Eisrändern klammern und er läuft auf das bereits angerissene Eis dem versinkenden Piloten entgegen. Doch schon nach wenigen Schritten öffnet sich vor ihm der bereits vorgezeichnete Riß, der sich zunächst nur schmal auf ihrer Laufspur abgezeichnet hatte, jetzt aber breiter und breiter werdend rasend schnell auf Bert zuläuft und zu einer immer größer werdenden klaffenden Öffnung aufreißt, in die Bert, ohne Chance etwas dagegen tun zu können, bis zur Taille einbricht. Noch nahe dem Ufer spürt er unter den Füßen stark abschüssigen Seegrund und gleichzeitig wird ihm dabei unabänderlich bewußt, daß er nicht weiter gehen kann, sonst würde auch ihn das Eiswasser verschluckten.

Machtlos, in schmerzhafter Hilflosigkeit, sieht er im Wasser stehend, ein letztes Mal Bills Hände verzweifelt nach Halt suchen, bevor sie zwischen den zerbrochenen Eisschollen für immer verschwinden. Diese entsetzlichen Bilder laufen wie die Sequenz eines Horrorfilmes vor Berts Augen ab und machen ihn fassungslos, jedoch nur für einen Moment, denn jetzt krallt sich die Kälte des Wassers in seinen Körper und seine Reflexe werden von diesem Moment an vom eigenen panischen Überlebenswillen geleitet.

Mit der Angst, Bills Schicksal auf andere Weise teilen zu müssen, mechanisiert sich aus einer inneren Logik heraus sein nächstes Handeln das kein langes Nachdenken zuläßt, zumal das soeben Geschehene unumkehrbar ist.

Am Ufer wieder festen Boden unter den Füßen, läßt er sich schwer atmend auf den mit rotgoldenen Herbstblättern bedeckten Boden fallen um seiner inneren und äußeren Erschöpfung Herr zu werden, während sich in diesen ersten Minuten des Verharrens in ihm eine unbeeinflußbare Gedankenleere ausbreitet, die ihn, wie ein Schutzschild von unbedachten panikartigen Reaktionen abhält. Das wirkliche Realisieren dessen was tatsächlich geschah und was dies für ihn bedeutete, holt ihn jedoch sehr schnell wieder ein und führt ihn sekundenweise gedanklich an den Rand der Selbstaufgabe. Doch nein, er ist körperlich unversehrt und weiß wenn er jetzt schnell und richtig handelt, ist für ihn, im Gegensatz zu Bill, nicht alles verloren. Mit diesem instinktiven Erkennen einer Chance und dem Willen zu leben, greift in ihm jene Mechanik des Selbsterhaltungstriebes der jedem Menschen zu eigen ist.

Als er im grauen Morgenlicht des nächsten Tages erwacht gilt, sein erster verwunderter Gedanke der Tatsache, daß er nach all dem gestrigen Geschehen eingeschlafen war und bis zum anbrechen des neuen Tages schlafen konnte, traumlos, denn er kann sich an nichts erinnern, das ihm während der Nacht im Unterbewußtsein begegnet wäre.

Die Kälte der Luft läßt seinen Atem sichtbar werden. Sie ist von einer Klarheit wie er sie vorher nie empfunden hat und wirkt wie eine Dusche reinsten Sauerstoffes, parfümiert, mit dem zarten Aroma, das der leichte Frostschleier den Blättern des Waldes entlockt.

Das Feuer ist heruntergebrannt.

Er friert.

## 2
## SEIN ODER NICHT SEIN

Am zweiten Tag seiner auf drei Tage angesetzten Verhandlungen -
präziser ausgedrückt - seiner Bewerbungsvorträge - bei den Vorstän-
den eines der führenden Petro-Chemieunternehmens in Anchorage
Alaska, CONACON-PROSPERITY, ist Bertold van Boese unendlich erschöpft, fühlt sich ausgebrannt, um nicht zu sagen ver-
brannt, so daß ihm, als er die Lobby das Hilton-Hotels in der
West-Third-Avenue betritt, die Beine ihren Dienst zu versagen dro-
hen. Er schleppt sich im wahrsten Sinne des Wortes in BRUINS
BAR im hinteren Teil der Lobby und läßt sich in einen der überdi-
mensionalen, aufdringlich roten Kunstledersessel fallen, der zusammen mit seinem Pendant, abseits der filigranen Holzsessel, an einem
kleinen runden Tisch in einer Nische steht. Das Glas Budweiser-
Bier das ihm der Barmann, auf seinen fast befehlenden Zuruf aus
der Tiefe seines Sitzmonsters heraus, mit schnellen Schritten bringt,
schüttet Bert in einem Zug die Kehle hinunter, dessen Wirkung den
aus seinem Inneren aufsteigende Brandgeruch, eines ihn zunehmend
verzehrendes Feuers, für einen Moment erstickt.

„Schlecht gezapft o.k. Ich war ja auch sehr ungeduldig und das hat
der Profi, in der kurzen bordeauxroten Jacke, sofort bemerkt und
entsprechend reagiert, also, jetzt den Mund halten, zumal das fast
schaumlose, randvolle Füllen des Bierglases ohnehin amerikanisch-
englisch-irischer Standard ist.

Drei Wochen hatte er zusammen mit seinem Partner Stanislaus Badelang an der Aktualisierung einer auf das weitgefächerte Leistungs-
angebot ihres Planungsbüros ausgerichteten Software gearbeitet,
man könnte fast sagen, Tag und Nacht, um die bisherigen Programme so aus-und-umzuarbeiten, respektive zu ergänzen, daß sie
den ganz speziellen Anforderungen des alaskanischen Petro-Gigan-
ten CONACON-PROSPERITY entsprechen würden. Deren An-
frage zur Konzeptionsentwicklung eines neuen Zubehörwerkes lag

seit vier Wochen auf ihrem Tisch und hatte höchste Priorität. Dies bedeutete, daß es möglich sein mußte, über das Laptop und einem Beamer, dem potentiellen Auftraggeber ein Szenario auf einen großen Bildschirm zu projizieren, das im Verlaufe der Vorführung absolut überzeugen würde und gemäß den zu erwartenden Fragen auch direkt auf Alternativen modifizierbar wäre.

Sie benötigen diesen Auftrag dringend, da in den letzten Monaten zwei wichtige Planungsprojekte für metallverarbeitende Fabrikationen, nicht zum Auftrag kamen.

STANBERT-METAL-INGENEERING, ihre Firma, kurz SMI genannt, mit Sitz in Frankfurt am Main, war lange Jahre in der ganz speziellen digitalen Entwicklung von Produktionsstrassen, mit stets aktualisierter Software weltweit uneingeschränkter Marktführer. Seit einem Jahr jedoch hatten sie einen Konkurrenten in Dänemark bekommen, der mitten in ihrem bisher ureigensten Terrain wilderte und ihnen jüngst bei einigen Aufträgen den Rang ablief. Die Leute von SMI nannten sie „Dänische Teufel", vielleicht auch wegen des Rot in deren Landesflagge. Die Dänen hatten offensichtlich andere, vielleicht noch effektivere Programme entwickelt oder waren im Verkauf ihrer Ideen einfach cleverer. Ergo mußten SMI besser werden und so arbeiteten Bert, sein Partner Stan, zusammen mit dem gesamten Planungsteam, immerhin achtzehn Mitarbeiter, mit höchster Konzentration an der Optimierung ihrer Software, einschließlich Neuprogrammierung eines automatischen Informationsprogrammes, mittels weltweiter Vernetzung potentieller Zulieferanten.

Es handelte sich dabei um Spezialfirmen in unterschiedlichen Technikbereichen bis hin zu fertigungssorientierten Fördersysteme, so daß es SMI möglich war Produktionsanlagen von der Rohmaterialanlieferung, über die Produktion selbst, bis hin zur Auslieferung zu planen und gleichzeitig den Kostenrahmen dafür abzustecken. Dadurch verfügten sie über optimale Voraussetzungen, während einer Verhandlung, direkt auch jede gewünschte Variante schlüssig darzustellen und kostenmäßig zu belegen.

So ausgerüstet war SMI, meist von Bert vertreten, in der Lage auch im großen Besprechungsraum des Petro-Riesen CONACON-

PROSPERITY, eine profunde Projektierung der gewünschten zukünftigen Teile-Fertigungssanlage, mit allen erdenklichen Alternativen, von seinem Laptop aus auf die große Leinwand des Sitzungssaales zu projizieren und mit verbindlichen Rahmenkosten zu belegen, wozu bis jüngst, in dieser Komplexität kein anderes Unternehmen im Stande war.

Hier in Anchorage ging es um die Projektplanung eines Fertigungsbetriebes für Aluminium-und Edelstahlbauteile, für eine effektivere und zeitsparende Ölverarbeitung unter ausschließlicher Kontrolle der CONACON selbst. Man hatte es offensichtlich satt immer wieder mit der Anlieferung von Zubehör für die Förder- und Verarbeitungsanlagen in Terminschwierigkeiten zu geraten, die sich durch die Fremdvergaben und den damit verbundenen Abhängigkeiten, bei erheblichen Zeitverlusten durch lange Transportwege ergaben. Dazu die begleitenden Kalkulationsunsicherheiten bei ständig wechselnden Preisbedingungen, gesteuert von marktbeherrschenden Monopolisten der Materialzulieferer aus der USA selbst, Canada, Europa oder den asiatischen Ländern.
Dabei wurde die Betriebskalkulationen von CONACON immer wieder ad absurdum geführt, was nun mit einer eigenen Teileproduktion ein für alle Mal beendet werden sollte.
Die Ölförder- und Verarbeitungsindustrie war und ist in Alaska der fast ausschließliche Wirtschaftsmotor, welcher schwerpunktmäßig die existentielle Basis der nördlichsten Region der USA bildet. Dort „den Fuß in die Türe" zu bekommen hieß für Bert und seine Firma – Zukunfts - und damit längerfristige Existenzsicherung.
So machten sie es sich zur zwingenden Aufgabe diesen Auftrag unter allen Umständen zu sichern, ansonsten eventuell eine Betriebsverkleinerung mit fataler Außenwirkung im Raum stünde. Reduktion der Firmenkapazität wäre rufschädigen, denn man würde in der Szene potentieller Auftraggeber und das waren innerhalb der so feingestrickt, engvernetzten, sensiblen Technologien, weltweit nicht allzu viele, vielleicht sagen: „Haben sie schon gehört, daß sich SMI verkleinert hat, denen sollte man vorsichtshalber im Augenblick kei-

nen Auftrag geben, denn wer weiß, vielleicht gehen die während des laufenden Projekt in Konkurs ?"

So oder ähnlich könnte es kommen wenn Bert den Auftrag nicht nach Hause brächte. Dieser Zwang hatte in ihm eine zunehmende Streßsituation erzeugt, die er nicht mehr vollständig unter Kontrolle halten konnte. Existenzangst kriecht unaufhaltsam in ihm hoch, eine Angst, die ihn zunehmend begleitete, lediglich zeitweise in den Hintergrund trat, wenn die Firma über eine solide Auftragsdecke verfügte und so für einen längeren Zeitraum keine wirtschaftlichen Einschnitte zu befürchten waren.

Er haßte die Banken mit denen er arbeitete, denn sie waren entgegenkommend wenn es der Firma ohnehin gut ging, ermunterten zu neuen Investitionen, versprachen gute Konditionen für diesbezügliche Kredite, aber wenn einmal die Auftragslage dünner wurde und sie mittels Dispositionskredite überbrücken mußten, dann zierten sich die Herren, legten ihr Stirn in Falten und schraubten die Zinsen hoch. Er verabscheute diese Erbsenzähler in den mausgrauen Zweireiher-Anzügen mit den unauffälligen, leblosen Krawatten, den käsig glatten Milchgesichtern, die über die gestärkten weißen Kragen herausschauten, in deren Unverbindlichkeit er hin und wieder am liebsten hinein geschlagen hätte.

Zahlst du ein, beugen sie sich vor dir. Willst du etwas von Ihnen, bekommen sie eine gerades Kreuz und einen streng abschätzenden, meist überheblichen Gesichtsausdruck – „so, sie wollen einen Kredit – welche Sicherheiten könne sie uns bieten? "

Und Bert dachte in solch einer Situation jedesmal:

„Du arrogantes Arschloch – ist doch nicht dein Geld- oder geht deine Hochnäsigkeit schon so weit, daß du das Geld deiner Bank, bei der du arbeiten darfst und regelmäßig deinen Gehalt bekommst, schon als dein Eigenes betrachtest?"

Die Last der Verantwortung steigerte sich nicht zuletzt durch das permanente, in seinem Hirn pochende Schreckgespenst, eines Konkurses, der Befürchtung plötzlich vor dem Nichts zu stehen, mit Schulden beladen, eine Angst die sich irgendwann bei ihm eingeschlichen hatte und nie mehr verließ. Vielleicht - ja sogar wahrscheinlich - waren es völlig unnötige Bedenken, denn der Betrieb lief seit Jahren gut und doch saß dieser Panikgedanke in einer seiner Gehirnzellen fest, auch wenn alle Vorzeichen genau ins Gegenteil wiesen. Die immer wiederkehrende Belastung durch dieses Negativdenken, schien ihn manchmal zu erdrücken, auch im Wissen darum, daß sich für ihn aus dieser psychischen Belastung keine Ausweg auftat, er vor diesem Gedanken nirgendwohin fliehen konnte. Diese scheinbare Ausweglosigkeit verzweifelt ihn immer mehr trotz der phasenweise gegebenen Gefühlsaufhellungen, ausgelöst durch spontane, meist unerwartet Freuden die ihm von irgendwoher ein Engel bescherte. Für ihn blieb die resignierende Feststellung, daß sein Denken zunehmend nur noch von einem ausgefaserten inneren Nervenbündel beherrscht wurde, das er mit der permanenten Einnahme von Bromazepam, einem Antidepressivum, vor dem gänzlichen Reißen zu bewahren suchte. In ihm eingebettet und seiner Psyche abträglich, waren zusätzlich die Folgen seiner Konflikte, die er nach dem Tod seiner Frau, mit seiner Tochter Ines, beginnend mit deren Erwachsenwerden, hatte. Sie war ihm anvertraut und kehrte ihm schlußendlich nach erreichen der Volljährigkeit - er muß es so formulieren - brutal den Rücken, mit dem wörtlichen ausgesprochenen Satz am Morgen ihres 18-ten Geburtstages: "So Papa, ab jetzt hast du mir nichts mehr zu sagen," und sie schaute ihn dabei mit einem bestimmenden, heute würde er sagen, kalten Blick an, wobei er hinter dieser Aussage in jenem Moment irrtümlicherweise keine wirkliche Ernsthaftigkeit vermutete. Er wurde jedoch bald eines Besseren belehrt als sie anfing ihn bei jeder Gelegenheit zu demütigten, um ihn schlußendlich endgültig zu verlassen. Sie gab ihm die Schuld am Tod der Mutter, weil er bei jenem unsäglichen Autounfall, wegen seines ungewöhnlicherweise erhöhten Alkoholkonsums, nach einer Festveranstaltung, nicht selbst am Steuer saß, sondern dieses seiner Frau überließ, obwohl er hätte bedenken müssen, so der Vorwurf seiner Tochter, daß Mutter keine geübte Autofahrerin war. Warum diese Anschuldigung, wieder besseren Wissens, bei ihr eisern aufrecht erhalten wurde, blieb ihm zeitlebens verborgen, denn sie hatte ihm all die folgenden Jahren jedes versöhnliche Gespräch verweigert.

Als in ihm, nach langer Zeit der Trauer um den Verlust seiner geliebten Frau, das zarte Pflänzchen einer neuen Frauenbeziehung zu sprießen begann, schaffte es seine Tochter dieses, durch den permanenten Ausdruck unmaßstäblicher Ablehnung, auszureißen.

Was hatte er falsch gemacht? Er wußte es nicht, so sehr er sein Hirn zermarterte, zumal er in der Zeit ihres Aufwachsens mit allen seinen Kräften versucht hatte Vater und Mutter gleichzeitig zu sein. Wie auch immer begründet machte das Verhalten seiner Tochter in ihrem Erwachsen werden, ihm gegenüber, keinen Sinn, da er sich absolut sicher war, neben kleinen Fehler, die jedem unterlaufen, mit aller Anstrengung und erheblichem Selbstverzicht, stets und nahezu ausschließlich im Interesse seines Kindes gehandelt zu haben. Seiner einst über alles geliebten Tochter hatte er sein halbes Leben geopfert und jetzt bohrte sie durch ihr Verhalten mehr und mehr und tiefer und tiefer gehende kraterartige Löcher in seine Seele, die sich nicht mehr schließen ließen.

Wie lange konnte er dem zunehmend Druck, der aus allen Richtungen zu kommen schien, noch standhalten, denn zu dem Privaten, kam latent das permanente Geschäftliche hinzu, das den früher kraftvollen Berg seiner Kraft mehr und mehr aushöhlte und einem gefährlichen Erdrutsch zutrieb.

Die drei Präsentationstage des sorgfältigst ausgearbeiteten Angebotsprogrammes, eines, aus seiner Sicht perfekten Projektvorschlages mit ausgewiesenem und im Detail belegbaren Kostenrahmen, mußte er überzeugend darstellen, in Neudeutsch - rüber bringen - koste es was es von seiner Kraft auch abverlangte.

Jetzt aber im Versuch für den Abend und die Nacht des zweiten, wahrscheinlich entscheidenden Tages, Ruhe in seinem Kopf zu bringen, erinnert er sich, während eines weiteren Biers, das er trotz des ersten kalten Schlages in seinen Magen auf dem kleinen Seitentisch neben dem Sessel stehen hat, einen wohltuend, ablenkenden Moment lang an einen lange zurückliegenden Biergenuß, der jedoch vergleichbar hier, in BRUIN´S Hotelbar unstillbare war. Dieses Erinnern wurde im Angesicht des flachen, schon im Bier sich auflösendem, dünnen blasig weißen Budweiser-Schaumes ausgelöst, der beim sachgerechten Zapfen in Deutschland hoch aufschäumen würde und dadurch den stolzen, ja fast befehlsgemäß bestimmenden Namen „Feldwebel" trägt.

Während seines Maschinenbau Studiums in Karlsruhe konnte er, zusammen mit seinen Semesterkollegen, draußen im malerischen Vorort Durlach im Gasthaus „ZUM GENTER", ein Dortmunder Unionbier genießen, das der Wirt mit der wahrlich besonderen Kunst des richtigen Bierzapfens, unübertroffen gekonnt, in die Gläser füllte. Ihr alter Physik-Professor Slezack, ein gebürtiger Böhme, von Krieg und Vertreibung gezeichnet, gab den Studenten diesen Tip, dort in die Vorstadt Durlach das besagte Wirtshaus zu besuchen, wenn einem daran gelegen sei einmal ein tatsächlich gut gezapftes und qualitativ hervorragendes Bier zu trinken. Man müsse jedoch die Geduld von mindestens zehn Minuten Zapfzeit aufbringen, um dann den Genuß eines unvergleichlich köstlichen Bieres mit festschaumigem, über das Glas hinauswachsenden Feldwebels, zu erleben.

Bert und wenige seiner Kommilitonen beherzigten diesen Rat und warteten des öfteren, als es ihre mageren Studenportemonais eigentlich zuließen, geduldig, um dann mit weißem Bierschaum um den Mund, besonders den ersten Schluck genußvoll zu zelebrieren. Nebenbei bemerkt erinnert sich Bert auch an die im fernen Durlach stimmige Biertemperatur, nicht wie hier in der USA, wo fast alle Getränke kühl, meist sogar viel zu kalt serviert werden, manchmal noch mittels einiger im Nachhinein eingeworfenen Eiswürfel. So tötet man letztlich die Geschmacksnuancen und die Speiseröhre zieht sich erschreckt zusammen, bis dann der Magen im Kälteschock zu rebellierten beginnt und beim Gehirn anfragt, ob man denn da oben verrückt geworden sei ihn so zu malträtieren.

Die Stadt glitzert unter ihm.

Mit einem gewichtigen Ribeye-Steak im Magen hinter seinem unter Spannung geöffneten Gürtel, legt er sich nach einem kurzen, gedankenleeren Blick auf die nächtliche Stadt, rücklings auf das Kingsize-Bett und stellt sich die Frage – ob es gut gelaufen sei, heute am wichtigsten zweiten Tag der Präsentation und seine Antwort, nur für sich selbst, lautet mit allem Vorbehalt und immer wieder aufkommenden Selbstzweifel – ja- es ist gut gelaufen. Die „Jungs" der Konzernleitung, die so leger daherkommen, sich untereinander und auch ihn mit Vornamen ansprechen, wenn sich auch sein Name Bert wie das englische „Bird" – gleich Vogel - anhört, verbergen hinter der kumpelhaften Fassade, für den Insider wohl bekannt, ein eiskalter Geschäftssinn, der keine Sentimentalität kennt und ausschließlich den eigenen Vorteil im Auge behält.

Doch gegen Abend entspannten sich die Züge der Eliten und ab und zu fällt sogar eine private Bemerkung, zum Beispiel über die geplanten Aktivitäten am Wochenendes, woraus Bert schließt, daß irgendwo im Lauf des Tages sein Vortrag und die komplexe Darstellung der angedachten Aufgabenlösung, einschließlich unterschiedlicher Alternativen, schlußendlich überzeugt hatte, haben mußte, oder? Doch noch war nichts entschieden, auch wenn einer der Herren sich abschließend zu einer lobenden Bemerkung über sein perfektes Englisch, vor allem auch im technischen Bereich durchrang, was jedoch ebenso den Trost für eine verlorene Schlacht bedeuten konnte?

Die Abschlußbesprechung wurde für den Morgen des dritten Tages, elf Uhr a.m. an gleicher Stelle angesetzt und hinzu gefügt, man würde „gegebenenfalls", wenn es die Zeit erlaube, eventuell danach gemeinsam den Lunch einnehmen. Hinter diesem „gegebenenfalls und eventuell" verbarg sich Berts ganze Unsicherheit im Wissen um die Tatsache, daß in der Nachbesprechung, als er am Abend den Vortragsraum verließ und die Herren sitzen blieben, dort vielleicht eine Entscheidung oder zumindest eine Vorentscheidung für oder gegen ihn fiel, wer weiß? Vielleicht würde die entgültige Entscheidung auch erst nach dem Überschlafen des Gehörten, am nächsten Morgen fallen?

„Was solls, jetzt kann ich eh nichts mehr ändern, so werde ich mich nun mit Hilfe meiner ständig beruhigenden Begleiterin, der zur Freundin gewordenen Pillen-Lady „Bromazepam", irgendwie durch die Nacht mogeln.

Dann verliert er ganz schnell die Wahrnehmung seiner, für ihn so befremdlichen Umgebung im neoviktorianischen Kitsch der Hotelzimmereinrichtung und versinkt in einen Schlaf tiefer Erschöpfung, gedopt mit pharmazeutischer Hilfe.

Die Sonne weckt ihn mit stechenden Schmerzen hinter den Schläfen und einem vibrierenden Zittern, das seinen ganzen Körper durchläuft. Die Helligkeit des gleisenden Morgens die, wegen nicht zugezogenen Verdunklungsgardinen, schon früh das Zimmer in eine gelbe Glut taucht, reißt ihn förmlich aus den Knäul der Laken die sich um seine Beine gewunden haben. Schwankend mit einem Gefühl einer atemlosen Schwäche geht er zum Fenster. Er steht jetzt im dreizehnten Geschoß und hält sich an einem seitlich der Verglasung angebrachten Griff fest, der jedoch seinem Versuch das Fenster zu öffnen wiedersteht. Sein Blick, mit immer wieder aufkommenden zackenförmigen Sehstörungen, geht hinüber zu dem gläsernen Scheingebilde einer spiegelnden Hochhausfassade, dann direkt hinunter zur anderen Straßenseite auf das begrünte Dach eines Blockhauses, das sich später als Info-Centers von Anchorage herausstellt und weiter in alle Richtungen auf viele abgewalmte Dächer niederer Häuser. Eigentlich nicht unhübsch, fast ländlich wohnlich zumindest aus seiner Vogelperspektive, doch seine gedankenleeren Wahrnehmungen erscheinen ihm unwirklich, so als würde er das Gesehene träumen oder sich aus Bildern eines Katalogs zusammensetzen. Noch immer spürt er das innere Zittern und seine Wangen sind von ungewollten Tränen feucht, die einen plötzlich aufkommenden Weinkrampf begleiten der ihn nach dem schreckhaften Erwachen eines traumzerissenen Schlafes überfällt und direkt aus den klopfenden Schmerzen seines Kopfes zu fließen scheinen. Dabei hatte er offensichtlich laut geschrien, denn es klopfte heftig an der Tür und eine Stimme fragt ob er einen Arzt benötige. Diese Frage bringt ihn nach Minuten eines sich völlig verloren Fühlens auf den häßlichen, hochflorigen, bakterienverseuchten Teppichboden zurück, der ihn ekelt.

Später findet er sich bäuchlings auf dem Bett liegend beide Hände vor das seitlich gewandte Gesicht gepreßt wieder und erst nach einigen Minuten, die er nicht genau bemessen kann, ist er in der Lage, die erneut durch die Türe gestellte Frage nach der Notwendigkeit eines Arzt, zu verneinen.

Er war für eine unbestimmbare Zeit von dieser Erde weggetreten, ein Kreislaufkollaps oder was auch immer die moderne Medizin für den plötzlichen Bewußtseinsverlust sagen würde, hatte ihn ereilt. Merkwürdigerweise empfand er jedoch den Zustand des Entferntseins, als er ganz langsam wieder aus dem inneren Lichtkreis der ihn umgeben hatte, zurück kam, weder als unangenehm noch beängstigend. Im Gegenteil, er hatte jetzt das unbestimmte Gefühl, gerne dort geblieben zu sein wo es hell war und sich leicht anfühlte. Hatte er soeben den Anfang des Weges zur anderen Seite erlebt (?), wenn ja dann war der Gang dorthin erstrebenswert, ohne Angst und Last.

Weitere Minuten vergehen, dann verschwindet das Angenehme als er in die Gegenwart zurück kehrt und über seinen soeben erfolgten, unbeherrschbaren Realitätsverlust und für kurze Zeit verlorengegangene Selbstbeherrschung zutiefst erschrickt. War das soeben Geschehene der unbeeinflußbare Reflex eines überstrapazierten Gehirns, was man einen Nervenzusammenbruch nennt, oder ein anderes psychisches Phänomen das ihm ein Zeichen geben will ? Wiederum durch die geschlossene Türe ergänzt er auf ein drittes besorgtes Anfragen, es sei alles gut, er würde den TV sofort leiser stellen.

„Are you realy shure to be o.k.?
„I´m shure, thanks, ist's all o.k.!"

Er trinkt einen Whiskey aus dem kleinen Fläschchen der Minibar und versucht mit geschlossenen Augen auf dem Rücken liegend, durch intensives Denken an schöne Dinge seines ganz frühen Lebens, weiter zur Ruhe zu kommen.
Er schläft ein.

Als er aufwacht scheint die Normalität zurückgekommen. Es ist wenige Minuten nach Zehn und er steht jetzt am Fenster um sich krampfhaft der Wirklichkeit des hiesigen Seins zu vergewissern. Drüben in der vollflächig dunkel verglasten Fassade eines der wenigen Hochhäuser von Anchorage, das entgegen andere Großstädte der USA hauptsächlich eine niedere bis mittelhohe Bebauung aufweist, spiegeln sich die morgendlichen Kumuluswolken, die in kaum wahrnehmbaren, sich ständig ändernden wattigen Formen durch den blauen Himmels ziehen. Der umgebende Berghorizont liegt noch im Dunst des frühen Tages jenseits der Meeresausläufer des Cook-Inlets, bis zu dem tief ins Land hineinreichenden Knik Arm. Der Architekt oder die beauftrage Baufirma hatte bei der dunkelflächigen, glatten Fassadenverglasung sicher nur den optimalen Sonnenschutz im Sinn und dabei unbeabsichtigt und glücklicherweise diese Himmels- und Landschaftsspiegelung als Nebenprodukte erzielt, die ungewollt das architektonisch Nichts des rechteckigen Turmes optisch fast gänzlich in der Gegenzeichnung der Natur vergessen läßt.
Er klappte sein Handy auf und wählt die Kurzwahlnummer welche direkt zu Stan führt. Europa liegt noch im tiefster Nacht aber das ist ihm völlig egal und Stan den er zwangsläufig weckt zeigte sich auch keineswegs Böse, im Gegenteil.
„Mann Bert, du bist der Größte. Vor einer Stunde, ich war die halbe Nacht im Büro, habe ich per Mail die verbindliche Auftragsbestätigung erhalten zusammen mit der Akzeptanz unserer Honorarnote, die du den Jungs auch noch abgerungen hast. Ich kann es nicht fas-

sen. Wir sind aus dem Schneider, wieder im Spiel und haben auch schon eine Terminvorgabe für die nächsten acht Monate, was bedeute, daß wir sofort in die Vollen gehen müssen. Du mußt mir umgehend den schlußendlich festgelegten Projektplan mit allen Details zumailen, dann können wir sofort mit der Ausarbeitung beginnen, super, spitzenklasse. Und wie geht's dir?"

„Nicht gut."

Einen Moment lang herrscht Schweigen in der Leitung, dann Stan:
„Was ist los Junge, jetzt ist doch Alles o.k.?"

„Ich freue mich natürlich mit dir über den Erfolg, aber alles andere was mich betrifft ist nicht o.k. Ich fühle mich völlig ausgebrannt, erledigt, nur noch grenzwertig handlungsfähig, wenn ich dir dies als meinen Freund so offen sagen darf."

In der Leitung bleibt es wieder für Sekunden still, dann:
„Natürlich kannst du mir alles sagen was dich persönlich betrifft, berührt, erfreut oder fertig macht, wir sind doch gute Freunde."

„Ich brauche eine Auszeit. Du kennst das Problem mit meiner Tochter nach dem Tod meiner Frau, dann das Geschäft das mir unter die Haut geht und jetzt der Streß der letzten Tage, die ich auf des Messers Schneide empfand. Dies alles hat mich völlig ausgebrannt. Ich muß für eine kurze Zeit raus, verstehst du – raus - aus Allem."

Erneut ist die Leitung für längere Sekunden tot dann:
„Sorry, ich bin ein Idiot. Ich verstehe dich natürlich und ich kann es sogar ein wenig nachempfinden wenn ich alleine an die Sache mit deiner Frau denke, auch nach all den vergangenen Jahren - ich verstehe dich. Sitz ins Flugzeug flieg nach San Francisco oder nach Florida und mach dir auf Geschäftskosten ein paar schöne Tage, du hast es mehr als verdient, o.k.?"

„Ich möchte hier in Alaska bleiben, da finde ich vielleicht die Ruhe wieder die mir abhanden gekommen ist, ohne Menschentrubel. Ich miete mir ein Auto und mach eine Runde durchs Land.
Ist das für dich in Ordnung?"

„Was fragst du mich, mache das was für dich gut ist, basta, aber komme ja wieder zurück, du wirst hier gebraucht."

Bert ist mehr als erleichtert bei seinem Partner so viel Verständnis zu finden und fühlt wie sich der Panzer, der seine Brust alle die Tage zusammengepreßt hat, löst.

„Danke für dein Verständnis. Ich werde mich melden wann mein Rückflug geht. Alle Daten, gemäß der von dir soeben bestätigten Auftragserteilung, mit den festgelegten Positionen der neuen Anlage, maile ich dir heute noch zu, zusammen mit einem Bericht über die darüber hinaus besprochenen Einzelheiten zur weiteren Bearbeitung, o.k.?"

„O.k.."

Das Zimmertelefon klingelt.

Der Rezeptionist richtet aus der Elfuhr Termin bei CONACON würde entfallen, anstelle dessen solle er um ein Uhr p.m. im Taco King den Lunch mit den Herren der Geschäftsleitung einnehmen. Das TACO KING sei das beste mexikanische Restaurant in Anchorage, fügt er hinzu. Wie gern wäre Bert in ein Fischrestaurant gegangen mit einem fangfrischen Catch of today, aber es schien so, daß der Boss, Mister William Hausmann die mexikanische Küche bevorzugte, von der sich Bert aus früheren Erfahrungen heraus, wenig verspricht. Nicht, daß er die gesamte mexikanisch Küche als schlecht apostrophieren wollte, nein, lediglich die in der USA übliche Filial-Fast-Food Vereinfachungen, den schlichten Pizzerien in Europa vergleichbar, welche die besonders facettenreiche, überaus köstliche, klassisch mediterrane italienische Essensvielfalt ebenfalls ad absurdum führten, wie die durchaus schmackhafte originale mexikanische Traditionsküche. – Egal - . Die Stornierung des dritten Besprechungs-oder Vortragstermines, ersetzt durch die Einladung zum Lunch, bestätigte einmal mehr Stans Telefonbericht - der Auftrag sei in trockenen Tüchern -.

Wer Bert gut kennt und ihn jetzt beim Studium der mexikanischen Speisekarte beobachten würde, sähe wie er sich sichtbar quält aus dem üppigen Angebot seinen Lunch zusammen zu stellen, auch wenn sein inneres Glücksgefühl des jetzt gesicherten Auftrages und der bevorstehenden Freiraum eigentlich jedweden Unbill überdecken müßte.

Hübsch häßlich präsentiert sich das Interieur des Restaurants, wobei die namensgebende Königskrone auf dem ausgestopftem Haupt eines aus der Wand herausragenden Elchkopfes sitzt, dessen Nase, glücklicherweise für ihn, den aufdringlich zu nennenden, alles überdeckenden Geruch nach unterschiedlichsten Speisen, scharfen Gewürzen und Menschenausdünstungen, der über den rot gedeckten Tischen steht - nicht mehr riechen kann.

Als Appetizer wählt Bert unter dem völlig verunsichernden Einfluß dessen was ihn in diesem pseudooriginalen Lokal empfängt, schließlich gegrillte Quesadillas, dem mexikanischen Fladenbrot mit eingelegtem Cheddarkäse, zwei dicken Pfannenkuchen ähnlich, bei denen außen und an den kreuzweise geführten Schnittkanten der dazwischen liegenden Käse herausquillt. Dann natürlich die von Mister Hausmann wortgewaltig empfohlen berühmten Burritos, die auf Deutsch „Eselchen" heißen, ein Name den niemand wirklich erklären kann. Heute als Variante - Carne Asada Burrito - nämlich mit gegrilltem Rindersteak serviert. Dazu gebackenen Cotija-Bohnen, Käse, Zwiebeln und Koriander, garniert mit Salsa-Verde und Guacamole, einer dick gebundenen Avocado Sauce in Sauerrahm. „Mann oh Mann!"
Denkt Bert und natürlich nicht die normalen Burritos, nein es mußten auf Hausmanns gutgemeintenm Drängen die King-Version sein, mit all dem unsinnig fülligen Beiwerk. Selbst um ein Dessert kommt Bert nicht herum weil er bis zum bitteren Ende den guten Geschäftspartner spielen will, um diesen Eindruck den Herren Petrobossen mit auf den weiteren Weg der Zusammenarbeit zu geben. Dies im Wissen wie wichtig gerade bei den Amerikanern, neben aller geschäftlicher Härte, das zwar oberflächliche, aber doch Persönliche gewertet wird. Bert wählt einen Flan, auf Deutsch ein Art Wabbelpudding oder besser beschrieben, einer umgestülpten Crème-Brulèe ähnlich, obenauf balancierend, wie konnte es anders sein, eine karamelisierte Krone. Diese Nachspeise, so verlautet der Boss Mister Hausmann mit hochgezogenen Augenbrauen, würde eigentlich meist von Frauen bevorzugt und ergänzt im gleichen Atemzug - Bert

solle jedoch vorher unbedingt noch eine seiner Bunelos probieren, jene dicken, knödelartigen Kuchenkugeln mit üppigem Puderzucker bestreut.
Es wurde Bier getrunken, während Bert sich einen Kalifornischen Sauvignon gönnt, was die Herren zu einem mexikanischen Essen amüsant finden.

Dieser Lunch ist für den strapazierten Bert eine Tortur, umsomehr als Gregory van den Burg ohne Unterbrechung und mit vollem Mund quasselt und den Beteiligten von Dingen seines bewegten Lebens berichtet, was im Grunde niemanden interessierte. Monroe Huxel ist der ruhige Pol mit dem Bert auch außerhalb des Geschäftlichen sprechen kann und der ihm einige Tips gibt als er von der kleinen Exkursion durch das Land erfährt, die Bert kurzfristig geplant hat. Er fände die Idee gut, wenn er schon einmal in diesem schönen und interessanten Teil Amerikas sei. Ausrüstung hierfür bekäme er am besten im A & AT Sport Center am OMalley Center Drive.
Er, Monroe Huxley, würde sicherlich die Anfänge der Zusammenarbeit sehr gut mit Berts Partner Stanislaus Badelang alleine bewältigen können, zumal er Stan durch eine Messebegegnung in Montreal persönlich kenne und als hervorragenden Fachmann der Branche schätzen würde.
Evander Hell, der stille Boss Nummer drei, hatte sich für den Lunch entschuldigen lassen, da sich die Arbeit auf seinem Schreibtisch auftürme und er sicher sei die Herren Kollegen würden dem neuen Geschäftspartner aus Deutschland gute Gesellschaft leisten.

Als Bert aus der so typisch amerikanischen Restaurantdunkelheit ins Freie tritt, spürt er eine leichte Unsicherheit seines Gleichgewichtssinnes und ist geradezu froh die fette Hand des Oberbosses gedrückt zu bekommen, an der er sich, mit völlig überzogenen Dankesworten für den feinen Lunch und mit dem Wunsch auf eine gute Zusammenarbeit, einige Sekunden festhalten kann. Nein, er gehe zu Fuß. Die frische Luft täte ihm gut, jetzt da sein Magen doch sehr gefüllt sei. Danach Schulterklopfen, gute Wünsche auf Gegenseitigkeit und - endlich Ruhe.

Als die Herren im Cadillac abgerauscht sind setzt sich Bert mangels Alternativen für einen Moment auf die vor dem Lokal stehende blaue Box, in der die aufgestapelte Daily News Anchorage, wie gewöhnlich, auf Selbstabholer wartet und versucht irgendwie wieder auf Normalnull zu kommen. Dann winkt er ein gerade vorbeifahrenden Taxi heran, denn zum Laufen ist ihm überhaupt nicht mehr zumute. Im Zimmer nimmt er, als er das Badezimmer verläßt, wo er seinen überfüllten Magen von der mexikanischen Last befreit hat, den Telefonhörer in die Hand und läßt sich mit Stan verbinden, der fragt, ob alles o.k. sei.

„Alles o.k. im Übrigen ist ab sofort Mister Monroe Huxel der leitende Technikingenieur Dein-unser Gesprächspartner, was so auch am Ende der Sitzung beim Lunch im Mexican-Foodhouse nochmals bestätigt wurde. Nebenbei bemerkt habe ich das grauenhafte mexikanische Essen im Hotel sofort wieder erbrochen. Es war ein Ekelfraß zumal es mit meinem Magen ohnehin nicht zum Besten steht. Egal, die Sache ist positiv gelaufen und vorläufig deine Sache, nahtlos mit der Ausarbeitung zu beginnen, klar? Ich maile dir jetzt das gesamte Gesprächsergebnis, einschließlich der angedachten Varianten, die du nochmals verifizieren solltest. Dann bist du umfänglich informiert und auf dem gleichen Stand wie Huxel, der dich offensichtlich kennt? "

„Ja, den habe ich auf einer Fachmesse in Montreal kennengelernt und fast zwei Tage mit ihm gefachsimpelt. Ein guter umgänglicher Mann."

„Kann ich also meine Relaxingdays hier in Alaska problemlos angehen?"

„Klar! Mach dir keinen Kopf du kennst mich, ich bin Profi genug, jetzt sofort das Erforderliche in die Wege zu leiten, zumal mich die Freude, daß wir die dänischen Kameraden ausgetrickst haben besonders befriedigt. Ich habe nämlich inzwischen erfahren, was mich kurzzeitig zum Zittern brachte, daß die Nordlichter bei CONACON auch ein Angebot abgegeben haben, jedoch nicht zur Präsentation eingeladen wurden.

Wir sind besser, das hat sich jetzt eindeutig bewiesen, oder?"

„Und ob, aber jetzt laß mich bitte etwas Luft holen, dann bin ich wieder wie neu und wir schaukeln unser gutes Schiff weiterhin durch alle Stürme, „o.k.?"

„O.k. Melde dich und paß auf dich auf, ciao."

Bert fühlt sich nach den letzten Worten seines Partners von Zentnerlasten befreit die ihn, bis vor wenigen Minuten noch fast erdrückt hätten.

„Gott sei dank konnte ich nach dem morgendlichen Debakel mit meinen verrutschten Nerven, jetzt doch noch Allem die richtig Richtung geben. Verdammt, wie konnte es mit mir so weit kommen, daß ich die Kontrolle über mich verliere?"

Bert steht noch immer unter dem Eindruck seines unvermittelten Zusammenbruchs und sein innerliches Zittern hatte seinen Körper noch nicht gänzlich verlassen, wenn auch nur noch ein ganz leises Vibrieren an seinen Nervensträngen zupft. Dieses übertrug sich jedoch auf seine Hände, was er beim Lunch krampfhaft zu verbergen suchte.

„Verdammt!"

Da hat sich etwas in ihm aufgestaut, mehr und mehr und dazu die ungeheure Anspannung die mit der Auftragsbewerbung während der letzten drei Tage einher ging, was den Druck in seinem Kopf schier zum Platzen brachte. Gut daß er das „Bla-Bla" während des Lunches mit den „heiligen drei Königen", wie er die Oberbosse im stillen nannte, die ihm Gaben bringen sollten, ohne Ausrutscher überstanden hatte, denn seine inneren Sicherungen waren glücklicherweise erst am Morgen dieses Tages durchgeschmort, wonach der Stromfluß durch die letzten intakten Fasern nur noch begrenzt stattfand.

Was hatten ihn insbesondere zwei, der heiligen drei Könige in den Tagen, in denen es für ihn und seine Firma um die Existenz ging, genervt. Der erste der Bosse, Mister William Hausmann und wohl derjenige welcher schlußendlich das entscheidende Sagen hatte, vielleicht weil er die meisten Firmenanteile besaß, war ein mächtiger, schwitzender, aufgeschwemmter Riese, der sich mit einem karierten

Stofftaschentuch ständig über den kahlen Schädel wischte, jedoch alles Gesprochene genau aufnahm. Dies obwohl er offensichtlich die wenigsten Fachkenntnisse besaß, doch instinktiv seinen Finger in jede Wunde legte die sich irgendwo auftat. Ein unangenehmer Gesprächspartner der ständig auf der Lauer zu liegen schien und überall Unrat witterte. Der Zweite, Gregory van den Burg, ein Schwätzer dessen Mund nie stillstand und Bert ständig unterbrach um meist völlig unnötige fachfremde Fragen zu stellen, was nach wichtigtuerischer Selbstdarstellung aussah, vielleicht auch um seinen beiden Kompagnons zu imponieren. Nur der Dritte, Evander Hell war der wirkliche Experte. Ein kleiner untersetzter Mann mit kurzem militärischem Haarschnitt, sehr gepflegt und in seiner Wortwahl mehr als bedacht. Mit ihm alleine hätte das ganze Präsentationsverfahren die halbe Zeit erfordert, denn Hell verursachte keinerlei Abschweifungen vom Thema, wie es der geschniegelte van den Burg praktizierte, der sich ganz offensichtlich gegenüber seinen Kollegen, schon alleine seines Namens wegen, als etwas Besseres empfand.

Für Bert war es ein harter Part sich ohne Ausnahme perfekt darzustellen, sachlich zu überzeugen, schnell umzudenken wenn Alternativen gefragt waren, jeweils das passenden Kostenbild anzuhängen und über die ganze Dauer der Gespräche konzentriert zu bleiben. Hilfreich für ihn war dabei die Anwesenheit des technischen Leiters von CONACON, Monroe Huxel als vierter Mann, der sachorientiert Berts Argumentationen reflektierte und dazu beitrug das Gespräch mit respektabler Kompetenz überzeugend jeweils im Sinne der angestrebten Zielsetzung in die richtige Bahn zu lenken, wodurch so manche Klippe im Konsens überstanden werden konnte. Manchmal während der immer länger werdenden Stunden ruhte Bert seine Augen für Sekundenbruchteile auf der mitstenographierenden, äußerst hübschen Sekretärin Miss Chystel aus, die ihn bei Blickkontakten stets anlächelte, auch, oder gerade dann wenn sie bemerkte, daß Berts Augenmerk jedesmal unvermeidlich von ihrem hellen Marylin-Monroe-Gesicht auf ihre gut gefüllte Bluse herabsank. Er konnte diese Abschweifung einfach nicht verhindern, weil sich jedesmal der Mann in ihm verselbständigte.

Vorbei der Auftragsstress.

Luft in sein Denken pumpen, abschalten, das ferne Europa vergessen, dies sollte, mußte, durfte ab sofort das einzige Thema für ihn sein, wobei er für diese Auszeit nur einen noch ziemlich verschwommenen Plan im Kopf hatte, der ihm spontan erst in dem Augenblick einfiel, als Stan vorschlug nach Kalifornien oder Florida zu reisen. Die plötzlichen Freiheit in der Natur des Nordens zu suchen resultierte vielleicht aus dem ständigen Anblick der hinter Anchorage hoch aufragenden schneebedeckten Bergen, die so unangreifbar schön die Welt des hiesigen Nordens symbolisierten. Sie strahlten für Bert eine fast jungfräuliche Unberührtheit aus, die ihn glauben machte sich irgendwo dort von aller Last die ihn zu Boden drückt, befreien zu können. Mit diesem Empfinden, das am Morgen nach seinem Nervenversagen durch seinen Blick aus dem großflächigen, wegen der Klimaanlage nicht öffenbarem Hotelfenster, in ihn eindrang, konkretisierte sich sein Entschluß durch das unmittelbare Schaffen erster Fakten fast automatisch.

Die Nacht verbrachte er nach dem mexikanischen Ausflug, trotz frühzeitiger Entleerung, mit erheblichen Magenbeschwerten, doch seine Freundin Bromazepam deckelt alles zu und tauchte, gemäß großer Dosis, alles was ab morgen sein würde in ein rosarotes Zukunftstlicht.

Ein neuer Tag, ein neues Leben und doch gleicht Berts Ebenbild im Spiegel über dem Waschbecken nicht dem gewohnten Anblick. Sein Gesicht kommt ihm mager vor und unter den Augen hat er halbmondförmig angeschwollene Rillen, die man landläufig Tränensäcke nennt und sich eigentlich nur nach übermäßigem Alkoholgenuß in dieser Weise darstellen, was für ihn nicht ursächlich sein konnte.

Der batteriebetriebene kleine Rasierapparat fällt ihm aus der Hand ins Waschbecken. Seine Hände zittern.

Zuerst geht er zur Rezeption und verlängerte seine Buchung im Hilton für drei weitere Tage, läßt den Flug stornieren und bittet darum ihm einen Leihwagen zu besorgen. Geländegängig sollte er sein, mit

Vierradantrieb und er erinnerte sich an seinen Cherokee Jeep den er in den neunziger Jahren mit Leidenschaft fuhr.

„Gibt es den Cherokee-Jeep noch, oder ein neueres Model davon?"

„I ask."

Ja, er könne einen Cherokee-Jepp bekommen und zwar den neueren TypXJ 3 mit einem etwas verlängerten Heck und der Möglichkeit, nach umklappen der Rücksitze ausgestreckt darin schlafen zu können.

„Das ist genau das Richtige dann brauche ich nicht unter Menschen, wenn es mir nicht danach ist," denkt Bert und unterschreibt den Leihvertrag für vierzehn Tag, wenn er auch nicht ernsthaft daran denkt so lange von der Firma wegzubleiben, aber für alle Fälle, man weiß ja nie, zumal der Winter vor der Türe steht was man ihm, mit leicht gerunzelter Stirn wiederholt warnend zur Kenntnis bringt. Die letzten Septembertage würden den kurzen Sommer unabdinglich beschließen. Bert meint, im September sei doch noch der sogenannte „Golden Indiansummer", was er irgendwo in einem Prospekt gelesen hatte und der strenge Winter würde hier auch nicht gerade schlagartig hereinbrechen oder vielleicht doch?

Na ja, ich mach ja keine Expedition in die Wildnis, lediglich um in der Natur wieder ein wenig Nähe zu mir selbst zu finden, dorthin zu kommen wo ich einstmals war - lang ist es her - vielleicht auch zu lange um durch all die vielen Windungen auf den verlorenen Weg zurückzufinden." Bert kauft sich im Blockhaus gegenüber detaillierte Landkarten und einen Reiseführer für Alaska, dann zieht er sich auf sein Zimmer zurück.

Als es an der Türe klopft, schreckt er aus einem tiefen Schlaf. Draußen ist es dunkel.

„Ihr Diner, Sir."

Das Angebot im Sporting-Center ist immens. Es gibt alles was ein Outdoorfreak sich wünschen kann. Bert kauft eine strapazierfähige Hose mit Innen- und Außentaschen, Verstärkungen am Gesäß und an den Knien, Canadienboots, die hochgeschnürten, pelzgefütterten, wasserdichten Stiefel. Zu seiner Überraschung kommt eines der angebotenen, üblicherweise gewichtigen Modelle, aus „Old Germany", Marke Boss, nur, daß diese bei gleicher Ausstattung geradezu federleicht sind. Er kauft sie, wenn auch fast doppelt so teuer. Dazu eine schwarz- rot karierte Wolljacke wie man sie hier häufig trägt und einen militärfarbenen schwerstoffigen Anorak, Marke Mamut, auf dessen Ärmel jenes Riesentier aus der Vorzeit abgebildet ist. Die Verkäuferin erklärt dazu, man könne mit der Kapuze auf dem Kopf, die sogar ein Mützenschild besitze, stundenlang im Regen gehen ohne darunter naß zu werden. Auffallend für Bert ist ein unscheinbarer grauer Schafwolle Pullover, der tatsächlich nach Schaf riecht und man ihm sagt er wäre aus naturbelassener Wolle gefertigt deren originaler Fettgehalt, Regen oder Schnee lange abhalten würde. Außerdem wäre die Wärmespeicherung außergewöhnlich hoch, besser sogar als bei der heute üblichen Fleece Ware. Man fühle sich darin wie ein Schaf im Wollpelz, müsse allerding den Geruch mögen und die hübsche Verkäuferin lächelt ihn ein wenig spöttisch an.

Er kauft ihn.

Dazu kommt noch ein Schlafsack, eine Isomatte, ein 45 Liter Rucksack den er mit allem möglichen, was die indianische Verkäuferin ihm zur Selbstversorgung zusätzlich rät, bepackt. Zuletzt nimmt er eine Handvoll weißer Feuerzeuge aus dem Korb neben der Kasse, auf denen in blauer Farbe ALASKA steht und erwirbt schlußendlich noch eine schwarze Schildmütze auf deren Frontseite in Gold gestickt, zwei Flugenten ihre Flügel ausbreiten, darunter ein kleiner Alaska-Schriftzug. Dazu als weiterer Dekor sechs größere Enten die

in pfeilförmigen Formationsflug der Spitze des Mützenschildes zu-
streben. Die goldenen Embleme findet er etwas angeberisch, aber
die Mütze an sich gefällt ihm nicht zuletzt weil diese Art der Kopf-
bedeckung, den sportlichen Baseballkappen nachempfunden, hier
in der USA in allen Farben und mit den verrücktesten Aufdrucken,
von Allen und Jedem getragen werden, also warum nicht auch von
ihm. Dies zumindest für die Zeit des Eintauchens in die fremde Welt
Alaskas bis sein Kopf die Klarheit zurückgewinnt, die er für sein weiteres Leben so dringend benötigt. Zuletzt fallen ihm noch ein paar
fellgefütterte Handschuhe aus grobem Hirschleder ins Auge, die
ihm besonders gefallen, obwohl er nicht daran glaubt sie auf seiner
Tour zu benötigen, aber für zu Hause im Winter auf den Höhen des
Schwarzwaldes oder hoch oben auf dem Brocken im Harz, könnten
sie ihm bestimmt gute Dienste leisten.
Doch der Kauf ist wieder Erwarten noch nicht zu Ende.
Die junge Indianerin empfiehlt ihm gegen plötzlich auftretende kalte
Wettereinbrüche, welche in dieser Jahreszeit nicht ungewöhnlich
seien, den zusätzlichen Kauf von Fleece Unterwäsche. Auch diese
Teile, bestehend aus Blouson und Hose erwirbt er, wenn auch wi-
derstrebend, vielleicht nur um sich noch ein wenig in der Nähe der
außergewöhnlich hübschen indianische Verkäuferin aufzuhalten. Ihr
Gesicht wird von zwei dicken schwarze Zöpfen umrahmt und die
für ihre Herkunft ungewöhnlich großen dunklen Augen mustern den
fremden Europäer neugierig, diesen Mann im Anzug und Krawatte
der soeben all die Dinge gekauft hat, die man eigentlich nur draußen
in der Wildnis benötigt und sie fragt ihn mit einem ganz kleinen ver-
schmitztem Lächeln:
„Relaxing in der Natur „out of Businesstrouble?"
„Auch das."
„Wohin?"
„Weiß ich noch nicht – nordwärts."
Die Kunden des Outdoor-Centers erhalten, wenn sie es wünschen,
kostenlos eine Straßenkarte von Alaska und eine „Milepost", einen
Campgroundführer. Der, den ihm die junge Frau lächelnd über-
reicht trägt schon ein älteres Datum, doch sie meint, es habe sich

seither nicht viel geändert, so daß er für seine Bedürfnisse ausreichen müßte. Als er an der Kasse seinen umfänglichen Kaufes bezahlen will, fragt sie ihn mit einem unverwechselbaren schelmischen Lächeln:

„Nehmen sie mich mit?"

Bert fühlt sich von dieser Frage überrumpelt und muß einmal kräftig durchatmen bevor er antwortet:

„Sofort, aber das wollen sie doch nicht wirklich?"

„Nein, denn ich muß hier meinen Job machen, aber wir könnten einen Kaffee zusammen trinken, ich habe gleich Pause. Bert ist erstaunt ob dieser unbedarften, so ungewöhnlich direkten Aufforderung und meint er würde draußen warten.

„Nein, gehen sie die Straße rechts hinunter bis zum nächsten Block, dort an der Ecke ist ein Starbucks-Coffee-Shop, ich komme in zehn Minuten."

In den Rucksack hatte er all das erworbene Kleinteilige, sowie einige größere Stücke, wie die raffiniert ineinander gestapelte Pfanne, Suppenschüssel und Teekanne, einschließlich mehrerer Gas-Kartuschen gepackt und das Übrige zusammen mit der neuen Kleidung im ebenfalls erworbenen, dunkelblauen „Canadiantrager", einem röhrenförmigen Seesack ähnlich, verstaut. Dieser, oben längs mit durchgehendem Reisverschluß hatte seitlich zwei kräftige Griffschlaufen, zum waagerecht tragen, aber auch zum Schultern, wie man ihm erklärte.

„Den kann ich später beim Rückflug am Airport mit all den Outdoor - Sachen als Reisgepäck aufgeben. Ist doch eine Menge Zeug geworden, jetzt auch noch die Fleece-Unterwäsche, welche ihm die Indianerin „für alle Fälle" so dringend empfohlen hatte."

Der in einer großen Tasse servierte Cappuccino in dessen hohem weißen Milchschaum eine Art Schokoladepalme eingestreut ist hat fast italienisch Qualität, was ihn erstaunt, insoweit der Amercan-Coffee nach seinem Geschmacksempfinden in der Regel eher einem Ersatzkaffee der Nachkriegszeit entspricht.

Die Fenster des Cafés sind zwar bis auf Brüstungshöhe verglast, aber „amerikanisch", durch heruntergelassene Rollos nur in der Addition der Schlitze zwischen den schräg gestellte Lamellen, durchblickbar. Bert hat sich schon oft nach den Gründen dieses Phänomens amerikanischer Lokale gefragt, bei denen meist die Blicke nach draußen und von draußen nach drinnen auf diese oder ähnliche Art verhindert werden, jedoch nie eine einleuchtende oder gar aus europäischer Sicht schlüssige Erklärung erhalten. Scheinbar lieben es die Amerikaner in Restaurants möglichst unerkannt in einem abgedunkelten Raum zu sitzen, in dem man kaum die Speisekarte lesen, geschweige denn das Essen auf dem Teller genauer verifizieren kann. Eine weitere Gewöhnungsbedürftigkeit für einen Europäer ist die Tatsache, daß meist direkt nach dem Verzehr, unaufgefordert die Rechnung auf den Tisch gelegt wird, worauf ein Amerikaner auch unverzüglich bezahlt, um dann gleich darauf das Lokal zu verlassen. Damit könnte sich eine weitere Frage beantworten, warum es im Amerikanischen kein vergleichbares Wort für „Gemütlichkeit" gibt. Die Menschen über dem großen Teich wissen offensichtlich nicht wie man Gemütlichkeit lebt, denkt Bert bei sich. Wie anders doch mehrzählig die Lokalitäten in Europa, wo man nach draußen in die Natur oder auf ein quirliges Menschengewimmel blicken kann und das Verweilen nach dem Essen bei einen Digestiv oder einem weiteren Glases Wein und bei einem guten Gespräch, geradezu obligatorisch ist.

Er winkt ihr als er sie am Eingang mit suchendem Blick stehen sieht. Sie trägt die gleiche rot-schwarz-karierte Jacke wie er sie eben auch für sich gekauft hat, darunter einen feingestrickten weißen Pullover mit Rollkragen und Lewis-Jeans. An den Füßen braunlederne, seitlich geschnürte indianischen Stiefelmokassins mit einem kleinen weißen Pelzstreifen am oberen Rand. Sie ist nicht sehr groß, aber unter der offen getragenen Jacke wird ihr schlanker, weiblich gut proportionierte Körper sichtbar. Auffallend ist ihr aufrechter, geradezu stolz zu nennender Gang, mit einem leicht angehobenen Kinn, was ihre geschmeidigen, leichten, federnden, sehr selbstbewußtes Bewegungen beim Näherkommen einmal mehr betont.

Sie lächelt ihn an und als ein Cappuccino mit eingestreutem Schokoladenherz vor ihr steht, beginnt sie ihn übergangslos zu befragen, nach allem was dieser Mann, der von weit her kommt, an Fremdem, Fernen und über sich selbst berichten kann, falls er dazu bereit ist. Und Bert erzählt ihr, dieser ihm völlig unbekannten Frau, die er vorher nie gesehen hat und wahrscheinlich nicht mehr sehen wird, alles aus seinem Leben, auch das was stets verborgen blieb, ihm bisher unaussprechbar erschien und dabei öffnen sich unsichtbare Schleusen die deutlich machen was ihn bewegt hier in Alaska eine Auszeit zu nehmen. Es fließt aus ihm heraus wie ein unbändbarer Strom und er verliert sich in den braunen Augen dieses schönen Mädchens für eine ungewöhnliche Stunde der zufälligen Begegnung, in der sich der schwelenden Brand seiner Seele für diesen kurzen Zeitausschnitt verflüchtig.

In den Sekunden in denen er seinen Sprechfluß unterbricht und sich für einen kurzen Moment besinnt, schämt er sich, gegen alle seine Prinzipien zum Schwätzer mutiert zu sein, zumal er Menschen die ihr Persönliches ständig auf der Zunge tragen, verabscheut. Verlegen und ein wenig bemüht eine Brücke zum unverfänglichen „Smaltalk" zu bauen, stellt er ihr eine Frage, die er ihr am Anfang des Kennenlernens längst hätte stellen müssen bevor er sich selbst so ungehemmt entblößte:

„Wie ist Ihr Name?"

Es vergehen einige Sekunden bis sie antwortet, wahrscheinlich weil sie selbst zuerst registrieren muß was da soeben unvermittelt und so gänzlich unerwartet geschah, etwas das sie mit ihren Fragen in dieser Intensität und Intimität gar nicht provozieren wollte.

„Chilaili!"

„Ist das ein indianischer Name und wenn ja, was bedeutet er?"

„Chilaili bedeutet in unserer Sprache-Schneevogel."

„Ein schöner Name, er gefällt mir und paßt zu ihnen, einem Mädchen aus dem Land der ewig schneebedeckten Berge."

Es entsteht wieder eine Sprechpause dann ergreift Chilaili erneut das Wort.

„Würden sie meinen Großvater kennen, wüßte er zu dem was sie mir soeben erzählt haben vieles zu sagen."

„Wo lebt er?"

„Weit oben im Norden, irgendwo in der fast noch unberührten Natur unseres Landes das uns die Europäer mehr und mehr wegnehmen." „Doch nicht die Europäer, sondern die Amerikaner." „Wir sagen zu allen weißen Amerikanern-Europäer, weil sie ausnahmslos von dort kommen und uns rücksichtslos aus unserem ureigenen Land verdrängen, uns, die eigentlichen Amerikaner wenn ich diese Bezeichnung in diesem Falle auch nur ungern verwende.

„Ich verstehe sie."

„Ich glaube nicht, daß Sie das, was sich durch die fortschreitende Okkupation unseres Landes geschieht, wirklich verstehen können."

Bert geht auf diesen kritischen letzten Satz nicht ein, weil es ihm nutzlos erscheint offensichtlich unveränderbar fortschreitendes Geschehen zu kommentieren, so wahr und tragisch dieses in seinen Augen auch ist.

„Treffen sie ihren Großvater manchmal?"

„Oh, das kommt nur alle paar Jahre einmal vor wenn er zu unseren Brüdern nach Evansville oder Alakaket kommt, ganz selten nach Fairbanks um seine Felle selbst zu verkaufen und ich zur gleichen Zeit dort sein kann. Das letzte Mal war es vor zwei Jahren. Es war sehr schön mit ihm. Er hat viel zu sagen und mit seiner Weisheit und Güte einen festen Platz in meinem Herzen." Und sie spricht weiter: „Wenn er auch, wie seine Vorfahren Jäger ist, so liebt er doch die Tiere, deshalb trägt er den Namen „Chaa", was soviel bedeutet wie „Freund der Biber". Seine Stammesbrüder nennen ihn auch "Sipokoo" - „Wissende Eule" und manche sagen er sei ein „Nagi Tanka", ein großer Geist, weil er ein sehr weiser Mann ist. Mein Großvater sagt manchmal: - Nicht ich lebe in der Wildnis, sondern du und die anderem in euren zugebauten, lauten, farbigen, steingepflasterten, hoch hinaus betonierten Steinwüsten - und meist denke ich - er hat recht. Wobei die wenigen Städte hier in Alaska ja noch einigermaßen erträglich sind, aber wenn ich mir New York, Los Angeles oder San Francisco vorstelle, wie ich diese Menschenmoloche im TV sehe,

dann weiß ich was er meint und fühle, daß er recht hat."
Dann schweigt sie lange und trinkt dabei in winzigen Schlucken ihren Cappuccino indem sie die große Tasse mit beiden Händen zum Mund führt.

„Haben sie meine Landsleute gesehen, drüben über der Straße, neben dem Supermarkt? Sie trinken sich zu Tode mit dem Subventionsgeld der Regierung, die sich freut, wenn sich deren Hirne vernebeln und sie die Realität ihres Elendes, das der Verlust ihres Lebensraumes mit sich bringt, nicht mehr wahrnehmen.
Schauen sie in ihre toten Augen. Ich muß weinen wenn ich sie sehe, die einst so stolzen Männer unseres Volkes."

„Ich habe sie gesehen, an verschiedenen Stellen der Stadt und auch ich sah ihre Augen die mich feindselig und gleichzeitig resigniert anblickten. Es waren flüchtige Wahrnehmungen weil ich meine Gedanken für meine Aufgabe, die ich hier in Anchorage zu erledigen hatte, freihalten mußte, aber ich habe diese Blicke kaum ertragen und es bewegt mich jetzt wo wir darüber sprechen um so mehr. Ich empfinde Schmerz und Wut über das was ich bereits weiß, was die amerikanisierten Europäer den einst so stolzen Stämmen eures Volkes angetan haben, ebenso den Inuits im Norden und es heute, auf eine perfide Art, weiterhin tun." Sie blickt ihn erstaunt an.

„Denken sie wirklich so wie sie es sagen? Ich bin überrascht, daß ein Europäer überhaupt bemerkt was mit uns geschehen ist und geschieht." „Ganz sicher denke ich so und verzeihe es den Europäern nicht, die heute als Amerikaner mit einer lächerlich kurzen historischen Vergangenheit von kaum 200 Jahren, den anmaßenden Stolz auf die Nation in großen Lettern auf ihre Fahnen schreiben und die eigentlichen Amerikaner, die Indianer und Inuits wie armselige Wilde ausgrenzen. Es ist eine Schande die meines Wissens keiner der amerikanischen Präsidenten je eingestanden oder gar versucht hat einen respektierlichen Weg für das fahrlässig verachtete Volk der wahrhaftigen Frauen und Männer dieses wunderbaren Landes, zu verwirklichen. Immerhin ist jetzt ein farbiger Mann Präsident, was ja fast an ein Wunder grenzt, aber sie, die Weißen werfen ihm Knüppel in den Weg wo immer es geht. Hoffentlich bleibt er stark und hoffentlich töten sie ihn nicht. Eines Tages sollte ein indianischer Mann oder Frau an der Regierungsspitze stehen um dafür zu sorgen, daß für euer Volk Gerechtigkeit und eine bessere respektvolle Lebensbasis geschaffen wird."

Chilaili sagt etwas auf indianisch das er nicht versteht, aber ihr Gesichtsausdruck zeigt ihm, daß es offensichtlich etwas mit erstaunen, vielleicht sogar überraschter Verwunderung zu tun hat, was auch dadurch deutlich wird, daß sie plötzlich ihre Hand auf die seine legt und dort wenige Sekunden beläßt. Dabei blickt sie ihm mit einem Ausdruck in die Augen den er nicht wirklich ergründen kann, der jedoch tief in ihn eindringt. Sie sitzen sich jetzt schweigend gegenüber dann sagt sie übergangslos ihre Arbeitspause sei vorüber, sie müsse gehen, steht auf hebt leicht die rechte Hand, als wolle sie ihm zum Abschied winken, bezahlt an der Zentralkasse am Ende des Tresen und die Milchglastüre schließt sich hinter ihr mit dem leisen Sauggeräusch des automatischen Schließmechanismus.
„Baff!"
„Was war das jetzt?
Hab ich etwas Falsches gesagt - gemacht?"
Bert ist verwirrt und weiß nicht so recht was er von dieser Begegnung halten soll die er so intensiv empfand wie keine Andere an die er sich erinnern kann und die dann so abrupt endet.
Gerne hätte er sich mit dieser hübschen, wenn auch ein wenig rätselhaften jungen Frau, die sich so voller Gefühle und erkennbarer Last ihres Lebens als Indianerin zeigte, noch weiter unterhalten, sie vielleicht zum Abendessen eingeladen um ihr näher zu kommen, aber sie ahnte wohl seine Gedanken und entzog sich einer weiteren Nähe.
„Fremde Welt."

Und doch änderte sich in ihm etwas. Eine Türe seiner Seele hatte sich einen kleinen Spalt geöffnet, gerade soweit für einen unbewußten ersten Schritt hinaus, der jedoch abrupt endete als die schöne junge Frau, die ihn so sehr berührte, in sein Leben trat und dann so unvermittelt verschwand. In ihm blieb eine verloren geglaubte Sehnsucht zurück, eine Sehnsucht nach Liebe, nach der Nähe eines Menschen dem er vertrauen konnte, der ihn liebte, zu ihm stand, ihn umarmte. Vielleicht wäre es diese junge Frau, in ihrer unbeirrbaren Authentizität gewesen, die seine inneren Verkrustungen hätte aufbrechen können, aber es sollte wohl nicht sein.

Er schüttelte sich innerlich um von diesen Gedanken, die ihn in Illusionen hinweg trugen, frei zu kommen, zurück auf den Boden seiner so unabänderbar scheinenden Realität.

Bert lädt seinen Einkauf in den Leihwagen und überlegt dabei ob ihm außer den Lebensmittel, die er am nächsten Tag kaufen will, noch etwas fehlt, er etwas vergessen hat was vielleicht draußen in der Natur wichtig sein könnte.

„Eine Waffe!"

Man kann ja nicht wissen. Es gibt Bären, Wölfe und Elche, die besonders gefährlich sein sollen, wenn man unwissend ihr Revier betritt, so der Hinweis in seinem Alaska-Reiseführer aus dem Info-Center.

Er geht die paar Schritte zum Sporting-Center zurück, denn er hatte dort auch eine Abteilung für Jagd- und Faustfeuerwaffen gesehen. Vielleicht war die Überlegung eine Waffe zu benötigen auch nur ein vorgeschobener Grund Chilaili nochmals zu sehen, wenn er diesen Gedanken auch vor sich selbst nicht eingestehen will.

Sie ist nicht da und seine Enttäuschung beweist ihm, daß er in Wirklichkeit nur wegen ihr einen Grund gesucht hatte nochmals das Geschäft zu betreten.

„O.k.", denkt er, reingefallen und erklärt dem auf ihn zueilenden Verkäufer er bräuchte eine Faustfeuerwaffe.

Geflissentlich liegen sie nun vor ihm auf dem weichen Tuch, das der Verkäufer auf den Glastresen ausgebreitet hat. Tötungsgeräte zu denen er, entgegen seines gesunden Menschenverstand, schon von jeher eine Art Haßliebe empfand.

Da liegt eine Colt-Pistole Defender Kaliber 45, eine SIG Sauer P226 und sogar eine Glock 17, beide Kaliber 9 mm, eine Ruger P 90 Kaliber 45 und andere hübsch-häßliche Schußwaffen.

„Ich hätte eigentlich lieber ein Revolver."

„Kein Problem, einen Moment bitte." Und der verkaufsfreudige junge Mann mit dem Bürstenhaarschnitt und dem energischen Kinn, zieht eine andere Schublade aus dem Korpus des Tresens.

Smith & Wesson Kaliber 38 Spezial mit kurzem 51 mm oder längerem 102 mm Lauf.

Dann ein Colt Lawman MK III......

„Stop, ich nehme die S&W 51 Magnum."

„Sehr gerne Sir 825 US Dollars."

„Bitte Ihren Führerschein wegen der Registrierung."

„Führerschein, ich habe nur einen deutschen Führerschein.

„Sorry, nur US-Bürger mit gültigem Führerschein können eine Waffe kaufen, sorry again!"

Und er zuckt, mit einem verlegenen Lächeln, entschuldigend die Schultern.

„Eine Langwaffe kann ich Ihnen anbieten ohne US Führerschein."

„Nein, lassen wir es, danke."

Bert ist ein wenig verärgert weil man immer wieder und überall gehört hat, daß jeder in der USA ohne Problem frei eine Waffe kaufen kann, wobei er nun erfahren muß, daß dies nur für Bürger dieses Landes gilt.

„O.k. dann eben nicht,"

„Nehmen sie doch ein Jagdmesser."

Bert denk – auch nicht schlecht, an ein Messer habe ich überhaupt nicht gedacht und er nimmt eines mit langer Klinge die auf der Rückseite einen Reihe scharfer Sägezähne hat.

„Damit kann ich vielleicht kleine Äste zum Feuer machen schneiden."

„Wenn sie hoch in den Norden gehen sollten dann würde ich ihnen auch einen Kompaß empfehlen, denn wenn sie irgendwo draußen sind kann der Himmel so gleichförmig grau und ohne Sonne sein, daß sie nicht mehr erkennen wo Nord oder Süd ist. Was glauben sie warum an unseren Straßenschildern immer der Hinweis der Himmelsrichtung angeben ist?"

„O.k. nehme ich" und der junge Mann mit dem gebräunten Gesicht eines Outdoor-Mannes schiebt ihm eine Hartplastigschächtelchen über den Tresen das etwa die Größe einer Streichholzschachtel hat und auf dessen Oberseite eine kleine Längsrille eingefräst ist.

„Ziehen sie an der Schnur."

Ein Kompaß und darüber ein kleiner Spiegel, der sich beim herausziehen schräg auffaltet, tauchen auf.

„Sie können den Kompaß auf ihre Karte legen und so die Richtung bestimmen oder sie nehmen das Teil ans Auge visieren über die Längsrille einen Punkt an zu dem sie gehen wollen, vielleicht ein Berg oder ein weit entfernter Baum und sehen dann im Spiegel die Himmelsrichtung,

„Raffiniert, gefällt mir. Ich nehme den Kompaß."

Draußen beginnt es zu dämmern. Jemand zieht ihn am Ärmel seines Jacketts.

„Sir, ich war soeben im Sport-Center Zeuge als man ihnen keine Waffe verkaufen wollte, ich hätte eine für sie."

Bert schaut den Mann mißtrauisch an. Sein Urteil fällt nicht gerade zu dessen Gunsten aus. Ein langes unrasiertes Gesicht mit zwei kleinen eng stehenden, tückisch wirkenden Augen. Ungepflegt, besser gesagt schmutzig, ungewaschen, riecht nach einem undefinierbarem Gemisch aus Schweiß und trockenem Blut, ganz sicher kein Menschen sondern Tierblut, das dunkelbraune Flecken auf seiner Wolljacke zurückgelassen hat – ein Jäger.

Trotz dieses negativen Eindrucks fragt Bert:

„Kann ich die Waffe privat kaufen ohne rechtliche Konsequenzen?"

„Klar, schauen sie doch in die Tageszeitungen da werden täglich ohne Ende Waffen aller Art angeboten für jeden käuflich, nur sollte man mit so einer Waffe natürlich keinen Shit produzieren und sich dabei dann noch erwischen lassen.

„Ich habe drüben im Auto eine Smith & Wessen, Kid-Gun, Kaliber 22, aber keine normale Kleinkaliber sondern eine 22-ziger Magnum vom Feinsten, ein giftiges Ding das Gasflaschen durchschlägt."

„Sind sie interessiert, einschließlich Gürtelholster?"

„Bin ich, zeigen sie mir die Waffe."

Sie gehen über die Straße zu einem schmutzverkrusteten Toyota-Truck und der grobschlächtige Mann mit dem Sechstagebart, den Bert instinktiv ablehnt, nicht nur weil er übel riecht sondern weil er ihn für einen jener Schiesser hält, die zum Vergnügen in der Wildnis, aus sicherer Entfernung, auf Trophäenjagd gehen, was sich gleich darauf auch bestätigt als dieser Mann so nebenbei erklärt, gerade von der Jagd zurück zu kommen und jetzt ein wenig Kleingeld benötige. Egal, denkt Bert, jetzt habe ich schon einmal den ersten Schritt getan und gleich werden ich sehen ob ein zweiter folgt, wobei ihm die doppelte Enttäuschung eben im Sporting–Center Chilaili nicht angetroffen zu haben und zu allem Überfluß auch keinen Revolver kaufen konnte, noch in seinem Hinterkopf pocht.

Der Trommelrevolver den der Mann ihm zeigt ist tatsächlich beeindruckend. Edelstahl, in seinen Abmessungen fast zierlich zu nennen, jedoch mit einer verlängerten Trommel für Magnum Patronen, die ihm der Mann in einer Fünfzigerpackung dazugeben will und auch das Holster aus starkem, profiliertem Leder gleichfalls in sichtbar guter Qualität fast ohne Gebrauchsspuren.

„Der Kerl braucht Geld," denkt Bert sonst würde er sich nicht von diesem edlen Teil trennen.

„Wieviel?"

„600 Dollar!"

„400 Hundert und keinen Centavo mehr!"

„Cash?"

„Cash!"

„O.K.!"

Der Jäger stimmt ohne weiter Verhandlung zu, vielleicht hat er die Waffe gestohlen?

„Gibt es in der Nähe eine Bank oder einen Geldautomat?"

„Ja, die Straße hinunter einen Block weiter ist ein Automat."

Sie gehen nebeneinander. Bert ist es bei der Sache nicht wohl, aber was soll schon schief gehen. Er wird den Revolver zu aller Sicherheit auf seiner Tour dabei haben, aber hoffentlich nicht gebrauchen müssen. Gerne würde er das beachtliche Stück anschließend mit nach Deutschland nehmen, was jedoch höchstwahrscheinlich, durch die übergenaue Gepäckkontrolle an den US- Airports nicht möglich sein würde. „Dann verkauf ich die Waffe wieder oder schenke sie Chilaili für den Großvater.

Er schiebt seine American Express Platinumkarte in den Schlitz und läßt sich über den eingetippten Code 1 000.- Dollar auszahlen von denen er 400,- dem Mann, in der verschlissenen Wolljacke übergibt.

Bert nimmt den Revolver im Futteral und die Munition, beides in einem öligen Sofflappen eingewickelt, den der Jäger aus einer der Seitentaschen seiner Jacke hervorholt und der Deal ist beendet.

Im weggehen sieht Bert wie die 100 Dollarscheine zusammengerollt in der Brusttasche eines grünblau karierten Hemdes, das für einen Augenblick sichtbar wird, verschwinden. Als der Jäger seinem Blick noch einmal begegnet tippt er mit zwei Fingern an seine militärgrüne Pelzmütze, auf der vorne ein orangefarbigen Bär aufgedruckt ist, dreht sich wortlos um und geht zurück in Richtung seines Trucks an dessen Rückfenster sichtbar zwei Gewehre eingehängt sind.

„Warum rollen die meisten Amerikaner die Geldscheine zusammen, was Bert schon oft beobachten hatte? Dabei erinnert er sich auch an andere kuriose Bündelungen früherer europäischer Währungen, vor der Einführung des Euro, so die Italiener die Ihre teils übergroßen Lire-Scheine einfach zusammenknäulten in der Hosentasche mit sich trugen oder die Franzosen ihre Franc-Scheine aus ganz dünnem Spezialpapier bestehend, mit Nadeln zusammen steckten. Selbst an den Bankschaltern konnte man diesen Vorgang beobachten und an den eingewechselten Scheinen waren oft noch die Einstichlöcher zu sehen.

„Ich muß noch in den Supermarket Nahrungsmitte und Getränke kaufen, denn essen will ich draußen am Lagerfeuer im Freien und dabei nicht darben, zumal im dünn besiedelten Norden sicherlich nicht viele Restaurants am Wege liegen."

Bert freut sich jetzt, mit einem plötzlich aufkommenden befreienden Gefühl auf die Fahrt ohne festes Ziel, ohne zeitliche Bestimmung und schiebt innerlich lächelnd alles Gewesene auf einen umzäunten

Platz in seiner Vergangenheit, jedoch mit einem kleinen Schmerz im Herzen der durch die Begegnung mit Chilaili und dem abruptem Ende in seinem Inneren verbleibt. Doch er will endlich losgelöst sein von allen sachlichen, aber auch gedanklichen Einschränkung und schiebt das was ihn bis zu dieser Minute belasten könnte beiseite, auch wenn er sich gegen die kleinen Gedankenstacheln, die ihn da und dort stechen, nicht wirklich wehren kann.

# 3
# BERÜHRUNGEN

Als Bert erwacht fühlt er sich gerädert und hat Mühe zu erkennen wo er sich befindet. Dies ändert sich jedoch sofort als er die innen beschlagenen Scheiben des Cherokee sieht die an den unteren Rändern mit zackigen Eisblumen bedeckt sind. Sie verhindern, mit ihrem verzauberten Glitzern für wenige Sekunden, den Blick hinaus in die makellose Schönheit der umgebenden Natur.

Bert war sehr früh von Anchorage aufgebrochen, erfüllt von wohltuender Spannung, ja zunehmender Freude auf das Kommende, Unbeschwerte ausschließlich von ihm zu bestimmende. Zuerst auf der Nationalstraße 1-North, östlich die gewaltig aufragenden, gezahnten Eiskappen der Chugach Mountains, westlich die Niederung des Nik-Arms entlang der schwarzen Nadeln abgestorbener Sitkafichtenwäldern, in denen man jedoch schon deutlich den kleinen Nachwuchs zwischen den toten Stämmen keimen sieht. Bald wird dem Zyklus der Natur folgend, sich in diesem Hochwasservorland neues Grün aufrichten und ihre schlanken Spitzen stolz zum Firmament recken. Bei Matanuska nimmt er die 3-North und fährt durch das Sustina-Delta das sich in tausenden von Flußarmen zum Meer hin verästelt, während östlich die Talkeetna Mountains ihre schneebedeckten Häupter über die dem Meer zustrebenden Niederungen erheben.

Irgendwo hält er den Wagen an, weil ihn die wechselnde Schönheit der Landschaft geradezu zwingt einen Blick ins Rund gehen zu lassen. Was er sieht ist atemberaubend, denn in allen Himmelsrichtungen zeigen sich jenseits der im herbstlich rot gefärbten, mit niederem Buschwerk bedeckten, Tundra, aus der nur hin und wieder einzelne Sitkafichten als schwarzgrüne Solitäre herausragen, ein anderes, jeweils unterschiedliches Bild mächtiger Erhebungen. Östlich die Keshgi Ridge mit zackig weißen, neben- und hintereinander gestaffelten Gipfelspitzen, als Teil der über das Land ziehenden gewaltigen Höhenzügen der Alaska Range, die an anderen Stellen wiederum in sanft fliesende weiße Bergformationen übergeht. Westlich davon die vorgelagerten, in schattig, blau-schwarz kontrastierenden, spitz aufragenden vereisten Faltungen, der Tokosha Mountains und am nordwestlichen Horizont für wenige Augenblicke sichtbar, der seltene Blick auf die meist wolkenverhangenen, immer eisbedeckte höchste Erhebung Nordamerikas, den Mount McKinsey mit seinen stolzen 6194 Metern, dessen massig runde Kuppe neben der zackenförmige Ostspitze über einer tiefer liegenden horizontalen Wolkenfahne scheinbar schwerelos schwebend, fast unwirklich herausragt. Die Indianer nennen diesen mystischen Bergriesen Dinali, was schlicht aber zutreffend - der Hohe - bedeutet.

Berts Gefühle sind einen Moment lang von der Urgewalt der Schönheit dieser Natur in ihrer so unterschiedlichen Ausdrucksform die er jetzt erfahren darf, so sehr ergriffen, daß sich seine Augen unbeeinflußbar mit Tränen füllen. Er verspürt eine bisher nicht gekannte befreiende Dankbarkeit. Das Eingesperrt fühlen zwischen den sich tunnelartig verengenden grauen Wänden seines Lebens, durch die er sich mit immer größer werdenden Anstrengungen hindurch pressen mußte, öffnete sich im Anblick dieses gewachsenen Wunders der Schöpfung.


Die erste Nacht draußen im Cherokee hat Bert im lichten Wald auf dem Campground am Merino Loop vor dem Eingang des Denali National Parkes verbracht.

Auf dem massiven Außen-Holztisch, den er zuerst von einer dünnen Schneedecke der vergangenen Nacht befreien muß, bereitet er sich auf dem Gaskocher mittels seines raffiniert ineinander gefügten Camp-Geschirrs, welches auch eine kleine Henkelkanne beinhaltet, einen Tee. Anschließend brät er zwei Spiegeleier in der beigefügten Pfanne, die er während der Eierzubereitung, mit einem extra dafür vorgesehenen Zangengriff, anfassen kann, ohne sich die Hand zu verbrennen. Dazu legt er zwei Scheiben Bauchspeck, dessen auslaufendes Fett die Eier aromatisch einbetten. Mit den ungewohnt weichen Brotscheiben muß er allerdings vorlieb nehmen bevor ihm die Idee kommt, nach dem Verzehr der Eier, die weißmehligen Pseudobrotstücke mit dem flüssigen Rest des ausgelassenen Fettes zu rösten. Das so veredelte mehlige Nichts belegt er anschließend, mit einem undefinierbaren Scheibenkäse aus einer Packung auf der unter anderem - Netherland – steht und erzielt so eine überraschend akzeptable Geschmacksergänzung. Warum bringen es die Amerikaner nicht fertig ein Brot herzustellen das diesen Namen verdient?

Es beginnt wieder ganz leise zu schneien und große Flocken bedecken die Erde, bleiben in zarten Kristallen auf den Ästen der in lichten Abständen umgebenden Fichten haften. Weit und breit keine Menschen, was sich vielleicht auch mit dem offensichtlich ungewöhnlich früh beginnenden Winter erklärt.

Im Headquarter am Eingang des Denali National Reserve muß Bert Angaben über die Dauer seines Aufenthaltes im Naturpark machen und erhält unter anderem die Info, daß der Park in wenigen Tagen schließen würde, ergo es danach keine Überwachung, Betreuung oder Rettung im Notfall gäbe, er sich also auf eigenes Risiko in diesem weiten Gebiet aufhalten würde. Dazu erhielt er weitere Instruktionen über die geforderte Verhaltensweise draußen in der Wildnis und vor allem Hinweise auf respektierliches Verhalten bei möglichen Tierbegegnungen, speziell mit Bären die jetzt überall zugange seien um sich die letzten Fettreserven vor der Winterruhe anzufressen.
„Help keep our Bears out of trouble," steht groß auf einer Tafel und der Ranger zeigt auf den Mittelpfosten in seiner Office in den mehrere Nägel mit angehefteten Schildchen eingeschlagen sind auf denen angegeben ist welche Größe die einzelnen Bärenarten haben. Jeweils die Schulterhöhen von Schwarz- Braunbären und erheblich weiter oben der Nagel für die Grizzlys.

Es ist kalt als er das Holzhaus des Headquarters verläßt. Der Schnee fällt nach wie vor in weichen Flocken aus dem Grau des Himmels und bedeckt die Natur mit einem durchscheinenden Kleid. Nach ein paar Meilen, nochmals ein Register-Stop an dem eine Rangerin mit einem flachrandigen Mountenpolice-Hut das Autokennzeichen aufnimmt mit dem Hinweis, wie weit er mit seinem Privatwagen in den Park einfahren dürfe, was bedeutet, bis zum Teklanika-Campground, dann sei Schluß. Es gäbe jedoch, solange der Park die wenigen Tage noch offen ist, einen Shuttle-Bus den man entlang der Strasse überall anhalten könne und der regelmäßig, mehrfach am Tage, die gesamte Straße von circa 80 Meilen bis zum Endpunkt, am Wonder-Lake, abfahren würde. Dort befände man sich sozusagen am Fuße des MountMacKinley. Der Begriff Straße bedeutet hier jedoch eine unbefestigte Schotterpiste in deren Furchen sich die ersten Eiskristalle spiegeln.

Bert ist glücklich und nichts von dem was er da an Einschränkendem hört ficht ihn an. Endlich frei in der Natur zu sein, draußen, wenn auch das Schließen des Naturparkes kurz bevorstand, dies jedoch den Vorteil mit sich brachte, daß er jetzt schon fast menschenleer war. Hin und wieder begegnet ihm auf seinem Weg durch den Zauber der Natur, zwischen schneebedeckten Höhenzügen vorbei an weiten Tundraflächen und krassen Talabstürzen, ein einsames Motorhome, meist entgegenkommend auf dem Weg den Park vor dem endgültigen Wintereinbruch zu verlassen.

Die Campsides liegen weit auseinander am Rande des in der breiten Uferzone steinig trockenen Flußbetts des Teklanika-Rivers, so daß man vom Nachbarn, wenn es denn einen gäbe, keine Störung befürchten muß. Der Ground scheint leer. Nur ganz weit entfernt, sieht Bert über dem Niederbusch den Dachrand eines Motorhomes und daneben einen Rauchgringel eines Lagerfeuers aufsteigen „Mach ich auch."
Neben dem obligatorischen Holztisch mit angefügten beidseitigen Sitzbänken gibt es eine Feuerstelle aus einem vorne offenen Eisenblechhalbkreis, vielleicht vierzig Zentimeter hoch, mit einem Abdeckrost, unter dem man das Holz für ein Feuer aufschichten kann.

Die Holzscheite hat er sich bereits bei der Einfahrt zum Ground an einem überdeckten Lagerplatz aufgenommen, muß jedoch die ziemlich groben Stücke speziell zum Anfeuern noch spalten. Gut daß er die kleine Axt auf anraten des Messer- Verkäufers erwarb. Überrascht hat ihn jedoch die Tatsache, daß unter dem Tisch, wettersicher, bereits Holz angehäuft liegt, was offensichtlich vom Vorgänger stammt und Bert nimmt sich vor diese aufmerksame Geste beim Wegfahren gleichermaßen für den Nächstkommenden zu praktizieren.

Das rostige Gitter deckt er mit Alufolie ab, die er am Rand pfannenartig aufwölbt und gibt Speiseöl, Knoblauchzehen und in Scheiben geschnittene Zwiebeln hinein. Auf dieser bescheidenen Würzgrundlage plaziert er sein fantastische aussehendes T-Bonesteak auf dessen Verzehr er sich schon während des Einkaufs im Supermarket gefreut hatte. Die Flasche kalifornischer Sauvignon Blanc von Beringer aus dem Nappa Valley ist längst geöffnet und das Stielglas zu einem Drittel gefüllt, das er bewußt in der Haushaltsabteilung des Marktes erstand, weil sich für ihn ein guter Wein nur in einem entsprechenden Glas wirklich genießen läßt. Dabei gibt es für Bert keinen Unterschied der Örtlichkeit zwischen einem eleganten Gourmet Restaurant oder hier draußen in der Wildnis.

Er liebt den Rauch brennenden Holzes dessen Würze die Luft mit feinharzigen Aromaten erfüllt und so bleibt er am Feuer sitzen bis nur noch kleine Glutklümpchen in der grauen Asche im Wind aufleuchten und in ihm ein fast vergessenen Zauber auslösen. Etwas das in seinem harschen Lebens verschüttet, plötzlich wieder in sein Bewußtsein zurückkehrt und ihn eine fast schmerzhaft, Glücksgefühl beschert.

Es ist Nacht und doch erhellt die fahle Blässe des fast vollrunden Mondes das Dunkel und bringt die umgebenden weißen Berge zum leuchten. Stille umgibt ihn - nur die Geräusche der Natur dringen an sein Ohr. Leise rauscht der flache Strom in der Mitte des unendlich breiten, Flußbettes, sucht sich dort träge seinen Weg talwärts, der sich in der Trockenheit des Sommer in Verästelungen aufgelöst hat, bevor im Frühjahr dann das Schmelzwasser der umliegenden Berge den Fluß wieder zu einem reißend breiten Strom anwachsen läßt.

Er wandert im schwachen Mondlicht das trocken Flußbett hinauf, überspringt kleine Wasseradern, dann geht er zum Ufer auf der anderen Seite durch einen kleinen Wald und nach einer erneuten Fluß-Traverse wieder zurück. Alles ganz gemächlich, wobei er die klare Vorwinterluft genüßlich in sich einatmet. Aus dem von Niederbusch durchzogen Kiefernwald, kommen Knackgeräusche.
Ein Bär?
Vielleicht, obwohl man ihm sagte nachts wären Bären in der Regel nicht aktiv. Es könnten Karibus sein wie sie ihm bereits auf der Fahrt zum Campground seitlich der Straße begegneten, vielleicht auch ein Fuchs auf der nächtlichen Jagt nach Schneehuhn-Nestern. Egal, Bert heißt in seinem Inneren alle Tiere willkommen. Sie waren schon immer seine Freunde und sie wissen es, zumindest glaubt er es zu spüren. Manchmal meint er sogar ihre Sprache zu verstehen. So bleibt er fast immer stehen wenn er in der Stadt einem Hund begegnet. Dann spricht er mit ihm, was nie ohne eine freundliche Reaktion bleibt, wobei die danebenstehenden Herrchen oder Frauchen von Bert völlig unbeachtet, ihn meist äußerst verwundert ansehen und seinen für sie ungewohnten Freundschaftsgesprächen mit ihrem Tier mehr oder weniger verständnisvoll lauschen.

Als er am anderen Morgen vom ungewohnten liegen auf dem harten Untergrund ein wenig steif geworden aus dem Wagen steigt und mit dem ersten Blick hinaus den neuen Tag begrüßt, sind die Bäume und Büsche mit feinem Schneezucker bestäubt. Der Himmel ist grau, doch im Osten zeigt sich zwischen aufreißenden Wolkentreifen hin und wieder die Herbstsonne in mattem Gelb. Die sanft geschwungene Hügel drüber über dem trockenen Flußbett, tragen ein durchsichtiges weißes Kleid, gleich einem feingesponnenen Netz.
„Vielleicht wird sich die Sonne durchsetzen und das frühe Weiß schmelzen lassen?"

Bert packt seinen Rucksack für den Tagesbedarf, fädelt das Revolverhalfter und die Messerscheide in seinen Gürtel ein, zieht den dicken grauen Wollpullover an und schlüpft so gerüstet in seinen wetterfesten Anorak. Er hat die Karte studiert und beabsichtigt durch den südlich anschließenden Wald über die weitläufige Tundra zum Igloo-Creek zu wandern, um dann irgendwo den Toklat-River, der sicher ebenfalls kaum Wasser führt, zu überqueren. Einige Kilometer weiter westlich ist in der Karte eine Ranger-Station eingezeichnet, die gleichzeitig auch Haltestelle des Shuttle Buses ist, der ihn dann wieder zurück bringen könnte. Alles was er jetzt tut ist so ungewohnt, erfüllt ihn jedoch mit tiefer Freude, wie er sie so unbedarft, unbelastet lange nicht mehr verspürt hat. Endlich frei, wenn auch in unbekanntem Terrain das ihm jedoch nicht feindlich gesinnt ist, von ihm keine taktischen Spielchen abverlangt, wie es in seinem Beruf gang und gäbe ist, um stets der Beste zu sein. Nein, hier ist alles so wie es ist und es würde sich nichts ändern, wenn der Mensch es so beließe. Alles ist greifbar, wirklich, fast unzerstörbar erscheinend, gefestigt in den Gezeiten der Natur und doch bleiben in ihm in seiner Unerfahrenheit des plötzlichen Wiederfindens in der unberührten überwältigenden Wildnis, Geheimnisse des Unwägbaren im Unbekannten bestehen.

Die Boots sind gut. Seine Füße haben einen festen Halt und bleiben trocken, auch beim überqueren von Stellen mit sumpfigen Untergrund bei denen sich seine Schritte wie durch dicke federnder Watte anfühlen. Er versucht stets auf Sicht zu gehen um eine unliebsamen, plötzlich Begegnung mit Wildtieren, besonders mit einem Grizzly, zu vermeiden. In den Waldstücken ist dies schwierig, weil er dort teilweise manneshohen, dichten Niederbusch durchqueren muß, der zwischen den Fichten oder Birken urwaldartig wuchert und nur wenige Meter vorausblicken läßt. Bert führt in diesen Bereichen laute Selbstgespräche, weil man ihm sagte, dies sei die beste Methode Bären auf Distanz zu halten denen die menschliche Stimme fremd sei und sie sich vor Unbekanntem meist abwenden würden. Kleine Glöckchen, wie sie die Touristen manchmal mit sich tragen wären konterproduktiv, denn das Klingeln könnte Jungbären in Begleitung des Muttertiers anlocken, was dann tatsächliche gefährlich werden könne.

Jetzt hat Bert den Wald hinter sich gelassen und stapft durch die weitläufige Tundra an deren Horizont sich wellig kahle Berge aufrichten, deren Kuppen mit jenem neuen Weiß bedeckt sind. Er überspringt kleine Wasserrinnsale und kämpft sich durch kniehohes Buschwerk und scharfkantiges Gras.

Auf einem kleinen Felsplateau, das wenige Meter über das Gelände herausragt, macht er nach zwei Stunden Marsch Rast, ißt sein mitgenommenes Sandwich und trinkt das klebrig, süßliche 7-up aus der grünen Dose, wobei er sich die Frage stellt, warum er beim Einkauf, mit einer völlig falschen Vorstellung auf ein solch chemisch, künstlich schmeckendes Gesöff hereingefallen ist.

Berts Durst ist jedoch größer als seine Abneigung gegen das Softgetränk und er trinkt einen ersten Schluck durch die am Blechring herausgeknipste Öffnung, als sich sein Blick über den Dosenrand unvermittelt mit dem eines Grizzlys kreuzt, der sich offensichtlich beim genüßlichen Verzehr der letzten Beeren an den halbhohen Büschen, von dem Menschen drüben auf dem Stein, gestört fühlt. Die Blicke treffen sich nur wenige Sekunden, dann wendet sich das mächtige graubraune Tier wieder seinem Mal zu, indem es sich auf seine Hinterfüße stellt um auch an die Beeren in den oberen Regionen zu kommen. Dabei wirkt der Herr des Waldes und der Tundra jetzt, in seiner aufrechten Größe einmal mehr furchteinflößend. Die Entfernung zwischen Mensch und Tier beträgt vielleicht einhundert Meter, aber Bert weiß, daß der pelzige Kamerad eine unglaublich feine Nase besitzt und hofft, daß genügend Beeren zur Verfügung stehen, so daß der riesige Feinschmecker nicht plötzlich Lust auf ein Schlückchen 7-Up verspürt oder auf ein Schinkensandwich, vielleicht gar auf ein wenig frisches Menschenfleisch.

Im Fernglas erkennt Bert sehr deutlich die große Masse des Beerenfreundes, dessen Augen wie zwei schwarz glänzende Knöpfe tief im dickem Pelz sitzen und während des Kauens hin und her wandern, ja ab und zu auch wieder genau zu ihm herüber, so daß Bert ein wenig erschreckt schnell das Glas vom Auge nimmt, weil er das Gefühl hat der Bär würde ihm ganz gezielt in die Augen sehen. Wie hieß es doch was man tun solle wenn man einem Bären begegnet? Nicht darauf zugehen, sondern sich ganz ruhig entgegengesetzt entfernen, aber um Gottes Willen nicht rennen, das könnte den Beerenfresser irritieren, indem er das laufende Lebewesen als potentielle Beute ansieht, das es zu jagen gilt.

Daß Bären, speziell Grizzlys um ein Vielfaches schneller laufen als Menschen, also auch ein guter Sprinter hoffnungslos verloren wäre, wenn der Bär ihn als Beute oder gar als Feind wahrnimmt, war Bert sehr wohl bekannt.

Wenn sich nun der zottige Kerl wider Erwarten aus reiner Neugierde plötzlich dem fremden Lebewesen auf dem Felsen nähern würde, zumal ihm die Beeren ja nicht davon laufen, wäre es Bert möglich - so denkt er – ihn, den Herrn des Waldes und der Tundra, durch freundliches Zureden, wie er es bei andern Tieren, vor allem bei Hunden, auch bei bissigen Hofhunden mit Erfolg tat, beeindrucken, ihm zu verstehen geben, daß da ein Freund von ihm sitzt, der ihm nichts Böses will, schon gar nicht die Beeren wegessen? Aber warum sollte er ein solches Scenario provozieren wenn es andere Möglichkeiten gab - zum Beispiel, ein unaufgeregter, geordneter Rückzug.

Bert rutsch vorsichtig im Blickschatten des Bären, auf der anderen Seite des Felsens hinunter und entfernt sich vorsichtig mit möglichst wenig Geräusch weg von dem Kameraden, der zweifelsfrei der Herr dieses Terrains ist.

Bald erreicht er den Fuß hügelartiger Erhebungen unterhalb des Schneezuckers der vergangenen Nacht und wendet sich in Richtung Westen, so müßte er, nach seiner geographischen Einschätzung auf den Toklat-River stoßen, den es dann zu überqueren galt.

Eine weitere Stunde ist vergangen und Bert glaubt das Bärenerlebnis hinter sich zu haben da durchzuckt ihn ein neuer Schreck, denn nach Verlassen der Tundra an deren Rand er einen kleinen Fichtenwald passiert hatte, sieht er sich erneut einem Grizzly gegenüber, allerdings nicht von Auge zu Auge, sondern nur dessen dickem Hinterteil das sich in kurzer Entfernung am Bergfuß aufgeregt hin und her bewegt und Erdklumpen links und rechts nach hinten daran vorbeifliegen. Der Bär gräbt in der Erde, vielleicht auf der Jagd nach einem Erdhörnchen oder einem anderen Tier das sich in seinen Bau geflüchtet hat.

Berts Bärenpotential ist nun ziemlich erfüllt. Auch jetzt zieht er sich wiederum langsam und möglichst geräuschlos in den Schutz des Wäldchen zurück. Zwischen den schlanken hohen Fichten und den allgegenwärtigen Niederbusch bahnt er sich seinen Weg nun zwangsläufig nach Osten, um dann in einem großen Bogen wieder in die ursprüngliche Richtung zu kommen. Sein Blick ist dabei immer wieder rückwärts gewandt, wobei er zu seiner Erleichterung feststellt, daß ihn dieser Erdtierjäger offensichtlich überhaupt nicht zur Kenntnis genommen hat, so sehr war er mit seinen jagdlichen Grabarbeiten beschäftigt.

„Verdammt - wie klein und unbedeutend bin ich doch hier in diesem unberührten, riesigen Land mit seinen wahrhaftig eigenen Gesetzen, die dem Mensch großen Respekt abverlangen. Ohne diese, würde es für alle Zeiten keinen Störenfried mehr geben."

Wind kommt auf.

Bert holt seine flache Whiskyflasche aus dem Rucksack und nimmt einen kräftigen Schluck der seinen Magen ziemlich hart trifft, jedoch von dort direkt eine bestimmte Stelle in seinem, von den Bärenbegegnungen, doch leicht aufgeregten Hirn anklickt, da wo es gut tut, von wo aus die Welt besonders freundlich erscheint. Bär hin, Bär her, hatten diese Kameraden doch ohne Zweifel hier das absolute Vorrecht.

Die Tundra endet und der anschließende Wald ist dicht. Bert hat große Mühe voranzukommen, doch die Richtung zum Toklat-River müßte jetzt wieder stimmen da ist er sich sicher auch ohne nochmals auf den Kompaß zu sehen. Trotzdem ist er mehr als dankbar, daß man ihm, zu recht, und dringend empfohlen hatte dieses so wertvolle Orientierungsinstrument mitzunehmen. Recht, umsomehr als er nach einer weiteren beschwerlichen Stunde durch rauhes, schwergängiges Gelände, im Wechsel mit weitläufigen offenen Stellen, wiederum buschige, unübersichtliche Regionen durchqueren muß und dort den Kompaß mehrfach benötigt. Er legt ihn auf eine Stelle der Landkarte, an der er sich zu befinden glaubt, um die Richtung zum Fluß anzupeilen. Der Himmel ist flächig grau wie ein Tuch, hinter dem sich die Sonne versteckt die ihm, wenn sie denn irgendwo herausgeblitzt hätte, auch ohne Kompaß die Himmelsrichtung anzeigen würde.

Am Fuß der hügelartigen Erhebungen, unterhalb der Schneegrenze, wendet er sich erneut nach Westen, wo er nach seiner Einschätzung den Fluß erreichen müßte, was auch nach etwa einer weiteren Stunde geschieht. Das Flußbett ist breit und mit wilden Steinschotter bedeckt, der bei der Schneeschmelze von der Bergen herunter gewirbelt wurde. Dazwischen kleine und größere Wasserströme die ohne sonderliche Eile, jedoch an manchen Stellen wild sprudelt, zu Tal fließen. Wälder säumen beidseitig die Ufer aus denen Bert jetzt, nach anstrengendem Marsch auf die flache Uferböschung heraus tritt. Schneehühner, schon im weißen Winterkleid flattern mit lautem Flügelschlag aufgeregt in den Himmel, hat sie doch das fremde, zweibeinige Wesen bei ihrer Jagd nach kleinen Flußtiere gestört. Bert versucht jetzt über den felsigen Grund des scheinbar fast ausgetrockneten Flußbettes zur anderen Seite in fast einhundert Meter Entfernung, zu gelangen, was jedoch scheitert. In der Mitte der ausgetrockneten Randzonen sprudelt, vom Ufer aus nicht zu sehen, ein schnell fliesender Strom, der einen ziemlich tiefen, wenn auch nicht breiten Graben in das Flußbett geschnitten hat den Bert nicht überwinden kann, es sei denn er würde das Risiko in Kauf nehmen mitgerissen zu werden.

Die Entfernung zum Campground auf dem gleichen Weg zurück, ist zu groß und gemäß gemachter Erfahrung von Bären bevölkert. Außerdem würde er aufgrund der erheblichen Distanz in die Nacht kommen. Nach kurzer Überlegung und Studium der Karte wendet er sich nach Süden am wildfurchig, zerklüfteten Ufer des Toklat-Rivers entlang, denn irgendwo dort mußte die eingezeichnete Brücke kommen welche die Schotterstraße über den Fluß führt. Von da kann er dann auf der Straße bis zur Ranger-Station marschieren und dort auf den Bus zu warten.

Im Bus sitzen zwei junge Männer mit schwerem Klettergerät und Bert hört sie begeistert vom MountMacKinley sprechen, den sie offensichtlich bezwungen hatten, was er sich bei den jetzt herrschenden Wetterbedingungen mit Temperatursturz und Schneefall nicht so recht vorstellen, besser gesagt, glauben kann.

Er ist froh als er oberhalb des Campgrounds das rüttelnde, schüttelnde gelbe Uraltgefährt eines früheren Schulbusses, durch die mit einem großen Hebel handbediente Falttür, verlassen und sich ohne auch nur die geringste Verzögerung auf der hinteren Ladepritsche der umgeklappten Rückbank seines Cherokee-Jeeps ausstrecken kann.

# 4
# BILL MAHOUNY

Was nehmen wir denn heute? –fragt sie, obwohl er ihr am hohen Tresen zum ersten Mal gegenüber sitzt. Sicherlich begrüßt sie jeden neuen Gast mit den gleichen Worten um ihm einen gutes Gefühl des Willkommenseins zu vermitteln.

„Einen Fernet Branca?"

Ihr rundes Gesicht nimmt zuerst einen überraschten, dann einen völlig ratlosen Ausdruck an und nach der ersten Sprachlosigkeit fragt sie, - „what du you want?" - wobei sie das „whaaaat - überlange ausgedehnt. Woher auch sollte diese nette Mollige hier im fernen Alaska auch einen italienischen Magenbitter kennen?

Blöde Frage?

„Einen doppelten Scotch ohne Eis."

Jetzt geht ein Strahlen über ihr Gesicht.

„Einen Bourbon oder einen Echten?"

„Einen Echten, wenn es geht."

„O.k. Darling und schon ist sie mit ihm vertraulich, was ihn überhaupt nicht stört, im Gegenteil, denn ihr prall roter Mund mit den herzförmigen Lippen öffnet sich bei diesen Worten zu einem hinreißenden Lächeln das eine Reihe kleiner, weißer, unglaublich regelmäßig nebeneinander stehender, fast gleich großer, Zähne entblößt.

Er hatte sich zuvor im feinen, ein wenig außergewöhnlichen Hotel, besser gesagt Hotelanlage, aus lauter kleinen einzeln stehenden Holzhäusern bestehend, namens „River´s Edge Resort", an der Boatstreet direkt am Chena-River, westlich Downtown Fairbanks, eingemietet. Danach im angeblich besten Restaurant Fairbanks, „Lavelle´s, in der First Avenue ein hervorragendes Karibousteak mit Bratkartoffel und dicken, scheußlich schmeckenden Bohnen, verzehrt und sich dann auf einen magenfreundlichen „Absacker" an den ziemlich vereinsamten Bartresen seitlich des Restaurantteiles gesetzt, hinter dem die allseitig Frohsein ausstrahlende, wohlproportionierte Barmaid, vor der umfänglichen Flaschengalerie und hinter mehrzähligen Bierzapfhähnen, mit emaillierten Griffen, allumfassend herrscht.

Dieser unwiderstehliche Frohnatur schien das Leben hier oben im Norden gut zu bekommen, auch körperlich, denn alles an ihr war rund jedoch durchaus ansehnlich porportioniert, wenn auch da und dort etwas zu gut gepolstert, was sicherlich mit dem Problem alle Knöpfe ihrer Garderobe zu schließen einher ging. Doch ihre strahlende Freundlichkeit aus dem weiß gepuderten Gesicht überdeckt jedwede Mißlichkeit und überträgt sich übergangslos auf ihr Gegenüber, so auch auf den neu angekommenen Gast.

Neben Bert an der Hotelbar sitzt ein Mann mit dunklem buschigen Vollbart vor einem halbleeren Bierglas. Der Mann, durch den Bart älter wirkend als er wahrscheinlich ist, trägt einen abgetragenen Militäranorak, auf dessen Ärmel in Schulterhöhe ein gelber Wappen mit schwarzem Querbalken und ein gleichfalls schwarzen Pferdekopf aufgenäht ist. Er sitzt leicht gebeugt, die Schultern hochgezogen als würde es ihn fröstelen, auf seinem Barhocker und schaut, scheinbar gedankenverloren vor sich hin. Ab und zu nimmt er einen kleinen Schluck aus dem Glas, dreht es dabei jedesmal in seinen großen Händen hin und her als würde er den jeweils geringer werdenden Inhalt prüfen.

„Er hat vielleicht wenig Geld", wenn er sich so lange an einem Bier festhält," denkt Bert und spricht ihn an:

„Darf ich sie zu einem nächsten Bier einladen?"

Zum ersten Mal schaut der so Angesprochene von seinem Glas auf. Seine Augen sind tief blau wie das Meeres an der Côte d´Azur und sie strahlen spontan eine freundliche Intelligenz aus, ganz anders als Bert es erwartet hat.

„Danke für die Einladung, aber ich darf nicht mehr als ein Glas trinken, denn morgen muß ich fliegen."

„Sie sind Pilot?"

„Ja, aber nur Cargo mit einer Cessna. Ich versorge die Indianer und Inuits oben in der Brooksrange. Bert ist überrascht und spürt unbewußt in der Gegenwart dieses ungewöhnlichen Mannes eine neugierige Spannung.

„Sind sie aus Fairbanks?"

„Oh nein, ich stamme aus Sarasota Florida."

„Was hat sie denn hierher in den kalten Norden verschlagen, das muß doch eine krasse Umstellung sein?"

„Ich bin schon lange hier, seit Mitte der Siebziger, nachdem die Armee mich entlassen hat, besser gesagt mich nicht mehr benötigte, als wir uns aus Vietnam verpißt haben."

Er sagte tatsächlich dieses abwertende Wort - verpißt - mit einem verächtlichen Ton und trinkt gleichzeitig sein Glas in einem Zug leer. „O.K. noch Eines." Er winkt der Barmaid in ihrer hüftkurze, prächtig ausgefüllten Servierjacke, die den Bärtigen mit ihrem üppig, knallroten Lächeln anstrahlt als sie das Bier mit Schwung vor ihm auf den Tresen knallt, so daß der dünne Schaum über den Glasrand spritzt. Dann fragt sie wann er denn morgen fliegen würde. Bill, so nennt sie ihn, antwortet:

„Erst um 10 a.m., so kann ich noch ein wenig ausschlafen, dann aber muß ich laden, denn ich habe einen Transport nach Alakaket und hinauf nach Anaktuvuk."

Bert spürt einen starken Anreiz der ihn spontan fragen läßt:

„Soll ich ihnen beim Laden helfen und kann ich vielleicht auch mitfliegen, dann haben sie es beim Ausladen leichter. Es wäre für mich ein große Freude."

Die Überraschung ist jetzt auf Seiten des Piloten der Bert einen Moment lang erkennbar abschätzend anblickt, besser gesagt mustert, bevor er sagt:

„Ist das ihr Ernst, haben sie nichts Besseres vor?"

„Ich wollte eigentlich morgen ein Stück den Richardson Highway nach Süden bis Big Horn fahren und dann auf dem alten Valdes Trail am Tanan River entlang wandern, aber der Trail läuft mir nicht davon. Ich würde gerne mitkommen und helfen, natürlich ohne Bezahlung." Nach einer minutenlangen Pause kommt von Bill ein brummiges, „wy not" und nach einer kurzen Pause - sein o.k."

„Dann hören sie jetzt auch auf zu trinken und gehen schlafen. Morgen früh um neun am Airport."

„Welcher Airport?"

„The International am Stadtrand im Südwesten östlich des Chena-Rivers.

Ziehen sie sich warm an, es kann da oben sehr kalt sein. Haben sie einen Rucksack?"

„Ja."

„Nehmen sie ein wenig Verpflegung und etwas zum trinken mit und alles was sie sonst noch so brauchen, weil es sein kann, daß das Wetter umschlägt und wir vielleicht eine Nacht oder gar zwei oben in Anaktuvuk verbringen müssen. Man weiß in dieser Jahreszeit nie wie es kommt." Bert hat Herzklopfen, aber gleichzeitig ist er von einer tiefen inneren Vorfreude erfüllt einmal mehr davon weg zu kommen, was ihn scheinbar unveränderbar, drüben in „Old fuck Germany" auf seinem ausgetretenen Platz festgenagelt hat.

Nach dem Dinali-Nationalpark verbrachte er im Anschluß an seine „Bärenwanderung" noch einige ruhige Tage, ausgenommen einer Shuttlebusfahrt auf der Schottersttasse, vorbei an gigantischen Landschaften wechselnder Schönheit bis zum Straßenendpunkt Wonder-Lake, einem ruhigen Gewässer, auf dem sich ganze Kolonien von Wildenten tummeln. Von dort konnte er einen unvergleichlichen Blick auf den außergewöhnlicherweise nicht wolkenverhangenen MountMcKinley genießen, bevor er am folgenden Tag den Naturpark verließ und auf der einzig möglichen Straße weiter nach Norden fuhr. Zuerst entlang des Nena-Rivers, dann mitten durch eine beidseitig unendlich erscheinende unberührte Tundra mit Blick auf die in der Ferne begrenzenden Berge der Alaska-Range, vorbei an den Tanana Mountains bis nach Fairbanks, die Stadt im Norden, bekannt, durch ihre ungewöhnliche Universität und anderen Sehenswürdigkeiten, speziell das nordische Museum, aber auch berüchtigt durch die kalten Winter mit Temperaturen bis weit unter minus 40 Grad Celsius.

Bert nahm dort sehr wohl die Kabelrollen mit den Elektrostecker an den Stoßstangen der Autos mit Fairbanks-Nummern wahr, die in eisigen Tagen dazu dienen den Motor zum Laufen zu bringen. Die dafür notwendigen Steckdosen sieht man an öffentlichen Parkplätzen, Tankstellen und Parkgaragen.

Bill und Bert beladen das Flugzeug mit eine Vielzahl von Kartons unterschiedlichster Größe und Inhaltes, dazu große fünf Liter Wasserkanister aus Plastik jeweils zu einem halben Dutzend mit Folienhüllen verschweißt, sowie andere Gebrauchsgegenständen in den mittleren und hinteren Teil der Chessna, dicht an dicht genau nach Bills Anweisungen bis unter das Dach. Dann wird über das Ganze ein Netz gespannt und dieses an vorhandenen Hacken in den Flugzeugwänden und am Boden festgezurrt. Alles scheint eine genau eingespielte Methode zu haben und für Bert bleibt nur noch die Frage, als Bill und er dann schlußendlich nebeneinander sitzend, das Headset auf den Ohren, auf eine Seitenstartbahn zurollen:

„Bill, bist du sicher, daß du die Maschine mit dieser Last überhaupt vom Boden bringst?"

„Bill lacht dröhnend ins Mikrophon, das an einem Bügel vor seinem Mund plaziert ist und meint:

„We will see," lacht und der Motor übertönt im Startvorgang seine nächsten Worte die noch immer aus seinem lachenden Mund kommen.

# 5
## DIE ANGST DER FREIHEIT

Bert richtet sich in Sitzposition auf, den Schlafsack noch immer über die Schultern hochgezogen und legt einige Äste, die er am Abend zuvor neben dem Feuer angehäuft hatte, in die kleine Glut, die zwischen der grauen Asche aufleuchte als er kräftig hineinbläst. Asche stäubt ihm in die Augen.
„Egal"- er bläst weiter und tatsächlich fangen die Spitzen der dünnen Zweige an zu brennen. Er legt sofort nach und nach wenigen Minuten, strahlt ihm die erste Wärme des neuen Tages entgegen.

Seine Hose hängt noch immer, wie ein modernes Kunstwerk, steif gefroren an den Ästen, während die Strümpfe, wenn auch taufeucht und dadurch gleichermaßen leicht angefroren, fast trocken sind. Auch das Innenfell seiner Boots deren Schäfte er gegen das Feuer gerichtet und die Öffnungen mit kleinen Holzstäbchen aufgespreizt hatte, sind nahezu trocken, so daß er diese Teile sicherlich in Kürze anziehen kann. In die Hosenbeine steckt er zwei lange Äste die er mit einer abenteuerliche Konstruktion nahe den jetzt lodernden Flammen aufrichtet, in der sicheren Annahme, daß auch deren Wiederverwendung nicht allzulange auf sich warten ließe. Die eventuelle Resttrocknung mußte dann wohl oder übel am Körper erfolgen. Soweit, so gut, aber was nun?
„Was habe ich mir immer wieder gesagt, wenn ich einer unübersichtlichen Situation ausgesetzt war? Ruhig bleiben, am besten mit dem Rücken an eine Wand stellen - die es hier natürlich nicht gibt - das Gegebene beobachten, wenn möglich von einer erhöhten Stelle aus - die es natürlich hier auch nicht gibt - analysieren, dann denken welche Möglichkeiten sich bieten und danach handeln."
Leicht gesagt, denn hier in der einsamen Wildnis gibt es wenig Alternativen abzuwägen, vor allem wenn er befürchten muß, daß die Suche nach dem überfälligen Flugzeug in einer ganz anderen Gegend stattfinden würde, nämlich entlang der Flugroute Fairbanks - Alakaket - Anaktuvuk, die fast in einer geraden Linie, Nord / Nord / West, respektive- Süd/Süd/Ost von Fairbanks aus verläuft.

Bert aber befindet sich jedoch nach den letzten Angaben von Bill, viel weiter westlich dieser Route und nach dem Stromausfall im Flugzeug hatte der Pilot offensichtlich auch keine Möglichkeit mehr gehabt seine geänderte Position durchzugeben. Die einzige Hoffnung besteht darin, daß man in der Funkzentrale doch noch den Namen des Sees verstanden hatte, an dessen Name - Agiak-Lak -, den Bill geradezu hinausschrie, sich Bert erstaunlicherweise genau erinnert.

Da Bert sich aus den gegebenen Umständen heraus auf Hilfe von Außen nicht alleine verlassen kann, muß er selbst aktiv werden, was ohne Zweifel bedeutet, sich mit Hilfe des Kompasses in Richtung Süd- Osten auf den Weg zu machen, denn dort irgendwo liegt Alakaket, das konnte er mit seinem stets guten Orientierungssinn ziemlich sicher bestimmen.

„Verdammt - habe ich die Karten vor dem Flug in seinen Rucksack getan?"

Aufgeregt schüttelt er den ganzen Inhalt auf den Boden und tatsächlich die Karten sind da. Welch ein Glück, denn jetzt kann er sich tatsächlich orientieren. Der Agiak-Lake liegt circa sechzig Kilometer südwestlich von Anaktuvuk, aber dazwischen türmen sich die Soakpak Mountains auf mit ihrem fast 2000 Meter hohen Eis-und Schnee bedeckten Mount Mac Vikar, als unüberwindliche Barriere. Nach Süden oder besser gesagt nach Süd-Osten beträgt die Entfernung nach Alakaket, dem Indianerdorf über zweihundert Kilometer. Wenn es dorthin zwar zuerst bergig, dann jedoch theoretisch ständig bergab geht, stellt dieser Weg durch die weiten Tundraebenen, für einen, in der Wildnis unerfahrenen Mann, trotzdem eine schier unüberwindbare Entfernung dar. Dazwischen aber entdeckt Bert auf der Karte, als winziger schwarzer Punkt, einen kleine weitere Ansiedlung, mit dem Namen Evansville, bemerkenswerterweise sogar mit einem kleinen symbolischen Flugzeug gekennzeichnet, was bedeutet, daß es dort zumindest einen Airstrip, also eine befestigte Landepiste, gibt.

Bis dorthin waren es nach seiner Kartenschätzung etwa zwischen einhundert - und einhundertfünfzig Kilometer, was bedeuten würde, falls nichts Unüberwindliches dazwischen läge, bei einer tägliche Laufstrecke von cirka zehn Kilometern, zwölf - bis fünfzehn Tage Marschzeit.

„Kann ich das schaffen?"

Bert war früher gut zu Fuß gewesen, was er sich selbst auf vielen Wanderungen in der Heimat unter Beweis stellen konnte, aber hier ohne vorgegebene Wege in unübersichtlichem Gelände unterschiedlichster Beschaffenheit, auf und ab, Tundra mit Niederbusch im Wechsel mit Wald, klein-und großwüchsigem Dickicht, Hügel, Berge, hatte eine andere Dimension. Außerdem war er völlig untrainiert, da er sich in den letzten Monaten, oder waren es schon Jahre, aufgrund seines desolaten psychischen Zustandes zu keinerlei körperlicher Anstrengung mehr hatte durchringen können.

Doch zunächst eines nach dem anderen.

Er wußte, daß er vor allem einen klaren Kopf behalten mußte, nicht einmal im Ansatz die Übersicht verlieren dürfe oder gar durchdrehen, war er doch zumindest durch seine Arbeit darin trainiert in schwierigen Situationen stets sorgfältig abwägend und überlegt vorzugehen, was entscheidend sein konnte. Dies natürlich stets im Zuge seiner beruflichen Tätigkeit, was nichts mit den Anforderungen hier draußen in der Wildnis zu tun hatte, oder doch?

Sicherlich ja, zumindest im Bewahren von Ruhe und dem vermeiden unüberlegter Handlungen.

Bert öffnet die für den Indianer vorgesehene Hartschalenbox vor allem um nach Eßbarem zu suchen, denn er mußte höchstwahrscheinlich viele Tage ohne Rettung von außen überleben, zumal das bißchen, das er auf anraten von Bill im Rucksack mitgenommen hatte, bei sorgfältiger Einteilung, vielleicht für zwei, maximal drei Tage ausreichen würde. Drei vorbereitete Sandwiches mit Schinken und fadem Netherland- Käse, zwei Äpfel, ein Stück Hartwurst, ähnlich einer Salami und eine Plastikflasche Wasser, war eindeutig zu wenig.

Dann die Enttäuschung über den Boxeninhalt.

Etwas Salz und Mehl, sowie je zwei Büchsen eingemachte Pfirsiche und geschälte Tomaten, was wohl einem ganz speziellen Wunsch des Trappers entsprach, der außer Beeren und Pilzen in seiner Umgebung sicher keine anderen Früchte fand, schon gar keine Tomaten. Alles andere in der Box bestand aus Gebrauchsgegenständen, die erkennbar der Jagd und dem Fallenstellen diente. Lediglich ein Teil der großkalibrigen Munition, grobes Schrot und Flintenlaufpatronen könnte in Bills zweiläufiges Gewehr passen, was er auch sogleich erfolgreich ausprobierte. „Wenn es eng wird, schieß ich mir ein Wild."

Ob dies so einfach ginge wie es sich ausspricht, weiß Bert, als völliger Jagdlaie allerdings nicht, denn wenn es ihm tatsächlich gelänge, müßte er das Wild, welcher Art auch immer – aufbrechen - so sagen die Jäger zum Vorgang des Ausnehmens und Zerlegens, um dann das Fleisch über dem Feuer zubereiten zu können. Zum schmackhaft machen gehört Salz, also mußte er eine ausreichende Menge davon einpacken. Zuletzt nimmt er noch eine Rolle dünnen Draht aus der Box, mit dem unpräzisen Gedanke diesen vielleicht irgendwie verwenden zu können, zum Beispiel um seine bescheidenen Eßvorräte während der Nacht, zum Schutz vor gefräßigen Tieren, an einem Baum hochzuhängen. Alles andere was er nicht zu gebrauchen glaubt verstaut er wieder sorgfältig im Behälter, denn wer weiß ob der Indianer die Box nicht später doch noch suchen und finden würde und so plaziert er ihn an einem gut zu beschreibenden Platz in einer unter drei gleichgroßen alten, hohen Birken geschützten Bodensenke. Darüber legt er Äste, so daß nicht jeder der vorbeikam darauf aufmerksam würde - aber wer sollte auch hier vorbeikommen? Trotzdem, für alle Fälle ordentlich, wie gewohnt, anerzogene, in eingeschweißter Routine eines stets korrekten Handelns.

Der Morgen ist still. Die Sonne blitzt durch die fast kahlen Birkenkronen. Ein schöner Tag scheint sich anzukündigen. Ob es für Bert auch ein solcher werden würde? Als die Sache mit der Box geklärt ist, breitet er alles andere was Bill und er aus dem Flugzeug herausgetragen hatten, für eine ganz spezielle Selektion, rings um sich auf dem Boden aus. Dann wählt er nach dem Kriterium- was brauch ich auf meinem Weg tatsächlich - oder was ist nur Ballast? Er staunt was da alles aus dem Securitybag des Flugzeuges zum Vorschein kommt. Zuerst ein länglicher Kunststoffsack mit einem kleinen Einmann-Iglu-Zelt, wie es die Abbildung auf der Außenhülle zeigt, sechs Alubeutel Trockennahrung, ein mehrteiliges Kochgeschirr, Gewehrmunition die in Bills Flinte paßt, von denen er direkt fünf Patronen, einmal die Brenneke Flintenlaufgeschosse und zum anderen das grobkörnige Schrot in die linke, beziehungsweise rechte Anoraktasche steckt, dann eine kleine Leuchtpistole mit abknickbarem Lauf, dazu fünf Signalgeschosse, Wasserdesinfektionstabletten, natürlich der bereits benutzte Schlafsack und die Iso-Matte, daneben die Grillanzünder mit Sturmstreichhölzer welche er schon erfolgreich verwendet hatte und es gab ja außerdem noch die an der Kassentheke gegriffenen Feuerzeuge, so daß er über ausreichende Reserven für das lebenswichtige Feuern machen verfügte. Dann überlegt er ob es Sinn mache das leere wasserdichte Securitybag mitzunehmen, falls er zum Beispiel einen Fluß überqueren müßte um bestimmte Dinge trocken zu halten oder um es aufgeschnitten eventuell als Regenschutz zu verwenden.

Zu den nun registrierten Utensilien kam jetzt noch der Inhalt seines Rucksacks mit allerlei Kleinigkeiten, die er für die unterschiedlichsten Bedürfnisse eingekauft und glücklicherweise eingepackt hatte, nachdem Bill meinte bei dem Flug müßte man mit wetterbedingten Aufenthalten rechnen.

Wenn er sich die ausgewählten Dinge so ansah mußte er sich sagen, daß er unter den gegebenen Umständen gar nicht so schlecht ausgerüstet sei, nur wie weit er damit käme oder wie lange die Dinge ausreichten lag im Ungewissen. Daneben blieb die Frage ob er das Gewicht überhaupt über große Strecken tragen könnte?

Sein Rucksack ist jetzt prall gefüllt und verdammt schwer. Sollte er das eine oder andere doch noch aussortieren, zum Beispiel weniger Munition mitnehmen? Nein, die konnte er vielleicht ganz besonders gut gebrauchen, wenn er tatsächlich jagen müßte und zu viele Schüsse benötigte, um wenigstens einmal zu treffen. Die vier Büchsen Pfirsiche und Tomaten wogen viel, aber sie würden zweifelsfrei ein wichtiger Bestandteil seiner Überlebenschance sein. Neben dem Schlafsack, der noch immer zusammen mit der Isomatte am Feuer liegt, packt er schlußendlich die zwei übrig gebliebenen Flaschen Mineral ein, je ein Liter, sein sprachloses Mobile-Telefon und einige weitere Kleinigkeiten, wie Schreibzeug, Pflaster und anderes aus seinem Einkauf in Anchorage. Mit Toilettenartikel hapert es allerdings ganz besonders, weil er sich nach Bills Aussage maximal auf zwei Nächte in Anaktuvuk eingestellt hatte und dafür nur das Zahnputzpäckchen das er beim Interkontinentalflug erhielt mitnahm. Dazu eine kleine Seife aus dem Hotel und das war es auch schon.

Die Sonne hat jetzt gegen Mittag an Kraft zugenommen und es scheint als könnte sie die frühe Septemberkälte ein wenig mildern. Bert hört das Eis des Sees knacken, vielleicht beginnt es zu schmelzen. Er dreht sich zum Wasser hin und ein eisiger Schreck durchzuckt ihn als er in der größer gewordenen Einbruchstelle des Flugzeuges Bills Körper aufgeschwommen sieht. Der tote Pilot treibt mit dem Gesicht nach unten auf der Wasseroberfläche und die Fliegerjacke ist am Rücken wie ein Ballon aufgeblasen.
Bert weiß, daß er auch jetzt nichts für Bill tun kann und seinen toten Körper dem See überlassen muß. Bei dem Gedanken an den frohen, tüchtigen Mann, der sicherlich kein leichtes Leben hintersich hatte und hier oben im Norden eine gute Arbeit fand die ihm Freude bereitete und so endete, überkam Bert eine tiefe Traurigkeit. Wie würde es Bills Frau verkraften ihren Mann nie mehr zu sehen, weg, verschwunden auf einem Routineflug, ganz plötzlich im Wasser eines der unendlichen vielen Seen des Nordens treibend, irgendwann von Tieren zerfressen um dann endgültig in der Tiefe des Sees zu versinken, zumindest das was von ihm übrig blieb?
„Ich muß hier weg, ganz schnell." Bert schnallt den zusammengerollten Schlafsack und die Isomatte unter den Deckel des Rucksackes, hängt die Drahtrolle und das kleine mehrteilige Kochgeschirr außen darauf, dann vergewissert er sich daß sein Revolver, sein Languiole-Messer, sowie das neu gekaufte große Jagdmesser gut am Gürtel befestigt sind und nimmt das Gewehr in die Hand. Er weiß, daß er

entlang des westlichen Ufers bis zum See-Ende nach Süden gehen muß, dann nach Süd-Osten in Richtung Evansville. Wenn er Glück hatte und gut voran kam, würde er übermorgen oder spätestens in drei Tagen, ungefähr vierzig Kilometer voraus, auf den Easter-Creek stoßen, der dann zu erst in den Anaktuvuk - dann in den John-Rivers mündet. Diesem müßte er folgen, denn nach der Karte lief dieser Strom direkt auf Evansville zu. Vom Zusammenschluß an war im Plan auch eine gestrichelte dünne rote Linie eingetragen die nach einem alten Trail aussieht, zumal daneben Scenic-River steht. Diesen Ansatz zu finden wäre ohne Zweifel die wichtigste Voraussetzung seiner Rettung aus eigener Kraft, eine wirkliche Chance zu geben.

Dann trifft ihn unvermittelte ein Schlag in sein tiefstes Innere, von irgendwo ausgelöst, der ihn schwankend macht, sein Wahrnehmungsvermögen des ihn Umgebenden auf ein Minimum reduziert, so als würde sich sein Blick von außen nach innen richten. Es ist der Moment in dem er etwas begreift, das er bisher durch die sich in rasender Folge überschlagender Ereignisse überhaupt nicht aufnehmen, ja deren Realität und Konsequenz bedenken, verarbeiten, sich darauf einstellen, konnte. Es war der Punkt an dem die Dramatik, des einzigartig Plötzlichen in sein Bewußtsein katapultierte wurde. Dieses unvermittelte Wahrnehmen seines tatsächlichen Jetzt und Hier könnte man mit einem, wenn auch weit weniger dramatischen Vorgang vergleichen der stets einer ähnliche Aufarbeitung bedurfte, dann wenn er in einem teilweise schlafend zugebrachten Nachtflug von Frankfurt aus, irgendwo in der Welt ankam und ihm zwar bewußt war dort zu sein, aber sein inneres Ich, aufgrund der Schnelligkeit mit der die große Strecke überwunden wurde, gepaart mit der optischen Isolation innerhalb des Flugzeuges, dem Realisieren an einem anderen Ort zu sein, noch meilenweit hinterher hinkte. Es bedurfte stets zumindest eines Tages um die neue Umgebung auch innerlich zu begreifen, so absurd es sich anhören würde, wenn er jemandem sein nachhinkendes Fühlen erklären wollte. Dieses entstand, so war seine eigene Erklärung, durch die hohe Reise-

geschwindigkeit die unproportional zu einem gewohnten Orts-
wechsel in angemessenem Tempo, dem menschliche Hirn, in der
Geschwindigkeit des blinden Zeitsprungs die plötzliche Veränderung nicht mehr erfaßbar machte. Völlig anders, als die Fortbewe-
gung zu Fuß, mit dem Fahrrad, auch noch mit dem Auto, wo der
Verstand die vorbeiziehende Landschaft bewußt aufnehmen und
verstehen kann. Nicht aber wenn dieses proportionale Aufnehmen
durch besondere Umstände, quasi übersprungen wird, so wie geschehen und er erst jetzt seine so plötzlich und so kraß veränderte
Lebenssituation authentisch realisiert. Er begreift in diesem Moment seine Wirklichkeit und die Tragweite der kommenden Unwäg-
barkeiten.
Bert findet sich nach einer minutenlangen Bewußtseinsferne auf
einem umgestürzten Baum sitzend wieder. Im neu sortieren seiner
Gedanken und Suchen nach den richtigen Ansätzen den kommenden Anforderungen gerecht zu werden, beruhigt ihn zumindest im
Rückblick bei allmählich klarer werdendem Denken, während des
kurzen Zeitintervalls nach dem Crash, in einer Art Automatisierung,
bisher weitgehendst richtig gehandelt zu haben.
Dieses Erkennen macht ihm Hoffnung. Es galt nun sich ab sofort,
durch nichts mehr überrumpeln zu lassen, immer vom Gegebenen
auszugehen, in der Gegenwart zu bleiben, denn nur dann und das
wurde ihm einmal mehr bewußt, hatte er eine wirkliche Chance den
Weg in sein früheres Leben zurück zu finden. Gleichzeitig war er
sich jedoch instinktiv darüber im Klaren, egal was war und kam, es
würde, wenn er es denn schaffen sollte, ein anderes Leben sein, ein
besseres oder schlechteres wußte er nicht, wollte, konnte er nicht
wissen. Es galt von diesem Moment an nur das Heute, vielleicht
noch das unmittelbare Morgen, aber nicht darüber hinaus.
"On vera."

Der Marsch entlang des Sees war beschwerlich, denn er mußte sich
durch dichten Busch kämpfen, wobei er mehrmals hinstürzt weil er
die Unebenheit des Untergrundes nicht rechtzeitig erkennen
konnte. Jedesmal streifte er dann im Liegen seine Rucksack ab, sonst

hätte er große Probleme gehabt mit dem Gewicht am Rücken wieder auf die Beine zu kommen. Bei einem solchen Sturz, manchmal auch nach hinten auf den Rücken, fühlt er sich, den Rucksack unter sich, wie eine Schildkröte, die rücklings auf ihrem Panzer fällt und hilflos liegend sich nicht mehr umdrehen kann. Er aber hatte den Vorteil sich seines „Panzer" entledigen zu können, um wieder auf seinen Beinen, die Last erneut aufzunehmen.

Doch so durfte es nicht weiter gehen da er bei jedem Sturz und dem umständlichen Wiederaufrichten viel Kraft verlor die er für ein schnelles Vorankommen dringend benötigte. Bert fällt mit der gezahnten Rückseite der Klinge seines großen Messers eine kleine Birke und schnitzt sich eine Art überlanger Spazierstock, auf den er sich stützen, aber auch im meist kniehoch, dicht überwachsenen Bodens die Art des Untergrundes ertasten kann. Das Gewehr schiebt er neben dem Schlafsack und der Isomatte quer unter den Rucksackdeckel um die Hände frei zu haben.

Das Ende des Agiak-Sees geht in einen kleinen Fluß über der wie ein Überlauf aus dem See heraus entspringt und in einem schnell fließenden breiten flachen Schwall unter dem Eisrand heraussprudelte. Diesem kleinen Fluß muß er folgen, kann jedoch wegen des dichten Buschwerks nicht direkt daran entlang gehen, sondern muß einen höher liegende ziemlich kahlen Hügel erklimmen, auf dem er dann gut voran kommt ohne den Fluß unten sich aus dem Auge zu verlieren. Bert setzt jetzt die Füße unter genauer Beachtung des Untergrundes vorsichtiger voreinander. An kritischen Stellen nimmt er den Stock zu Hilfe, den er manchmal mit beiden Händen, wie ein Stabhochspringer umklammert, denn sich bei einem Sturz zu verletzen oder gar ein Bein zu brechen würde für ihn unabsehbare Folgen haben.

Der Höhenzug endet abrupt und ein mit dichtem Unterholz verfilzter Wald baut sich wie eine Wand vor ihm auf. Die spitzen dunklen Sita- Fichten die im freien Gelände so elegant wirken, haben hier im engen Nebeneinander etwas Abweisendes, fast Bedrohliches. Berts suchender Blick diesseits des Ufers eine gangbare Lücke zu entdecken oder einen, wenn auch Umweg, in seine Richtung zu finden, ist vergebens. Das Flüßchen hat sich zwischen den beiderseitig steil aufragenden Felswänden die zu den Bergen hinauf führen, tief eingeschnitten. Die schroffen Gipfel glitzern weißkristallen in der Sonne und in den zerklüfteten Kehlen fließt gefrorenes Wasser in bizarren Linien die Hänge hinunter, bis sie sich im zaghaften moosigen Grün verlieren. Nach seiner Karte befindet er sich mitten in den Endicott Mountains mit Erhebungen bis zu 3000 Meter.

Der Agiak-Lake liegt, gleichermaßen aus der Karte herausgelesen, auf fast 1700 Meter und so erklärt sich auch, daß er trotz der noch nicht voll eingetretenen Winterzeit im ersten Frost zugefroren ist, was zunächst das Glück der notlandenden Flieger, dann das Verderben des Piloten war. Bert erreicht jetzt den Waldrand der ein weiterkommen entlang dieser Flußseite verwehrt. Entweder muß er die Barriere umgehen indem er die westlichen Berghänge hinauf klettert, um dann an der oberen Waldgrenze entlang weiter nach Süden zu kommen oder versuchen irgendwo den Fluß zu überqueren, der hier zwar eher noch einem breiten Gebirgsbach gleicht, jedoch die wild tosenden Wirbel um die eingestreuten Felsbrocken eine hohe Fließgeschwindigkeit sichtbar machen.

Das gegenüberliegende Ostufer scheint offener, übersichtlicher, denn aus dem Niederbusch ragen nur einzelne oder in kleine Gruppen stehende Fichten heraus. Sicher auch nicht gerade ein ideales Marschgelände, aber wahrscheinlich einfacher als sich durch den undurchdringlich anmutenden Wald hindurch zu kämpfen.

Bert setzt sich am Ufer auf einen angeschwemmten verwitterten matt grau glänzenden Treibholzstamm, den die Natur mit seinen bizarren Aststümpfe zu einem abstrakten Kunstwerk geformt hat. Die Luft ist erfüllt von den unterschiedlichsten Geräuschen, meist sind es Vogelstimmen die auf und abschwingen, trällern oder mit schrillen Schreien die Aufregung eines Vogelweibchens vermuten lassen das ihr Nest vor einem Räuber zu schützen sucht. Kurz darauf entdeckt er jedoch, daß die einem aufgeregten Vogelweibchen zu-

geordneten schrillen Laute in Wirklichkeit von einer Art Erdhörnchen ausgehen das sich ganz in seiner Nähe auf einem herausragenden Felsen aufgerichtet hat und ihn wütend anschreit.

„Freches Kerlchen," denkt Bert, „aber auch dieses pelzig braune Tier-
chen schimpft zu recht mit mir, dem Eindringling der hier in seinem
Revier absolut nichts zu suchen hat."

Die Stimmen der Natur werden begleitet vom steten Rauschen des
Gebirgsbaches der sich aufschäumend um die Steinhindernisse in
unaufhörlich wirbelnden Strudeln windet. Direkt nach dem Zusammenfluß des zuströmenden Easter-Creek, der von Nord-Westen auf
den Überlauf des Agiak-Sees trifft, hatte Bert flußaufwärts eine
Stunde zuvor, in einer ruhigeren Seitenausbuchtung den Kopf eines
Bibers über dem Wasser beobachtet, der einen Ast mit vielen Ver-
zweigungen im Maul seiner Flußbaustelle zustrebte. Der fleißige
Baumeister schien damit beschäftigt die kleine Bucht mit einem
Damm aus geschickt aufeinander und ineinander gewundener Äste
so abzuschotten, daß das reisende Wasser der Schneeschmelze im
Frühjahr seiner dahinter liegenden Burg keinen Schaden zufügen
kann. Zumindest könnte man sich diese Absicht so vorstellen wenn
man die Fragmente einer Anhäufung von Busch- und Zweigen sieht,
die vor seinem Bau dammartig aufgeschichtet waren.

Was für eine Ruhe ging von dieser Beobachtung des geschickten
kleinen Handwerkers aus, bei der Bert zum ersten Mal für wenige
Momente, die innere Hektik sich ausschließlich auf seine Rettung
zu konzentrieren, verliert, um fasziniert in der Betrachtung, einer der
unendlich vielen Gesetzmäßigkeiten der Natur zu verharren. Früher,
in seiner meist organisierten, gelenkten Welt hatte er naturgegebene
Schönheiten seiner Umwelt nur noch flüchtig wahrgenommen, weil
er von Außen und Innen getrieben, den Blick dafür verlor. Doch in
diesem Moment empfindet er das Rauschen des hinunterstürzenden
Wassers über eine ganze zeitlose Weile hinaus wie eine heilende
Droge die ihn zur innerer Ruhe führt.

Allerdings scheint ihm der dabei entstandene Gedanke dort oben,
nahe des wachsenden Dammes den Fluß zu überqueren, was eventuelle möglich wäre, nicht sinnvoll, denn er müßte den beschwerli-

chen Weg, über eine Stunde zurück auf sich nehmen. „Nein"
Doch jetzt galt es trotz aller Naturbetrachtungen seinen Weg fortzusetzen. Flußabwärts, direkt am Beginn des Waldes an einer von
mehreren im Fluß ineinander verkeilten Felsbrocken und angeschwemmten Baumresten hatte sich eine Stelle mit offensichtlich ru-
higem oder gar stehendem Wasser gebildet. Dort entdeckt Bert im
Näherkommen einen Wolf der im Wasser herumspringt und dessen
große und kleine Sätze grotesk aussehen. Man stellt sich das Verhalten dieses Tieres normalerweise anders vor, wobei der Grund für
das merkwürdige Springen zunächst unklar bleibt. Dann aber nach
einigen Sekunden wird erkennbar, daß der struppig graue Kerl auf
Fischfang ist. Dies erstaunt Bert, denn er hatte vorher noch nie gehört, daß Wölfe auch Fischliebhaber, ja sogar Fischfänger sind. Und
schon zappelt etwas im Maul des Jägers der jetzt seine Beute mit
großen Sätzen durch aufspritzenden Wasser hinüber ans Ufer trägt
und damit im Niederbusch verschwindet.
Das Nebenprodukt dieser überraschenden Beobachtung ist die
Feststellung, daß an der Stelle wo der Wolf auf Fischfang war der
Fluß offensichtlich nicht tief ist, denn die Jagd ging fast über die
ganze Breit des Wasserlaufes, hin und her und den schmalen reißenden Wasserdurchlaß bachabwärts, zwischen zwei großen Felsenstü-
cken, hatte der Wolf mit einem Satz zum anderen Ufer
übersprungen. Das könnte Bert ebenfalls schaffen, so glaubt er zumindest und beginnt die Überquerung vorzubereiten.
„Danke mein Junge du hast mir mit deiner Lust auf frischen Fisch
geholfen. Ich versuche dort hinüber zu kommen und werde drüben
auf dem ziemlich flachen Uferstück vor den ansteigenden Berghängen ein Quartier für die Nacht finden." Nebenbei stellt Bert jetzt mit
einiger Verwunderung fest, daß er im Securitybag kein Angelzeug
fand, also die Verantwortlichen doch nicht an alles dachten was in
der Wildnis von Nöten sein könnte. Schade, so einen frischen Fisch
über dem Feuer zu braten hatte etwas mehr als Verlockendes.

Das Grau des Himmels hängt jetzt wie ein schmutzig nasses Lacken am Himmel und doch reißen hie und da kleine mattweise Wolken-fahnen ein Loch in das unansehnliche Grau und lassen einen Licht-strahl, der irgendwo darüber stehenden Sonne, hindurchblitzen. Wind kommt auf und die Kälte fällt auf die Erde die sich zu ducken scheint.

Bert fällt eine kleine Birke, befreit den kräftigsten Teil des jungen Stammes von Ästen und schnitzt sich so einen langen kräftigen Stab. Dann zieht Boots und Strümpfe aus, krempelt seine Hose bis über das Knie hinauf und beginnt gestützt auf den langen Birkenstock durch das flache Bachbett zu waten. Seinen bisherigen Wanderstock hat er vorher wie ein Speer ans andere Ufer geschleudert um ihn beim weitermarschieren wieder zu verwenden. Eisige Kälte krallt sich um seine Füße und läßt ihn jeden Stein, über den er im Wasser geht, schmerzhaft spüren.

„Schnell, ich muß hinüber bevor meine Füße gefühllos werden.

Er ist jetzt an der Stelle wo das Wasser wie durch eine geöffnete Schleuse hindurchschießt, die der Wolf mit einem kühnen Sprung überwunden hatte.

Bert entledigt sich seines Rucksacks und schleudert ihn mit großem Schwung über den Wasserschlund an das andere Ufer.

„Oh Gott, er rollt vom Festland zurück zum Fluß."

Aber nein, der Ast eines toten Busches verfängt sich in einem Tra-griehmen und hält den Rucksack wenige Zentimeter über der Flut, die ihn unwiederbringbar hinweggerissen hätte, fest. Das Gewehr, das er direkt nach seinen Boots hinüber geworfen hatte, liegt weiter oben gesichert auf der Gegenböschung, aber es hätte ihm alleine nicht allzuviel genutzt wenn der Rucksack mit dem gesamten Le-bensinhalt, dem Zelt, dem Schlafsack und der Munition davonge-schwommen wäre.

Vorsichtig rammt er nun seine langen Stock etwa in der Mitte des rasenden Durchflusses zwischen die dort festsitzenden Felsen, prüft ob dieser einen guten Halt hat, nicht abrutschen kann, dann, holt er aus seinem Körper alles heraus alles was er an Schwung aufbauen kann und stößt sich wie ein Stabhochspringer aus dem flachen Wasser heraus hoch über den reißenden Wassertrichter hinweg ans andere Ufer. Den Stock hatte er im Flug als er sich über der Mitte des Stromes wähnte, losgelassen und landete so tatsächlich auf der Böschung der anderen Flußseite an dessen niederem Buschwerk er sich festkrallt.

Er liegt jetzt kann still ohne die Hände von den Zweigen zu lösen und fühlt eine unglaubliche Erleichterung, ja fast ein Gefühl des Stolzes, so als hätte er soeben etwas Bedeutendes vollbracht.

Bert ist nun den dritten Tag unterwegs und ist nach seinem Empfinden gut vorangekommen, da sich die Flußüberquerung als vorteilhaft erwies. Hier auf der Ostseite zeigt sich das Gelände meist nur mit niederem lichtem Bewuchs und hat außerdem eine breitere seitliche Ausdehnung bis zu den steil ankommenden Hängen. Er kann also ausweichen wenn sich ihm Hindernisse in den Weg stellen die sein Fortkommen verzögern. Dann hört er auf einmal Flugzeuggeräusche, reißt die Signalpistole aus dem Seitenfach seines Rucksackes, aber keine Leuchtrakete steigt in den Himmel, keine der fünf Patronen zündete trotz mehrfacher Versuche und er wirft das unnütze Ding fluchend in weitem Bogen in den Fluß. Was ihn tröstet ist die Wahrscheinlichkeit, daß der oder die Piloten die Leuchtrakete ohnehin nicht gesehen hätten, denn sie flogen dem kaum wahrnehmbaren Motorgeräusch zu urteilen nach, sehr weit entfernt vorbei, vielleicht dort wo sie auf Bills Route dessen Absturzstelle vermuten. Einen Tag später als er wieder das Brummen eines Flugzeugmotor vernimmt, feuerte er mit sein Gewehr in die Luft - ein absoluter Schwachsinn - wie er sich sogleich eingestehen mußt weil die Flieger in ihren Motorkisten die Schüssen niemals hören können, selbst wenn sie gerade über ihm flögen. Das Schießen war mehr Verzweiflung über seine Hilflosigkeit sich nicht bemerkbar machen zu können.

Sein Weg führt ihn weiter und weiter den Fluß hinunter. Die Eisränder in den Uferniesschen verschwinden allmählich und die Temperatur scheint heute sogar knapp über dem Nullpunkt zu liegen.

An den tiefer liegenden Hängen tragen die Laubbäume noch immer einen Teil ihres Blätterschmuck in herrlich herbstlichen Farben, rostrot, gelb und braun, an deren unschuldigem Anblick er sich neben allen Widrigkeiten erfreut.

Das kleine gelbe Zelt war nach den ersten Nächten so etwas wie sein Zuhause geworden in dem er sich stets abendlich einrichtete und auf der Isomatte im Schlafsack relativ gut schlief. Er hatte sich ein wenig an die Geräusche der Natur gewöhnt und versucht im Dunkel des Zeltes einzelne, immer wiederkehrende gleichartigen Laute, zuzuordnen. Einmal in der vorletzten Nacht hörte er direkt an der Zeltwandung ein tiefes lautes Schnaufen und griff sofort, nach seinem stets geladenen Gewehr. Es war zweifelsfrei ein Bär der sich, noch hungrig, offensichtlich informierte, ob hier etwas zu holen sei. Dank des dünnen Drahtes hing sein Rucksack mit allem Eßbaren abseits des Lagerplatzes hoch in einen Baum, so daß sich innerhalb des Zeltes nichts, außer dem was zum Schlafen notwendig war, verblieb. Das Schnaufen verlor sich dann ganz schnell als Bert den Bären durch die Zeltwand hindurch ansprach, im Wissen, daß die menschlich fremde Stimme bei dem Allesfresser meist Wirkung erzielte, was auch jetzt zum gewünschten Effekt führte. Den Rucksack auf einem der einsam stehenden Laub oder Kieferbäume am Draht, wie man ihn auf Baustellen zum binden von Betonstahl verwendete, hoch zu bringen hatte seinen technischen Einfallsreichtum gefordert, jedoch nicht überstrapaziert. Mit dem Drahtende umwickelte er einen Stein, größer als seine Faust, legte die Drahtrolle so auf den Boden, daß sie sich auf Zug leicht abrollen konnte und warf dann den Stein mit dem daran befestigten Drahtende hoch über einen heraussstehenden Ast oder bei den Fichten einfach über die dichte Nadelkrone, so daß der umwickelte Stein, nachdem sich der Draht irgendwo festgefangen hatte, wieder herunterfiel und er am gelösten Drahtende den Rucksack befestigen und hochziehen konnte. Manchmal benötigte er zwei oder drei Versuche, aber schlußendlich klappte es mit zunehmender Erfahrung problemlos.

Seine Eßvorräte schmolzen allmählich dahin. Dies hatte nur den einen, wenig tröstlichen Vorteil, daß sein Rucksack leichter und leichter wurde.

Mit einer Büchse Tomaten, deren Deckel er mit seinem Jagdmesser rundum aufschnitt und den Inhalt über dem Feuer erwärmte, hatte er begonnen. Die geschälten kalifornischen Tomaten von bester Qualität waren vom Feinsten und er aß sie mit großem Genuß. Am nächsten Abend war es die erste Dose mit Pfirsichen die er gleichfalls als Delikatesse empfand, nur das warmen Wasser das er mangels Besserem dazu trank, um seinen Magen eine ergänzende Füllmenge zu bescheren, minderte sein Eßvergnügen. Während des Tages nahm er nichts zu sich. Er trank viel Wasser was ein gewisses Sättigungsgefühl erzeugte, da er seine kargen Vorräte auf viele Tage verteilen mußte.

Heute öffnet er die erste Tüte mit der Trockennahrung. Gulasch mit Reis sollte das pulvrige Gebrösel darstellen und auch so schmecken, wenn er das Trockengemisch mit Wasser in der Aluminiumtüte aufkochen würde. Als es schließlich soweit war ergab sich der Geschmack dieser Behelfsnahrung überraschenderweise als durchaus akzeptabel, zumal er seinen Erwartungshorizont ganz tief gehängt hatte.

Diese Einstellung trug sicherlich dazu bei den aufgeblähten Mischgeschmack erträglich zu empfinden, da es ohnehin nichts anderes zu verkosten gab.

Und doch wurde ihm klar, daß er wahrscheinlich irgendwann wenn diese - Pampe - aufgebraucht war notwendig würde ein Wild zu schießen, um mit einem Stück Fleisch ausreichend Kraft in seinem Körper zu erhalten, den noch anstehenden Strapazen gewachsen zu sein. Er hatte weiße Schneehühner gesehen, ja sogar eine Art Ziegen die ebenfalls gänzlich in weiß an den schneegepuderten Berghängen, kaum auszumachen waren. Meist stehen sie still und schauen zu ihm hinunter, um dann plötzlich im Rudel weg zu laufen. Immer ist ein größeres, unverkennbar männliches Tier mit hohen gebogenen Hörnern dabei, dem die Herde (Dall Sheeps) willig folgt und das wie ein König, von höheren Stelle aus stets das Umfeld beobachtet um bei möglichen Gefahren, zum Schutz seiner Gefolgschaft, sofort reagieren zu können.

Bert beobachtet auch kurzbeinige fuchsartige Tiere mit spitzer Schnauze, manche mit weißem, andere mit rotbraunem Fell, ähnlich oder gar gleich den Füchsen in der Heimat. Diese leisen Gesellen schlichen meist entlang den Uferzonen des Flusses wo das Wasser ruhiger fließt und sie so gute Chancen auf Beute hatten, die vor allem aus allerlei Vogelgetier zu bestehen schien, meist eine Art Wildenten, die in ganz unterschiedlichen Farbkleidern nach Fischen tauchen. Bert mochte diese kleinen schlauen Kerlchen und hatte Freude daran sie bei ihrer Jagd zu beobachten. Es ist ihm in diesen ruhigen Augenblicken gleichgültig, daß er dabei Zeit verliert denn das was er hier so unerwartet erleben kann lassen seine Ängste in den Hintergrund treten, ja manchmal vergißt er sie gänzlich und macht in ihm einer bisher nicht gekannten Freude am Sein im Zusammenspiel mit der Natur Platz.

Der nächste Tag war lang und schwer, da er mehrfach große Umwege gehen mußte um hohe, zackig scharfe Felsgebilde zu umgehen die sich unüberwindlich garstig vor ihm auftürmten. Er durfte dabei nur den Fluß nie aus den Augen verlieren, denn der war seine Leitlinie, die ihn an sein vorgedachtes Ziel führen mußte.

Am Abend des fünften Tages fällt die Temperatur deutlich. Zuerst kalt, dann extrem frostig und ein scharfer Wind kommt auf. Im Grunde liebte Bert den Wind als solchen, wenn kein wütender Sturm daraus entstand der die von ihm empfundene Romantik vertrieb, so wie jetzt als Eispartikel wie Nadelstiche auf seine Gesichtshaut treffen. Doch der bissige Luftstrom trägt auch seine immer wiederkehrenden dunklen Gedanken an Vergangenes fort, gibt ihm Zukunft, manchmal in illusionären Bildern, unwirklich, die er jedoch trotz des ihn umgebenden Tosens wohltuend empfindet.

Gevatter Wind zerrt in der Nacht an den Zelttüchern als wolle er das kleine Zuhause des einsamen Pilgers hinwegtragen wohin auch immer.

Gegen Morgen legt sich das stürmische Tosen und es ist, als Bert aufbricht, überraschend still. Aus den schützenden Bäumen heraus geht sein Blick hinunter in ein offenes Tal auf eine kleine Herde äsender Karibus die nach Süden ziehen. Ihre gemächlichen Bewegungen beim Verzehr der letzten wenigen grünen Blätter an den niederen Tundrabüschen, strahlen eine Ruhe aus, die sich auf Bert überträgt und in ihm eine innere Freude auslöst, ja zum ersten Mal sogar eine Neugierde auf das Erleben des neuen Tages.

Er schöpft daraus Kraft und Hoffnung, doch genau in diesem Augenblick des guten Fühlens trifft ihn wie ein böser Blitz, gänzlich unvorbereitet, erneut sein immer wiederkehrender Schmerz an die so wechselvolle, hektische, oft verzweifelte, frühere Zeit und er ist bitterlich enttäuscht wieder aus dem Unterbewußtsein heraus aus einem freudigen Denken herausgerissen zu werden. Wann hört dieser zerstörerische Rückblick endlich auf ihn zu quälen?

Jahre des Glücks an der Seite seiner über alles geliebten Amélie, der wundervollen Frau die sein Leben zum Glücklichsten machte was er sich vorstellen konnte, je erhofft, gewünscht hatte und es mit ihr Wirklichkeit wurde. Sie gebar ihm eine Tochter und dann verlor er diese, seine über alles geliebte Frau, in Sekundenbruchteilen bei einem von ihr unverschuldetem Unfall. Sein Herz wollte aufhören zu schlagen. Es gab keinen Trost, nur seine Verpflichtung für ihr gemeinsames Kind da zu sein, es im Sinne von Amélie ins Leben zu führen, aus dem die Mutter, unersetzbar für immer hinweggerissen wurde.

Bert brauchte Jahre um den Schmerz des Verlustes soweit zu beherrschen, daß er hin und wieder in ganz kurzen Momenten, Positives in seinem Leben empfand. Er begegnete anderen Frauen, aber er suchte in ihnen immer nur Amélie und vertrieb sie, die ihm wohlgesinnte Menschen, damit gleichzeitig. Bald zog er sich zurück, verwehrte sich jedweder näheren Bindung, war mitunter ungerechterweise unleidige, ja schroff, einer freundlichen Annäherung gegenüber.

Die Zeit verging.

Vieles rückte in den Hintergrund, doch manches war auch immer präsent, riß ihn aus der antrainierten Gewohnheit zurück in die Einsamkeit seines untröstlichen Schmerzes in dem er hilflos haften blieb. Dann begegnete ihm bei einer großen Sponsorenveranstaltung seiner Branche, eine Frau, die sich als Prostituierte für gehobene Ansprüche herausstellte und den Geschäftsleuten von denen man sich wirtschaftlich Vorteile versprach, zur Unterhaltung, aber auch zu deren körperlichem Vergnügen diente und so auch Bert quasi ins Hotelbett gelegt wurde. Diese Frau löste in ihm, wider jeder Erwartung, eine über das Sexuelle hinausgehende spontane Zuneigung aus mit dem Wunsch, diese erste Begegnung bei anderen Gelegenheit und in anderem Umfeld, fortzusetzen. Ein sicherlich gänzlich ungewöhnliches Ansinnen nach einem solch programmierten Date, einmal mehr, als es zu seiner eigenen Überraschung auf Gegenseitigkeit zu beruhen schien.

Karen hatte am anderen Ende der Stadt, weit von Berts Haus entfernt, in einem häßliche, achtgeschossigen Wohnblock ein kleines Appartement. Ihre Räume zeigten sich überraschend geschmackvoll eingerichtet, die, nach ihrer zögerlichen Aussage für Freier unabdinglich tabu seien. Nicht für Bert der sie hin und wieder dort besuchen durfte, zunächst vor allem um seine sexuellen Bedürfnisse zu befriedigen, aber zunehmend auch weil er bei Karen eine kaum zu beschreibende, fast mütterliche Geborgenheit empfand, in der er sich selbst sein konnte, über alles sprechen durfte, konnte, was ihn bewegte, was er sonst niemandem anvertrauen würde.

Karen diese dunkelblonde, schmale, Frau mit den Augen eines Rehs, aus einer so anderen Welt hörte ihm zu und verstand ihn auf eine ihr ganz eigene Weise, zumindest glaubte Bert daran. Sie war wie eine Insel die man nach einer langen Reise besucht um sich auf diesem Eiland auszuruhen wie sonst nirgendwo und das man wieder verläßt, verlassen muß, zurück über den Ozean der trennend dazwischen liegt bis man das nächste Schiff nehmen kann.

Karen nahm nach einer gewissen Zeit kein Geld mehr von ihm,

freute sich aber wie ein kleines Mädchen über Geschenke die er sorgfältig aussuchte, nachdem er nach und nach erfuhr was ihr besondere
Freude bereitete. Das war vor allem schöne Dinge zum anziehen,
außergewöhnlicher Modeschmuck, Handtaschen, Tücher aller Art
die sie um sich schlang und damit lange Zeit vor dem Spiegel verbrachte, hin und her paradierte, sich drehte, sich über die Schulter
von hinten anblickte und manchmal verlor sie sich scheinbar im Spiel
mit schönen Kleidern. Dabei erschien meist ein zauberhaft kokettes,
manchmal fast kindliches Lächeln auf ihren Lippen und Bert betrachtet mit Freude ihr Tun ohne etwas zu sagen. Dabei achtete er
peinlichst darauf, daß sie in keiner Weise von wem oder was gestört
wurde. Es machte ihn glücklich einen Menschen zu haben dem er
Freude schenken konnte, jemandem der ihm in anderer Weise
Freude schenkte und dabei manchmal die beiden fremden Welten
für kurze Zeit ineinander verschmolzen.

Dann kam der Abend dem er mit großer Spannung entgegen sah.
Es sollte der Abend sein der sein Leben verändern würde, er einen
Schritt gehen wollte den er noch vor nicht allzulanger Zeit für völlig
ausgeschlossen hielt, nämlich Karen vorzuschlagen zu ihm zu ziehen
um ein gemeinsames neues Leben in der Zweisamkeit zu versuchen.
Ihre Vergangenheit war ihm egal. Alle Gedanken daran hatte er
längst verdrängt. Für ihn galt das Jetzt und das was kommen sollte,
das was er sich nach langer innerer Einsamkeit sehnlichst wünschte.

Vor dem häßlichen Hausblock in dem Karen noch immer wohnte
hatte sich eine große Menschenmenge gebildet und alle recken ihre
Köpfe in Richtung der Polizeiautos deren Blaulichter sich im Kreise
drehend schlechte Botschaften verbreiten, dazu das Schrillen der Si-
rene des Krankenwagens das ihn, wo immer auch, schon als Kind
erschreckte. Bert weiß instinktiv sofort und ohne nachzudenken, daß
das Außergewöhnliche Karen betraf und diese Gewißheit löst in ihm
einen panisches Erschrecken aus. Er drängt sich durch die Menge
bis er im hell erleuchteten Kreis der amtlichen Fahrzeuge stand und
das durch Seitenlage des Kopfes ihm zugewandte Gesicht der Frau

sah, die von den Sanitätern, in den orangefarbenen Jacken mit phosphoreszierenden Leuchtstreifen, auf einer Bahre zum Krankenwagen getragen wurde, wobei einer der Träger vor dem Einschieben der Trage in den geöffneten hinteren Teil des Krankenwagens, das erstarrte Frauengesicht mit dem oberen Ende des weißen Tuch bedeckte, das bereits über dem ganzen Körper lag.

Es war Karen.

Ein Polizist versperrte ihm den Weg.

„Bitte, was ist passiert, ich muß zu ihr!"

Er schreit diese Bitte überlaut hinaus.

„Die Frau ist tot - erstochen."

Bert taumelt, fällt.

## GESCHIEDENER EHEMANN ERSTICHT CALLGIRL
### - MOTIV-EIFERSUCHT ? -

Dies war die Headline der Boulevard-Presse des kommenden Tages. Bert wußte nichts von einer früheren Ehe, er wußte eigentlich gar nichts von Karen als das was er mit ihr erlebte, erleben konnte, durfte und dies machte ihn in seiner Sehnsucht für alles andere blind. Sein Verlangen, daß sich das Schöne, das er mit dieser seltsam sanften Frau erfuhr, fortsetzen würde, weiter, immer weiter ohne Ende, erstickte jede Frage nach Vergangenem. Wenn sich Karens Augen vom Moment des jeweiligen Begegnens, zuerst gewohnt kühl, distanzierend in den Blick einer liebenden Frau verwandelte, der aus tiefstem Inneren ein Fenster des Geliebtwerdens, des Verstehens, des Hoffens auf Glück, wenn auch nur für eine begrenzte Zeit, öffnete, wurde für beide, alles was in ihrer Vergangenheit lag, sie aus der Lebensbahn geworfen hatte, bedeutungslos.

Die Temperatur hier im alaskanischen Norden spielt im Jahreszeitenwechsel ihr eigenes Spiel. So war es nach den Frosttagen jetzt wieder milder geworden und in der Nacht trommelt Regen im Staccato auf das Zelttuch. Bert liebt dieses Geräusch, ein Empfinden, das er erst vor wenigen Tagen kennen gelernt hatte, das ihm jedoch trotz der ungewohnten Einsamkeit in die er hinein katapultiert wurde, im Inneren seines kleinen Reiches etwas Geborgenes vermittelt und ihn im gleichförmigen Geräusch der vom Himmel stürmenden Bächen einschlafen läßt. Manchmal schleichen sich jedoch im leichter werdenden Schaf des nahen Tages, Träume in das Prasseln der harten Tropfen auf der imprägnierten Zelthaut, Träume die ihn nicht immer mit einem guten Gefühl in den neuen Tag führen. Er beginnt diese Zwiespältigkeit mehr und mehr zu hassen und wünscht sich ein unbelastetes Erwachen ohne Blicke zurück, die ihn noch immer und jederzeit stets unvermittelt überfallen. Es muß endlich vorbei sein, endgültig.

„Ich will nur noch Schönes aufnehmen das mich vergessen läßt. Hier draußen habe ich die unverhoffte Chance dies zu schaffen, ich muß es nur mit aller Kraft von mir selbst fordern und jeden bösen Ansatz im Keim ersticken. Kann man das mit seinem Willen durchsetzen? Ja, wenn jede Faser des Denkens dies will und ich will es."

Bert erreicht gegen Abend des fünften oder sechsten Tages - er weiß es nicht mehr genau - mit großer Erleichterung den Zusammenfluß des Easter- und Anaktuvuk-Rivers. Er hatte sich also nicht verirrt, war trotz mancher landschaftsbedingter Umgehungen auf der vorgesehenen Route geblieben und dabei in schwerem Gelände nicht unerhebliche Distanzen zurückgelegt. Soeben hört er zum wiederholten Male entfernte Flugzeuggeräusche, die ihn jedoch nicht mehr berühren, denn deren Suche, wenn es denn eine Solche tatsächlich war, lag weit von seiner gegenwärtigen Position entfernt. Beim letzten Mal hatte er nach seinen unsinnigen Gewehrschüssen in die Luft noch versucht über die einprogrammierte Notfallnummer seines Mobile-Telefons Funkkontakt mit dem Flugzeug aufzunehmen, was jedoch genau so sinnlos war wie das Herumballern.

Seine Tagesabläufe bekommen allmählich ihre Regeln. Morgens trinkt er warmes Wasser und nimmt, solange vorhanden, etwas aus dem Inhalt der Dosen zu sich, abwechselnd Tomaten oder Pfirsiche. Jedesmal verschließt er die Dosen, deren Deckel er - inzwischen erfahren geworden - nur noch einen Spalt öffnet, mit einem Alumini-umfetzen der Trockennahrungstüten und verschnürte das Ganze mit einem Stück Bindedraht, damit nichts von dem kostbaren Inhalt aus-läuft. Jetzt waren die Dosen leer und von der Trockennahrung besaß er auch nur noch zwei Tüten, nachdem er sich die letzten Tage je-weils am Abend eines dieser pulverisierten, in Wasser aufgekochten Mahlzeiten, gegönnt hatte.

Den Hunger während des Tagesmarsches verdrängt er wie bereits gewohnt mit Wasser aus den vielzähligen Bächen und Rinnsalen, die von den Bergen talwärts sprudeln. Anfänglich hatte es noch die Entkeimungstabletten dazugegeben, dann aber damit aufgehört, weil er es für unnötig hielt, insofern das Wasser ohne menschliche Verschmutzung vom Schnee und Eis der Bergkuppen gelöst, nur durch unberührte Natur zu Tal fließt.

„Wenn alles gut geht habe ich noch etwa zehn Tage Marsch bis Evansville aber meine Nahrung reicht nicht aus, also muß ich ein Wild schießen," sagt er zu sich selbst, zumal ein festes Stück Fleisch mehr und mehr zur fixen Idee seines so einseitig gefüllten Magens wird und er weiß, daß er diese Distanz nur schaffen würde wenn er bei Kräften blieb.

Der siebte, oder war es der achte Tag, er ist sich über die Zeitabläufe immer weniger sicher, beginnt mit kalten Sonnenstrahlen die müh-sam durch den diesigen Himmel stechend, helle Flecken auf die ge-frorene Erde zeichnen. Gestern hatte Bert zweihundert Meter oberhalb seines Zeltplatzes eine kleine Herde weißer Bergschafe mit teilweise wunderbar geschwungenen Hörnern beobachtet. Die weiblichen oder Jungtiere trugen nur einen kurzen geraden Kopf-schmuck, doch alle blickten aus sicherer Entfernung zu ihm herunter ohne ihre Position, in einem grün gebliebenen Weidestück, zu ver-ändern. Das warme Wasser seines imaginären Frühstückstees, res-pektive Illusionskaffees, gluckerte hörbar in seinem Magen als wolle dieser rebellieren und ihm sagen „jetzt wird es aber höchst Zeit, daß ich etwas Vernünftiges zum verarbeiten bekomme."

Sie waren auch heute noch da, jedoch etwas weiter oben zwischen den Felsen am Fuß der Carin Mountains mit ihren fast eintausendfünfhundert Meter hohen blau-weiß schimmernden Wellen-und Zackenkuppen. Die Herde von vielleicht zehn Tieren grasen jetzt am obersten Rand der Grünzone zu der sie im Laufe der Nacht aufgestiegen waren, dem offensichtlich letzten erreichbaren Nahrungsraum vor der ewigen Eisgrenze. Sie sind in ihrem klaren weißen Fellkleid vor dem gleichfarbigem Hintergrund fast unsichtbar und nur die kleinen Bewegungen von einer Grasstelle zur anderen macht sie erkennbar. Bert hat auf seinem Weg unterschiedliche Tiere gesehen und sie als potentielle Jagdbeute registriert, dann, wenn es soweit wäre und ihm die Nahrung ausginge. Schneegänse, nein es waren sicherlich Schneehühner, wie er aus seinem Alaska Buch, das er im Jeep zurückgelassen hatte wußte, einen fischfangenden Wolf, oder jenen Fuchs mit der toten Ente im Maul, der sich frech auf kurze Distanz an ihm vorbei schlich, um ihm dabei einen listig triumphierenden Blick zuzuwerfen, der wohl sagen sollte -schau ich habe eine Beute - du aber schaust in die Hungerröhre.

Gestern war er einem mächtigen Elch begegnet der auf eine größere Distanz aus dem Wald herausbrach und sich dabei mit dem vielendigen Geweih krachend einen Weg durch Geäst und Unterholz brach. Bert verhielt sich ganz still denn er wußte von der Gefährlichkeit dieses Revierhalters und beschränkte sich auf die Beobachtung durch sein Fernglas. Dabei fiel ihm auf, daß am linken Geweih die große Schaufel fehlte, vielleicht bei einen Kampf um ein Weibchen abgebrochen, während auf der rechten Seite gerade dieser schaufelartige Teil besonders groß ausgebildet war. Lange beobachtete er diesen König des Waldes und der Tundra mit großem Respekt, bis dieser hinter einer Waldzunge verschwand. Einen listig schnellen Fuchs zu treffen schien ihm genau so schwierig, wie ein flinkes Schneehuhn, obwohl deren Größe für seinen Hunger ausgereicht hätte. Ein Karibu - unmöglich - viel zu groß - also dann das etwas kleinere und sich offensichtlich nur langsam bewegende weiße Ziegenschaf.

Bert lädt den oberen Lauf des Gewehrs mit dem groben Schrot und den Unteren mit einer Flintenlaufpatrone. Er denkt bei sich: "Als schlechter Schütze muß ich zuerst mit dem Streuschrot treffen, um das Tier am wegrennen zu hindern, dann habe ich ein ruhiges Ziel, um es mit der einzelnen Kugel zu erlegen." Er fragt sich dabei ob sie ihn wittern würden oder eher hören wenn er sich ihnen näherte? Bert weiß es nicht. Er hält den mit im Speichel angenäßten Finger in die Luft um die Windrichtung auszumachen, die sich als Fallwind von den Bergen herunter erweist, also auf ihn zu weht, weg von der Herde. Gut, aber nun mußte er sich möglichst geräuschlos ungefähr vierhundert Meter den Berg hinauf pirschen um auf Schußnähe, an seine Jagdbeute heranzukommen, denn anders, so glaubt er, hätte er mit seiner schlechten Zielgenauigkeit keine Chance. Vielleicht würde das Gewehr auch gar nicht weiter als die vorgedachten vierzig Meter Distanz schießen. Er weiß es nicht.

Noch einmal blickt er vor dem Aufstieg durch sein Fernglas um den am besten gängigen Weg nach oben zu erkunden, da wo er in guter Deckung von den Tieren die jetzt sehr nahe beieinander stehen, auch nicht vorzeitig entdeckt würde. Er schwenkt das Glas hin und her und plötzlich glaubt er nördlich der Herde eine halbseitig von einen Felsen verdeckte Gestalt zu sehen, die er jedoch nicht genau identifizieren kann, weil sein Fernglas noch auf die nähere Distanz zu den Tieren einjustiert ist. Als er versucht die Gestalt wieder zu finden, indem er das Okular auf eine größere Entfernung einstellt, ist dieses Wesen verschwunden. Es könnte ein Mensch gewesen sein, aber nach seinem fellartigen zottigen Aussehen was Bert verschwommen wahrzunehmen glaubte, käme auch ein aufrecht stehender Bär in Frage. Diese Haltung war durchaus artentypisch, wenn es darum ging zu imponieren oder sich einen Überblick zu verschaffen. Vielleicht war dieses Lebewesen ebenfalls auf der Jagd nach einem Schaf? Wenn es ein Mensch gewesen wäre könnte dieser ihm vielleicht helfen, aber wie sollte sich hier in dieser unendlichen Einsamkeit ein Mensch aufhalten. Sicher war es ein Bär oder eine Irritation seinerseits.

Er kniet jetzt neben dem erlegten Tier dessen Blut an mehreren Stellen das unschuldige Weiß seines Felles rot färbt.

„Verzeih mir, daß ich dich getötet habe - danke, daß es dich gibt und du mich vielleicht mit deinem Tod vor dem meinen bewahrst." Bert spricht mit dem toten Tier, ja es schmerzt ihn mit einem Schuß aus sicherer Distanz der Sieger dieses ungleichen Kampfes zu sein. Und jetzt? Er streicht über das Fell und fühlt die Wärme des erloschenen Lebens die den toten Körper noch nicht verlassen hat. Bert tröstet sich mit dem Gedanken daran, daß diese Art des Tötens wie in allen Zeiten nach den Gesetzen der Natur im Kampf um das Überleben geschah und stets mit dem Opfer eines anderen Lebewesen einhergeht. So war es und wird es immer bleiben.

Jetzt mußte er das tote Schaf - aus der Decke schlagen-. Diesen Begriff kannte er zwar hatte jedoch nicht die geringste Ahnung wie man dies bewerkstelligte. Wenn Großvater einen seiner Hasen schlachtet hing er ihn mit den Hinterläufen an einer Querverstrebung des Gartenhauses auf, um dann mit Messer verschiedene Schnitten auszuführen. So vorbereitet zog er das ganze Fellkleid, nahezu in einem Stück, ab. Ewas ähnlich jetzt hier mit dem schweren Schaf anzugehen war eine völlige Illusion. Die Rückenfilets herauszutrennen, wie bei der Präparation eines gekauften Rehrückens den seine Amélie früher so vorzüglich zubereiten konnte, schien ihm machbar.

Bert schneidet mit dem Messer den Rücken des Tieres auf, zieht das Fell beidseitig herunter und sieht tatsächlich neben dem freigelegten Rückgrat am Knochen, jeweils auf beiden Seiten längs einen Fleischstrang, den er mehr oder weniger vollständig heraus schneiden kann und dann im mitgebrachten leeren Securitybag verstaut.

Und den Rest? Er ist alleine und es ist vom Gewicht her unmöglich noch mehr Fleisch mitzunehmen, ausgenommen vielleicht einen Hinterschenkel oder zumindest dessen Fleisch das man, so erinnert er sich, „aus der Keule" bezeichnet. Nochmals geht er mit zunehmendem Widerwillen ans Werk, indem er nach ablösen des Beinfells ein großes kompaktes Stück kräftig ausgebildetes Muskelfleisch auslöst. „Genug!" Er zieht das unjagdlich, häßlich zerschnittene Tier ein Stück den Hang hinunter bis zur Buschgrenze von wo aus er geschossen hatte und bedeckt es mit Ästen. Noch einmal dreht er sich um und blickt den Berg hinauf, vielleicht um jene rätselhafte Gestalt die so plötzlich verschwand zu entdecken, aber er sieht nur die Herde die nach den Schüssen auseinander stob, jetzt aber ein gutes Stück weiter oben, im Schneefeld kaum wahrnehmbar, wieder zusammen steht. Alle Schafe blicken sie in seine Richtung und Bert hat ein schlechtes Gewissen.

Das Filetstück ist gar. Bert hat einen geraden Ast am vorderen Ende von der Rinde befreit, zugespitzt und durch das Fleisch gesteckt. Diesen einfachen Spieß legt er in eine Astgabel, die er am Rande der Feuerstelle fest in den Boden rammte so daß der Braten über dem Feuer schwebend, knusprig wird. Gesalzen und mit einigen Tropfen seines letzten Whiskey flambiert, erlebt er einen überraschend wohlschmeckenden Eßgenuß, wobei ihn der deutliche Wildlammgout nicht stört, im Gegenteil zu einem ganz neuen Geschmackserlebnis wird.

Vor dem Essen, in der Zeit während das Filet am Feuer allmählich eine dunkelbraune Kruste bekam, wusch er die erbeuteten restlichen Filetstücke am Fluß, zerkleinerte sie in einzelnen Eßportionen, salzte sie kräftig und verpackt sie schließlich in den leeren Trockennahrungstüten die er jetzt für den Abdichtung der leergegessenen Dosen nicht mehr benötigt. Das Keulenstück behandelt er gleichermaßen mit der Absicht dieses morgen Abend im Ganzen zu braten und dann im Verlaufe der darauffolgenden Tage stückweise kalt zu essen. Bert fühlt sich nach dem Essen nicht nur satt sondern hat das Gefühl durch seinen Jagderfolg einen wichtigen Schritt der Integration in die ihm so fremde Umgebung getan zu haben. Er fühlt sich einmal mehr von den Zwängen befreit möglichst schnell zurück in sein altes Leben zu kommen, denn er spürt eine zunehmende innere Ruhe in einer Intensität die er längst verloren glaubte. Diese neue Erfahrung wird sicher insbesondere auch durch seinen Jagderfolg beflügelt, im neuen Bewußtsein, dem Leben in der erzwungenen Einsamkeit gewachsen zu sein. Er empfindet sich von diesem Moment an plötzlich nicht mehr als rettungsbedürftiger, hilflos ausgesetzter Stadtmensch, vielmehr verspürt er den Reiz im Unbekannten, Fremden zu bestehen und sich dabei von einer Last, die sein Inneres bis noch vor kurzer Zeit zu erdrücken drohte, endgültig befreien zu können.

Das Feuer ist heruntergebrannt und in der Asche glühen bei den immer wieder aufkommenden Windstößen noch klimmende Holzstücke als winzig sprühende Sterne, gleich Lavastückchen die über einen Kraterrand hüpfen. Um ihn herum und in ihm breitet sich ein so lang vermißter Ruhe aus, eine neue Art der Zufriedenheit, die ihn leicht macht, jeder Sorge die er in seiner Situation durchaus noch haben könnte, ja sogar haben müßte, entledigt und einem neuen Selbstbewußtsein Platz macht.

„Ich gehe zurück dann wenn ich es für angezeigt halte ohne Eile. Es ist schön hier zu sein umgeben von einer Natur die mich scheinbar angenommen hat, der ich mich jetzt gewachsen fühle und die ich, genau in diesem Augenblick, zu genießen beginne."

SIM ist unendlich weit entfernt und hat nicht zuletzt durch ihn ein Auftragsvolumen das die Firma eine beachtliche Zeit tragen wird. Sollen sie sich doch auch einmal um ihn Sorgen machen, vielleicht würde sogar seine entfremdete Tochter Ines ein wenig Herzklopfen wegen ihres verschollenen Vaters verspüren? Egal es geht ihm gut wie lange nicht mehr, auch wenn er sich in allem einschränken muß und sich täglich Unvorhersehbares ereignet oder ereignen kann. Im Schein eines fast vollrunden Mondes geht sein Blick geradeaus entlang des westlich an ihm vorbeifliesenden Flusses bis hinunter zur anschließenden Tundraebene auf der er mit dem Blick durch sein Fernglas, im fahlen Licht des Mondes, wiederum Karibus beobachten kann die jetzt in der Nacht eng beieinander stehen.

Links, also östlich von ihm geht sein umherstreifender Blick über den Niederbusch den er bei seinem Jagdunternehmen durchquert hatte den Berg hinauf zu den schneebedeckten Gipfeln, die das Mondlicht mattblau reflektieren. Rechts verschwindet sein Blick im unergründlich tiefen Dunkel des Waldes. Hinter ihm steht das Zelt, das er im Schutz eines größeren Felsen, der sich irgendwann einmal von den steilen Berghängen gelöst und zu Tal gepoltert war.

Alle diese neuen Eindrücke vermitteln ihm eine ganz eigene Art von innerer Freude, die von ihm, zwar noch ein wenig zaghaft, doch spürbar Besitz ergriffen hat.

Das Geräusche reißenden Stoffes beendet schlagartig seinen tiefen Schlaf und er sieht im Mondlicht das durch die Zeltwand schimmert, die spitzen Enden eines Geweihs das jetzt hin und her zerrend die Leinwand zerfetzt, schlimmer noch, damit beginnt mit wilden Bewegungen das ganze Zelt aus seiner Verankerung zu reißen. Bert wird zu Seite geschleudert und es trifft ihn ein harten Schlag in den Rücken, gefolgt von einem zweiten auf die Brust als er sich im Schlafsack zu drehen versucht um nach dem Gewehr zu greifen, was ihm zwar gelingt, doch im gleichen Moment wird das ganze Zelt angehoben und zur Seite gezerrt. Bert schießt mit beiden Läufe in die Richtung aus der die ersten Geweihstöße kamen und hört darauf ein wildes Scharren das von Hufen zu kommen scheint, gefolgt von einen langanhaltenden röhrenden Ruf. Schmerzstiche durchflammen seinen Körper ohne sie noch wirklich zu realisieren. Krampfhaft befreit er sich aus dem Schlafsack, lädt das Gewehr mit den in seinen Jackentaschen griffbreiten Patronen erneut und schießt ein zweites Mal, obwohl er das Tier das ihn angriff hinter der zerfetzten Zeltleinwand nicht sehen kann. Auf allen Vieren kriecht er dann zu der klaffend aufgerissenen Öffnung und sieht nun draußen einen mächtigen Elch (Moose) der mit einem Vorderlauf eingeknickt, seinen großer Schädel mit dem ausladenden Schaufelgeweih hin und her pendelt und dabei röhrende Laute ausstößt. Bert läd mit zitternden Händen das Gewehr ein dritten Mal und zwar nur mit den großkalibrigen Flintenlaufpatronen, deren Bleigeschosskerne man durch die transparente Außenhaut des Geschoßmantel deutlich sehen kann und schießt - dieses mal gezielt auf den pendelnden Kopf der beim zweiten Schuß nach unten zwischen die Vorderläufen fällt, die jetzt beide eingeknickt sind. Einen Moment lang verharrt das mächtige Tier regungslos wie erstarrt, dann fällt es mit einem dumpfen Geräusch zur Seite.
An einer Geweihschaufel fehlt ein großes Stück.

# 6
## CHAA

Berts Wahrnehmungen sind verschwommen. Er greift nach dem Gesicht das sich über ihn beugt ohne es berühren zu können. Der Mund darin bewegt sich, aber die Worte kann er nicht verstehen. Eine Hand hebt seinen Kopf hoch und eine warme Flüssigkeit dringt in seinen Mund. Es ist gut. Er schließt seinen Augen und alles geht von ihm weg. Er hat große Schmerzen. Sein Körper wird geschüttelt und dann vernimmt er eine Stimme, die ihm in einer schwer verständlichen Sprache sagt, man wäre gleich da.

*Ines kommt auf ihn zu, berührt seine Brust und löst dort große Schmerzen aus. Ihr Gesicht ist direkt vor ihm, so groß als würde sie direkt in eine nahverzerrende Kamera blicken, wodurch sich das Gesicht wie ein Ballon eiförmig nach vorne wölbt. Er hat Angst vor ihr, will wegsehen, kann es aber nicht, muß hinschauen „Du hast mir nichts mehr zu sagen - du hast Mutter getötet!" Er versucht zu sprechen, zu erklären das dies nicht stimme:*
*„Amélie wollte unbedingt fahren, gegen meinen Widerstand," aber er kann sich selbst nicht sprechen hören.*
*„Du hättest dich durchsetzen müssen weil du wußtest, daß sie nachts nicht gut sieht."*
*„Aber der LKW ist doch in uns hineingefahren, wir konnten nichts tun." „Währst du gefahren hättet ihr die kritische Stelle längst passiert gehabt, denn Mutter fährt immer langsam."*
*„Bitte sei still, ich habe Schmerzen, ich habe keine Schuld, bitte."*

Das Gesicht über ihm ist braun und zerfurcht wie altes Leder das lange der Witterung ausgesetzt war. Wieder fliest eine warme Flüssigkeit in seine Mund die ihm gut tut. Er hört eine Sprache die er nicht versteht, dann aber Worte die er übersetzen kann:
„Keine Sorge, es waren nur böse Träume. Du bist in Sicherheit. Ruhe dich aus, alles wird gut."
Die Stimme wirkt in der Tiefe ihrer Töne wie eine Salbe auf seine

Wunden.

Bert schläft.

Es ist dunkel. Unbekannte Gerüche umgeben ihn.

„Ich muß zur Toilette, bitte."

Scharrende Geräusche, dann zwei Armen die ihm aufhelfen. Er schreit wegen der Messer in seinem Rücken und in der Brust.

„Ruhig, ganz langsam, alles ist gut."

Er fühlt sich wie ein Kind auf dem Arm der Mutter als er ins Freie getragen wird.

Wind bläst ihm ins Gesicht und seine Gedanken klären sich.

„Danke, es geht jetzt alleine."

Er fühlt Boden unter den Füßen und eine stützende Hand die er ganz behutsam beiseite schiebt.

„Ich kann alleine stehen."

Den Mann neben sich hat er noch nicht wirklich wahrgenommen, nur die weißen langen Haare im morgendlichen Streiflicht.

Es gibt seitlich des Hauses aus dem er geführt wurde eine kleine, vorne offene Hütte mit Birkenrinde verkleidet, wo er seine Notdurft verrichten kann. Der alte Mann, den Rücken ihm zugewandt, steht als dunkle Silhouette zwischen den Bäumen. Und noch etwas nimmt er in verschwommene Umrissen war, zumal die damit verbundenen Geräusche unüberhörbar sind – Hunde, die mit langen dünnen Ketten an Pflöcken festgebunden sind und beim Heraustreten der Männer laut bellen, nein, in ein wolfsartiges Heulen ausbrechen und dabei unaufhörlich an ihren Ketten zerren. Der Mann spricht mit Ihnen und sie verstummen.

Bert fällt auf die Knie und Schmerzen stechen in seiner Brust.

„Langsam junger Mann," sagt die tiefe Stimme und wieder wird er gestützt zum Haus geführt, zwei Holzstufen hinauf und dann ins Dunkle.

Bert schläft auf der niederen Fellliege sofort ein.

Es sind Schleifgeräusche die ihn wecken. Das Licht fällt durch zwei Fenster mit kleinteiliger Verglasung in den Raum. Der alte Mann sitzt an einem Holztisch auf dem verstreut Werkzeuge, Flaschen und Dosen ausgebreitet sind. Er hat ein Messer in der Hand das er mit gleichmäßigen Bewegungen über einen glatten Stein zieht.

„Stellen sie Messer her?"

Der alte Mann dreht sich um und zum ersten Mal sieht Paul sein Gesicht deutlich, dunkelbraun mit einem bronzefarbigem Schimmer der nun im Sonnenlicht, das durch die kleinen Scheiben fällt, einen matten Glanz erhält. Hohe Backenknochen mit einer darüber gespannten lederartigen Haut erheben sich aus der Tiefe der Furchen, welche sich in die Gesichtslandschaft eines harten Lebens eingegraben haben. Seine weißen, langen, dichten Haare hat er auf dem Hinterkopf zu einem Knoten zusammengebunden und mit der Feder eines großen Vogels zusammengesteckt. Ein paar Strähnen daraus haben sich gelöst und hängen seitlich über die Wangen herunter.

„Ja, ich stelle auch Messer her." Dann schweigt er einige Minuten, bevor er fortfährt:

„Früher verwendete ich für die Schneiden alte Sägeblätter, jetzt kauf ich mir die Klingen in Fairbanks wenn ich wieder einmal mit meinen Fellen dort hinkomme. Die Griffe fertige ich aus Horn oder Knochen.

Ein gutes Geschäft."

Er spricht langsam, macht Pausen, bildet seine Sätze offensichtlich stets sorgsam, vielleicht weil es nicht seine eigene Sprache ist in der er sich äußert.

Die Querrillen der aus Baumstämmen bestehenden Wände des Blockhauses sind mit Moos ausgestopft, das hart getrocknet, mit lehmartigem Bindemittel vermischt, sicherlich keinen Windzug hindurch läßt. An diesen Wänden hängen die unterschiedlichsten Geräte die offensichtlich der Jagd und dem Fallenstellen dienen. Daneben offenen Regale mit Geschirr und Töpfen und an einer der Giebelseite ein aus Flußsteinen aufgemauerter offener Kamin, dessen Rauchabzug das Dach durchstößt und in dem jetzt große Holzstücke glühen. Manchmal züngeln Flammen aus der festen Glut die den Raum erwärmt.

„Dort schlafe ich," und er zeigt auf eine zweite Liege die am anderen

Ende der Hausrückwand steht.

„Du liegst auf dem Bett meiner Frau."

Er schweigt einen Moment, dann fügt er hinzu:

„She is going away!"

Bert weiß nicht genau ob sie ihn verlassen hat oder gestorben ist, getraut sich jedoch nicht danach zu fragen. Dann bittet er den alten Mann ihm seinen Namen zu nennen.

„Chaa."

„Sind sie der Großvater von Chilaili?"

„Ja, der bin ich. Hast du sie getroffen?"

„Ich heiße Bert und Chilaili hat mich bedient als ich meine Ausrüstung im Sport-Center in Anchorage gekauft habe. Wir haben zusammen einen Kaffee getrunken."

„Sie ist ein gutes Mädchen."

„Ich wollte sie noch einmal treffen, aber sie war verschwunden?"

„Chilaili ist sehr bedacht."

Chaa spricht zu ihm wie zu einem alten Freund den er nach langer Zeit wieder trifft. Sein verkürztes Amerikanisch, indem er seine Sätzen immer nur auf das Notwendigste beschränkt und dabei manchmal Beiworte die nicht unbedingt zur Klärung dessen was er sagen will, erforderlich sind einfach wegläßt, Sein besonderer Akzent unterstreicht diese harten Wortbegrenzungen.

„Du hast Glück gehabt, daß dich der alte Ituha (*sturdy oak = derbe Eiche) nicht tot getrampelt oder mit seinem Geweih aufgeschlitzt hat. Ich jage diesen alten Einzelgänger schon längere Zeit, weil er nach seinen zunehmend verloren gegangenen Kämpfen mit den jungen Rivalen um das Revier oder um Elchkühe, immer grimmiger und aggressiver geworden ist und jeden und alles was ihm in den Weg kommt angreift. Gut daß deine Schüsse seine Beine trafen und er sich nicht mehr fortbewegen konnte. Vorher aber hat er dir mit dem Huf ein paar Rippen angeknackt und sein Geweih in deinen Rücken gerammt. Auch da hast du Glück gehabt, daß die Spitzen auf die Rippen gestoßen sind, sonst hättest du zwei Löcher in der Lunge und wärst jetzt tot. Ich hab die Wunde genäht und offensichtlich geht es dir heute schon deutlich besser."

„Danke, sie scheinen sich in medizinischen Dingen auszukennen."
Chaa deutet auf die beachtliche Reihe von unterschiedlichen Kräutern, die an dünnen Lederriemen, die wie Wäscheleinen unter der Decke gespannt sind, hängen.
„Hier draußen gibt es keinen Arzt wie bei euch an jeder Ecke. Ich hab es von meinem Vater und der von seinem Vater gelernt."

Chaa hatte lange gesprochen, wahrscheinlich länger als er es gewöhnlich tut, es jedoch heute für angemessen hielt, denn jetzt schweigt er beharrlich und Berts neugierige Fragen bleiben unbeantwortet. Einmal sagt er noch mit einer vagen Handbewegung: „Geduld, die Welt dreht sich auch weiter wenn du nicht alles weißt."

Tage vergehen.
Chaa verläßt stets ganz früh am Morgen die Hütte. Dahinter ist ein Schuppen mit schrägem Dach angebaut, ebenfalls mit Rinde gedeckt, aber die Wände sind luftdurchlässige aus dünnen Birkenstämmen, auf Abstand übereinander zusammengeflochten. Dies ist der Raum für die Felle die er dort einem ganz speziellen Gerbprozess unterzieht und sie dann auf einem Zwischenboden, den er direkt unter dem Pultdach eingezogen hat, bis zum Tag des Abtransportes, lagert. In diesen Anbau mündet auch die Frischwasserzufuhr über eine von außen kommende Wasserrinne aus Holz die in einen Trog führt, indem das Wasser aufgestaut wird oder, wenn dieser gefüllt ist über eine Art Wasserspeier unterhalb der Hütte hinaus läuft.
„Kommt von oben aus einer Quelle", erklärt Chaa, der von dort, unter den Felsen eine ziemlich abschüssige offenen Holzrinne gebaut hat, die im letzten Teil bis zum Haus, aufgebockt, unter der Decke in den Schuppen herein und zum Trog hinunter führt.
„Schnellfliesendes Wasser gefriert spät.
Wenn es dann doch einfriert, schmelze ich Schnee im Kamin," antwortet Chaa auf Berts diesbezügliche Frage.
Einmal im Jahr, so erzählt der alte Mann, an einem Abend am offenen Feuer, nehme er den beschwerlichen Weg nach Fairbanks auf sich, um besondere Messer und seltenen Felle zu verkaufen und

gleichzeitig die Dinge einzukaufen, welche er in Evansville, der nächstgelegenen kleinen Ansiedlung, nicht bekommt und die ihm für das darauf folgende Jahr ausreichen müßten.

Die Schmerzen lassen allmählich nach. Chaa behandelt Berts innere und äußere Verletzung mit einer Behutsamkeit, die man dem großen Mann nur dann zutraut, wenn man seine feingliedrigen, aber nicht weniger kräftigen, Hände genau betrachtet und den Ausdruck seiner Augen versteht. Heiße Umschläge von denen undefinierbare Gerüche ausgehen, Salben in unterschiedlichen Farben, manche stark fettend, andere kühlend werden mit Baum-oder Buschblättern auf die schnell heilenden Wunden gelegt und zeigen überraschende Erfolge. Bereits nach ungefähr einer Woche ist Berts Behinderung sich eigenständig zu bewegen fast verschwunden.

„Wie haben sie mich denn hier her gebracht?" Chaa lächelt sein seltenes Lächeln.

„Auf dem Sommerschlitten. Den Kopf mit dem Geweih von Ituha habe ich auch mitgenommen, jedoch von seinem alten Fleisch nur die besten Stücke für die Hunde. Seine zerzauste, in vielen Kämpfen zerschunden Decke ließ ich ebenfalls zurück. Der Kopf liegt auf dem Schuppendach hinter dem Haus. Die Vögel werden ihn bis auf die Knochen vom Fleisch befreien. Das gibt eine kostenträchtige Trophäe für die Europäer, zumindest der Teil an dem keine Schaufel fehlt. Aus dem ramponierten anderen Teil mache ich Messergriffe oder vielleicht auch Amulette die ich ganz gut verkaufen kann."

„Was sind das für Amulette?"

„Tierabbildungen meiner Heimat, von allem was es hier gibt und das in kleinfigürlichen Abbildern von unseren heiligen Männern als Glücks - oder Heilbringer, Kranken zum Tragen an ihren Körpern, verordnet werden."

„Auch ein wenig des von dir vernachlässigtem Fleisch des Dall Sheeps habe ich mitgenommen und eingepökelt. Es wird dir schmecken."

„Was ist ein Sommerschlitten?"

Chaa lacht zum ersten Mal mit einem kaum wahrnehmbaren Laut,

der sich anhört als würde er einen Kirschstern ausspucken:
„Ein Schlitten für die Zeit in der kein Schnee liegt mit besonders ge-
schliffenen Kufen, die von den Hunden gezogen, fast über jedes Gelände gleiten können. Meine Tiere dürfen den Sommer nicht
verschlafen, sie müssen trainiert werden und das ganze Jahr über
Lasten ziehen, damit sie dann wenn es im Winter harsch wird den
Anforderungen gerecht werden"

Weitere Tage vergehen. Berts Schmerzen und Bewegungsein-
schränkungen vermindern sich zusehens, ja sie verschwinden allmählich bis zur Bedeutungslosigkeit. Er schläft auf der Felliege die er
allmählich auf eine für ihn bequeme Schlafposition geformt hat. Morgens geht er zum Fluß hinunter um sich zu waschen und der Tag
liegt vor ihm ohne auch nur eine im Ansatz vorbestimmte Aufgabe.
Alles was er hier tut geschieht im Gegensatz zu früher ohne Eile,
ohne Zwang und er verliert zur eigenen Überraschung jedweden
Gedanken daran sich irgend etwas vorzunehmen, so als wolle sich
sein Inneres gegen eine planbare Zukunft wehren. Alles was ihn in
seinem früheren Leben unausweichlich Tag für Tag bewegt hatte
ist hier gegenstandslos und doch kann er, dem was in ihm tief ver-
wurzelt, anerzogen, antrainiert ist, nicht gänzlich ausweichen, dies
trotz seines sehnlichstem Wunsch einmal ausschließlich in einer inneren Ruhe zu verharren.

„Nimm mich zur Jagd mit!"
Chaa schaut ihn an und sein Kopf bewegt sich in einer verneinenden
Geste von links nach rechts, dabei dringen seine Blicke in Berts
Augen ohne daß dieser deren Ausdruck lesen zu kann.
„Du kannst nicht mit, du riechst nach Stadt, das wittern die Tiere
und sie verstecken sich."
„Wie bitte, nach Stadt?"
„Ja, deine Haut, Haare, Kleider sind der Natur um uns herum fremd.
Wenn du bleiben willst, wird es sehr lange dauern bis sich deine Aus-
dünstung angepaßt hast, den Geruch von Stadtmüll verliert."
„Stadtmüll?"

Bert schaut Chaa entgeistert an und versteht doch was gemeint ist.

„Gib mir eine Arbeit, wenn du weg bist."

„Mach Holz. Fälle mittelstämmige Buchen, aber nicht hier um das Haus herum sondern weiter südlich hinter der kleinen Kuppe am Fluß und zerkleinere sie kamingerecht. Vielleicht kannst du mir bald auch beim Gerben der Felle helfen, falls du nicht vorher weggehst."

Chaa schweigt einige Minuten bevor er sagt:

„Überlege dir deine Zukunft gut - dann teile mir zur gegebenen Zeit deine Entscheidung mit."

Bert weiß was Chaa mit der Entscheidung des Weggehens oder Bleibens meint und als erstes übermannt ihn eine fatale Unentschlossenheit mit riesigen Schwankungen von Unvermögen bis hin zum Machbaren und wieder zurück.

Er fühlt sich in einem Zustand den er, hätte man ihn gefragt, zwischen Raum und Zeit empfand.

Es war als hätte man ihn auf einem anderen fremden Planeten abgesetzt und gesagt er könne, solle irgendwann entscheiden ob er bleiben oder gehen wolle ohne ihm zu sagen was in dem einen oder anderen Falle mit ihm geschehen würde.

Als er nach dem Flugzeug-Crash den ersten Teil seines Überlebensweges anging, auch noch die Tage danach, gab es für ihn nur eine Realität und ein Ziel das er verfolgte, aber während des Traumata welches mit dem Erwachen in der alten Hütte endete, hatte es offensichtlich in seinem Inneren einen Abriß gegeben, der ihn mit verwirrenden, nicht konkretisierbaren Gedanken, in ein neues Sein katapultierte. Es war für ihn ein Stillstand eingetreten den er jedoch keineswegs unangenehm empfand, im Gegenteil, er fing an diese Leere zu genießen, sie zu füllen mit nie erlebten einfachen Vorgängen im Zusammensein mit dem alten indianischen Trapper in der unvergleichlichen Schönheit der umgebenden Natur.

Unbeschreiblich berührend sind die Abende, wenn Chaa von der Jagd zurückkommt und der Geruch eines erlegten oder in der Falle gefangenes Tieres an seiner Kleidung, den Raum erfüllt. Danach folgen die stets gleichen Rituale der sich auf den Abend und die Nacht vorbereitenden Handlungen, von den unabdinglich dazugehörenden, sich täglich wiederholenden, Geräuschen begleitet.

Chaa raucht nach dem Essen seine langstielige Pfeife mit hohem Kopf und wendet sich seinen Messern zu, es sei denn, es entwickelt sich ein Gespräch das fast ausschließlich durch Berts Fragen ausgelöst wird. Manchmal kann es vorkommen, daß Chaa ganz ruhig in bedächtigen Sätzen mit langen Sprechpausen, den Blick auf das Kaminfeuer gerichtet, über seine Gedanken, so auch über den Sinn des Lebens spricht wie er es lebt, die Menschen es erleben von der Geburt bis zum Tod, den Kreislauf der vom großen Geist gegeben und genommen, dem Menschen das Glück seiner Zeit auf dieser Erde verbringen zu dürfen beschert. Dies erfordere hohen Respekt, meint Chaa, indem die Menschen ihr irdisches Dasein zum Guten nutzen sollten und dem Bösen die Chance verwehren Oberhand zu gewinnen.

Aller Sinn des Lebens sei auch bei genauer Beobachtung in den Gesetzmäßigkeiten der Natur, dem Verhalten der Tiere, den Kreislauf der Pflanzen über die Jahreszeiten, dem Wasser, das aus der Erde kommt oder sie bedeckt, abzulesen, wenn man verstehen will, bereit ist daraus zu lernen das Erfahrene jederzeit zu bedenken und danach zu handeln. Dann schweigt er lange, aber Bert spürt, daß der alte Mann dabei ist seine Gedanken für etwas zu sammeln das er jetzt oder an einem anderen Tag noch hinzufügen möchte.

Chaa dreht sich auf seinem Stuhl um und blickt Bert in die Augen als er sagt:

„Alles auf dieser unserer Erde wäre gut, wäre in Harmonie den Naturgesetzen folgend, gäbe es den einzig Störenfried - den Menschen nicht. Warum ihn der große Geist geschaffen hat bleibt für immer ein Rätsel. Vielleicht hat er diese eine Kreatur mit freiem Willen ausgestattet um zu prüfen, wie dieses Lebewesen jenseits des rein Instinktiven mit dem Verstand und dem freien Willen über Tun und Lassen selbst entscheiden zu können, umgeht? Aber warum diesen Umstand überhaupt, bleibt für immer im Dunklen.

Wieder ist ein junger Tag mit schnell ziehenden weißen Wolkenfahnen angebrochen die ein eisiger Wind über das Firmament treibt.

Bert geht zum Fluß hinunter, starrt in die einmal sanft, dann wieder reißenden Bewegungen des Wassers das den unterschiedlichsten Hindernissen geschickt ausweicht, sie hinter sich läßt, spielerisch ad absurdum führt, dann sieht er den quer schwimmenden Ast, der keineswegs die Physik des talwärts fließenden Wassers auf den Kopf stellt, sondern im Maul eines Bibers fixiert ist, der ihn zu seinem Bau trägt um dort eine weitere Befestigungen einzuflechten, so wie Bert es schon einmal lange Tage davor am Easter-Creek gesehen hatte.

Die Burg des Bibers ist vielleicht fünfzig Meter flußaufwärts und ragt von den Uferbüschen aus wie eine halbfertiger Damm in den fliesenden Strom, der dabei ein wenig aufgestaut, eine kleine seeartige Beruhigung erfährt. Vielleicht bildet sich dort ein Jagdgebiet für den Biber weil sich die Fische darin verfangen, aufgehalten werden, wer weiß?

„Unsinn, Biber ernähren sich doch rein vegetarisch von Rinde, Kräutern und anderem Pflanzlichen, das hatte er doch schon in der Schule in Biologie gelernt."

Doch Bert hatte jetzt einen Blickpunkt der sanften sich stets geringfügig ändernden Bedingungen auf denen er seine Augen ruhen lassen kann, während er seine Gedanken mehr und mehr zu ordnen versucht, diese sich nach und nach fast selbständig aneinander reihen ohne Zwang, der sich entfernt hat, zurückgeblieben ist in einer anderen fernen Welt.

Das Baufällen und Brennholz machen versucht er, aber es gelingt ihm nur bedingt, weil seine kaum verheilten Verletzungen wider Erwarten in den kräftigen Bewegungen des Holzspaltens noch erhebliche schmerzen. Also führt das weitgehende Nichtstun zum visuellen Entdecken von Unbekanntem seiner Umgebung, angefüllt von seinen dahintreibenden Gedanken denen die Zwänge Entscheidungen treffen zu müssen allmählich verloren gehen. Endlich kann er das Ritual des Täglichen überschauen und nichts zwingt ihn vor dem Einschlafen oder gleich nach dem Erwachen, was noch schlimmer war, den Tagesablauf gestalten zu müssen. Natürlich weiß er um die Endlichkeit seines hiesigen Seins, wie auch immer dies aussehen mag, aber wann es geschehen würde bleibt offen, von ihm bestimmbar wenn die Zeit dafür reif ist, er willens ist etwas zu ändern, sich auf den Weg zurück in seine frühere Welt zu machen, die ihm so viel Leid und Sorgen bereitet hat. Er schiebt diese Überlegungen beiseite und lebt ganz bewußt im treibenden Sein des Jetzt.

Bert streift durch die Wälder und empfindet dabei mehr und mehr das Glücksgefühl von der Natur, den Tieren, die er durch das Unterholz beobachte kann, aufgenommen zu sein. Er sieht den Vögeln zu wie sie mit eleganten Flügelschlägen die Luft durchschneiden und verliert manchmal in den Stunden des Betrachtens das Zeitgefühl. Oft erinnert ihn nur der Stand der Sonne wie weit der Tag fortgeschritten ist. Im Gefühl ein Teil der Natur geworden zu sein, wächst er in deren Gesetzmäßigkeiten ein, wie eine Pflanze die bei ihrer Geburt durch den Waldboden hervorbricht und zum ersten Mal das Licht des Tages erblickt.

Chaa läßt Bert gewähren, stellt ihm keinerlei Aufgaben mehr, so als würde er erkennen wie dieser gehetzte Mensch allmählich zurückkehrt in ein menschenerträgliches Sein das ihm hilft einen neuen, besseren Weg für sich zu finden. Wenn Chaa im Haus bleibt beobachtet ihn Bert bei der Arbeit und die ruhigen sicheren Bewegungen der kräftigen, bronzefarbigen Hände faszinieren ihn. Nichts Unbedachtes geht von Ihnen aus, kein Laut des Unwillens kommt über Chaas Lippen wenn während der Arbeit, was sehr selten vorkommt, ein kleines Mißgeschick geschieht. Ruhig korrigiert er den Fehler oder kultiviert den unabsichtlichen Schnitt an einem neuen Messergriff durch eine veränderte Formgebung, die manchmal sogar zu einem besseren Ergebnis führt und Chaas Lippen hin und wieder ein leichtes Lächeln entlockt.

Dann kommen in großen Abständen jene Abende bei denen das Schweigen durchbrochen wird, wenn der eisige Wind des nahen Winters vergeblich versucht die ausgestopften Rillen, zwischen den Baumstämmen der Wänden, zu durchdringen und Chaa unvermittelt von seiner Arbeit aufblickt um seine Gedanken in den Raum zu sprechen.

„Ich kenne eure Städte, eure Steinwüsten, die alles zusammenpressen was darin lebt und den Menschen die Luft zum freien Atmen nehmen. In mir fließt auch Blut meiner Brüder im Osten, den Mohawks, die heute von den weißen Herren sehr gerne als Arbeitskräfte in den luftigen Höhen der neuen Hochhäuser benutzt werden weil sie, warum weiß nur der große Geist keine Höhenangst kennen, schwindelfrei auf den höchsten und schmalsten Stahlträger stehend, arbeiten können. Das habe auch ich als junger Mann getan, bis ich zu begreifen begann, daß jeder Bau der errichtet wird unser Land - mein Land - verkleinert, uns mehr und mehr zurückdrängt bis zu dem Tag an dem wir keinen Raum mehr zum Leben haben. Ich habe gesehen wie meine Brüder aus dem Osten dem Reiz des Unguten, das die Europäer mitgebrachten, nach und nach verfielen. Deren Gewohnheiten annahmen, sich dem Alkohol hingaben und dabei Ihre Würde verloren.

In der Zeit davor kamen die Männer mit den langen braunen Kutten und erklärten uns ihren Gott. Er sei der einzig Wahre und sie verleugneten den großen Geist unserer Väter. Dies war eine der schlimmsten Taten die man an uns zu vollziehen suchte, gepaart mit dummen Behauptungen, daß Unrechtes was man es getan hat durch eine sogenannte Beichte bei einem dieser Kuttenträger von deren Gott vollkommen gelöscht, ja verziehen würde, wenn man Buse täte und deren Gebete spreche.

Man wollte und will uns zu diesem einfältigen Glauben erziehen der den eigenen Willen, das eigene Erkennen verdrängt und uns glauben machen, daß unsere Seelen auf dieser Erde reingewaschen werden können. Was wir tun oder getan haben müssen wir vor uns selbst verantworten. Ob der große Geist uns unsere schlechten Taten einst vergibt weiß niemand, schon gar nicht jene die sich anmaßen hier auf der Erde in dessen Namen zu sprechen Er, wenn es ihn gibt, was wir in unserem tiefsten Inneren spüren, ja es wissen, er der die Erde geschaffen hat wird uns im Tode richten.

Niemand kann dem Menschen die Last eines schlechten Gewissens abnehmen, aber er hat stets die Möglichkeit aus seinem Handeln zu lernen und mit freiem Willen für seine weitere Zukunft entscheiden, was er, wann, wie und wo zum Guten tut. Menschen die sich dem Bösen verschrieben haben verdrängen oft den guten Geist in sich, sperren ihn in den letzten Winkel ihres Gewissens und manchmal, wenn es zu spät ist flehen sie ihn an, aber er kann ihnen keine Erleichterung mehr schaffen weil er den Kokon des Schlechten, den sie um sich gesponnen haben, nicht mehr durchdringen kann."

Dann wird es wieder still. Chaa schweigt, nur das Prasseln des Feuers füllt den Raum dessen einzige Lichtquelle von einer Petroleumlampe mit weißem Glasschirm ausgeht, was gerade einmal ausreicht den Tisch, an dem Chaa arbeitet und an dem gegessen wird ausreichend zu erhellen. Der Rest des Raumes bleibt im wohltuenden Halbdunkel das die Sinne schärft, die Aufmerksamkeit des Inneren bis in die kleinsten Seelenwinkel ermöglicht und die Gedanken dabei durch nichts abgelenkt werden.
„Wie kamen sie dann vom Osten zurück, hierher?"
„Dies ist das Haus meines Vaters und Großvaters, der es gebaut hat und es trieb mich hierher zurück. Ich hatte Sehnsucht nach den Wäldern der Tundra, den Tieren, Pflanzen und nach der reinen Luft, dem klaren Wasser das von den Eisspitzen der Berge zu Tal fließt."

„Sind sie mit dem Zug gefahren, denn diesen gab es damals doch schon und die Entfernung von Ost nach West ist riesig?"
„Nein ich ging zu Fuß, auch wenn ich genug Geld verdient hatte um mit dem Zug zu fahren. Manchmal hat mich auch ein Mann im Auto mitgenommen oder ich fuhr ein Stück mit einem Bus wenn sich die Gelegenheit bot. Ich habe Monate gebraucht und viele Menschen getroffen wobei ich Entscheidendes gelernt habe das den Weg durch mein weiteres Leben beeinflußte.
Mit dem Geld kaufte ich mir ein Gewehr und andere Dinge die ich im Haus meiner Väter brauchen würde, denn ich wußte damals nicht ob mein Vater noch lebte, das Haus noch stünde und ich dort seine Arbeit mit seinen Geräten fortsetzen könnte, was mein sehnlichster Wunsch war. Nur weg von der menschlichen Enge, der Gewinnsucht, der unstillbaren Gier nach mehr und mehr und dem gnaden-

losen Egoismus, der damit einhergeht. Weg vom Leben mit Alkohol und anderen zerstörerischen Mitbringsel der fremden, verdorbenen Kultur jenseits des großen Teiches, weg von den angebotenen Verführungen, die zwar ein vordergründiges Vergnügen bereiten mochten, jedoch letztlich ins Verderben führen."

Bert entfernte sich mit dem was er bei Chaa und in der Welt der unberührten Berge und Täler erfuhr, äußerlich und innerlich unendlich weit von seinem bisherigen Ich, von dem, was ihn in den früheren Jahren beschäftigt hatte, umtrieb, belastete, schmerzte, quälte und er begriff welche Chance sich ihm hier in dieser ungewollten, unvorher gedachten Gegenwart jenseits der sogenannten Zivilisation, bot. Dies trotz den damit verbundene Beschwernissen, dem Verzicht auf vieles was früher selbstverständlich war, nun, mangels Alternative erfahren zu können, empfand er als Glück. Es ermöglichte ihm etwas das früher nicht möglich schien, die Zeit dafür fehlte, besser gesagt, er sie sich nicht nahm oder nehmen konnte, Gedanken, Vorhaben, Handlungen tatsächlich zu Ende zu denken. Er lebte in jener Zeit eigentlich nur noch in Halbheiten, die sich im Negativen auftürmten und in seinem dortigen Umfeld seinem Lebenszirkel während der täglichen Anforderungen, nicht mehr abbaubar ließen.

Beginnend nach jenem verhängnisvollen Autounfall, bei dem seine Frau ums Leben kam, fand in seinem Inneren eine Veränderung statt, die ihn von da an in allem und jedem, das nicht gleich konform lief, Ängste auslöste. Zuerst fast unbemerkt, dann parabelartig aufsteigend, zuletzt auf das ganz banal Tägliche übergriff. So begann er sich unter anderen Veränderungen seines Empfindens, unversehens und völlig grundlos in den Häuserschluchten großer Städte unwohl zu fühlen, ja die Gebäude die sich links und rechts von ihm aufbauten erzeugten in ihm eine indifferente Angst. Das Gleiche beobachtete er an sich bei großen Maschinen, einfachen aber mächtigen Schaufelbaggern die mit ihren großen gezahnten Eisenlöffeln, wie von Geisterhand getrieben, Erde aus tiefen Löchern hervorhoben oder Wände alter Häuser mit ihren Krallen niederwarfen. Nicht, daß es eine wirkliche Angst vor dieser, ihn umgebenden technisierte Welt gewesen wäre, nein es schien als bilde sich in ihm eine Art Urangst aus einer vorzivilisierten Welt, die in seinem Unterbewußtsein auf die Anfänge des Seins zurückgingen.

Menschenansammlungen wurden ihm zuwider und wenn er vor einer Theaterkasse oder im Supermarkt sich gar körperlich bedrängt fühlte, ihn jemand unbeabsichtigt berührte, konnte er in Panik geraten und mit seinen Reaktionen Menschen erschrecken, die ihm, dem merkwürdigen Zeitgenossen kopfschüttelnd nachsahen, wenn er fluchtartig den Ort verließ.

Er wurde sich mehr und mehr darüber im Klaren, daß es so mit ihm nicht weitergehen konnte, er unaufhörlich einer Eskalation, wie auch immer geartet, fast willenlos zutrieb. Dazu seine meist unnötige Existenzangst die sein Kompagnon zu keinem Zeitpunkt teilte und ihn manchmal verwundert ansah und meinte - Bert sei ein wenig durchgedreht - die Dinge wären doch bisher immer gut gelaufen und in ihrer Branche könne man eben nicht auf Jahre hinaus eine gesicherte Auftragslage erwarten.

Und dann kam Anchorage wo er - zumindest empfand er es so - mit letzter Kraft diesen wichtigen Auftrag sichern mußte und konnte, um danach, in qualvollen Stunden, die Kontrolle über sich zu verlieren.

Mit wildem Flattern seiner Flügel kreist ein Raubvogel über dem Busch nahe dem Bach. Manchmal scheint er mit den rasenden Schlägen seiner braunschwarz Schwingen geradezu auf einer Stelle in der Luft zu stehen. Er wartet darauf, daß der kleine Vogel, dem er nicht in das engastige Dickicht folgen kann, herauskommt, um ihn dann zu greifen. Doch er ist nicht schnell genug, als der schlaue Kerl ganz tief aus dem Busch herausschießt und mit blitzartig wechselnden Flugmanövern dem mächtigen, in seinem Unterfangen vergleichsweise schwerfälligen Räuber entkommt. Bert ist von dem tödliche Spiel fasziniert und triumphiert innerlich über die List und Wendigkeit des flinken Kerlchens, mit dem er sich spontan solidarisch fühlt.

Eines Tages zeigt ihm Chaa seinen Eiskeller in dem er alle verderblichen Eßvorräte über den Sommer kühl lagert. Dieser Raum befindet sich unter dem Haus und ist über eine Klappe im Fußboden mittels einer Leiter erreichbar. Dort unten würde das ganze Jahr eine gleichmäßig kühle Temperatur herrschen, bedingt durch das Eis, das er, Chaa, jeweils im Winter an den Flußrändern abschlägt und dort unten lagert. In diesen zusammengefrorenen Eishügeln gibt es kleine Höhlungen in welchen lange Keulen oder fleischige Rippen von Rotwild lagern. Daneben ausgenommene, zum Teils filetierte, eingepökelte Fische, aber auch Gläser mit allerlei Eingemachten. Vor allem Beeren und für Bert anderes nicht zuordbares Pflanzliches und daneben auf einem Holzrost getrocknete Pilze.

Chaa fordert noch immer nichts von Bert. Er hatte wohl verstanden einen Mann bei sich aufgenommen zu haben, der sich am Ende seiner psychischen Kräfte befand und nur das vermeiden jeden Zwanges, jedweder Verpflichtung ihm helfen kann wieder zu seinem eigentlichen Ich zurückzufinden. Vielleicht zeigte Chaa seine Vorräte um Bert den Druck zu nehmen seine Gastfreundschaft allzusehr zu belasten.

„Mit meinen Vorräten kann man lange leben, selbst wenn man einmal krank ist und nicht auf die Jagd oder zum Fischen gehen kann."

„Chaa sagt nicht ich oder wir, nein er sagt –man– was alles offen läßt. Will er wirklich und völlig selbstlos meine Entscheidung zu bleiben oder zu gehen freistellen" - fragt sich Bert.

Er ist beschämt von dieser Selbstlosigkeit oder besser gesagt über das dahinter stehende Angebot ihm die Möglichkeit zu geben selbst den Weg, wie auch immer dieser aussehen mag, in eine neue bessere Zukunft zu finden.


Manchmal wenn Bert im Schuppen hinter dem Haus auf dem dreibeinigen Hocker sitzend Chaa beobachtet wie er das Fleisch eines frisch erlegten Tieres von der Haut schabt, konnte es vorkommen, daß Chaa ihn bat dieses oder jenes zuzureichen weil seine beiden Hände gerade mit Blut und Fleischfetzen bedeckt waren oder sich im Trog eines Gerbvorganges befanden, jedoch nie in einer Weise, als würde er in Bert einen Gehilfen sehen, lediglich um einen soeben eingeleiteten Arbeitsvorgang nicht unterbrechen zu müssen.

Die Stille ihres Zusammenseins, nur von den Geräuschen des gerade stattfindenden Tätigkeit oder einzelner Tiergeräuschen die von draußen durch die offenen Fugen der Birkenwände hereindringen, bestimmen den Tag.

Manchmal sitzen die beiden Männer in klaren Nächten draußen auf der Bank die entlang des Hauses unter dem vorgezogenen Dach, seitlich der Türe angebracht ist, jeder alleine mit seinen Gedanken. Meist sprechen sie dann nicht, es sei denn über Alltägliches wie das Auftauchen eines Wolverins dessen Gegenwart Chaa in einem Revier nicht gerne sieht.

Sie blicken hinauf in die Dunkelheit des nachtblauen Himmels über den blaue oder grüngelb durchmischten Lichtfahnen zucken, bizarr, in immer wechselnden Formen mit verschwommenen Rändern als elektrischen Entladungen, in kurzen Zyklen huschend die Sterne verdecken, um gleich wieder in anderen Fluchtgestalten zurückzukommen.

Einmal fragt Chaa, aus dem Dunkel heraus, ohne vorher je getan zu haben, was Bert bedrücke.

„Du wirkst auf mich, auch nach den vielen Tagen die vergangen sind, noch immer eingeschlossen wie in einem Kokon der sich vergeblich versucht zu öffnen. Hier draußen kann es dir gelingen wenn du in die Natur hineinhörst, ihr folgst wohin sie dich führt."

Chaas Anmerkung kam unvermittelt, doch er hatte längst in Bert hineingesehen, in ihm gelesen, wie in einem offenen Buch und verkörpert für Bert in diesem Moment einmal mehr die Inkarnation des einzig lebenswerten menschlichen Seins.

Bereitwillig antwortet er:

„Ich will raus, raus aus meinem bisherigen Leben und der Rest eines verkümmerten Instinktes in mir sagt, ich habe durch die außergewöhnlichen Umstände die mich hier her führten tatsächlich die Möglichkeit Vergangenem zu entrinnen, besser gesagt, neu zu beginnen. Ich spüre es seit Bill ertrunken ist und ich habe mir vorgenommen den Weg dorthin zu gehen, wo es sich für mich lohnt zu leben."

Chaa schweigt lange, dann sagt er:

„Dein Vorankommen ist trotz deines noch immer zu geringen Selbstbewußtseins tatsächlich schon seit einiger Zeit erkennbar, aber ich will sicher gehen, daß es dir ernst ist, du die Chance erkennst welche dir der große Geist, beginnend mit dem Unglück am See, bietet.

„Denke daran -

die wirkliche Wildnis ist draußen bei den steinernen Gebilden die ihr Städte nennt, nicht hier, wo die Ordnung der Naturgesetze herrschen, diese noch in der Balance sind. Aber ihr, die ihr nichts wißt, nichts fühlt, habt schon lange begonnen auch den Gleichklang dieser letzten Enklaven, die uns vom großen Geist gegeben wurden, zu vernichten. Ich sehe die Anzeichen der unaufhaltsamen Zerstörung die auch in mein Leben eindringt, den Zerfall der Werte die uns geschenkt, die den letzten freien Lebensraum füllen. Doch ich bin alt und so werde ich dem Todesstoß des Lebenswerten entgehen. Ich danke dem großen Geist dafür. Mehr und mehr tauchen sie auf, die Gides, hinter denen die Trophäenjäger mit weittragenden Gewehren, chancenungleich den Hirsch, Bär oder Elch töten, den sie vorher gekauft haben um sich später bei Gleichgesinnten mit dieser Tat des Frevels, zu brüsten. Schlimmer noch sind die Gierigen, die Ölsucher, Ölfinder, die aus dem Erdinneren ihren Profit ziehen, bis die Höhlen die sie dabei schaffen einbrechen und sie in die Finsternis reißen. Wann wird es sein, daß die Erde sie alle und selbst als toter Planet, karstig, öde, zerwühlt, lebensunwert durch das Weltall treibt?"

Chaa blickt hinauf in die Unendlichkeit des Sternenbildes, über das immer wieder die randlosen Farben der Nordlichter huschen.

Bert fühlt bei Chaas Worten ein inneres Zittern – das, trotz der finsteren Zukunftsvision, vielleicht auch ein positives Zeichen seiner verkrusteten, sich langsam öffnenden Seele, bedeuten kann.

Er wünschte sich seine Ängste würden aufhören wenn er die Erfahrung hier draußen in der Abgeschiedenheit der unberührten Natur, überleben sollte, auch die kleinen Ängste, vor allem und jedem die ihn im Tagesgeschehen zunehmend begleitet hatten. Würde es dann auch aufhören morgens schweißgebadet aufzuwachen und sich vor dem Tag, vor Stan, den Mitarbeitern, vor der Arbeit selbst, die er glaubte nicht mehr leisten zu können, zu fürchten?

Wenn er in seinem fernen Alltag nach einer solch qualvollen Nacht, dem Tag entgegen ging, wusch und rasierte er sich stets besonders sorgfältig, kleidete sich ausgewählt an, um den Anforderungen, die ihn erwarteten, wenigstens mit einem guten Körpergefühl entgegen treten zu können. Es ist sechsuhrdreisig wenn er seine Wohnung verläßt und im engen, metallisch knarrenden Lift nach unten fährt. Dann beginnt sein „Kreuzweg", wie er den allmorgendliche Spaziergang entlang des Mains nennt, wo er versucht die Kraft für den Tag zu sammeln. Er geht am ruhigen Strom entlang. Jogger begegnen ihm, manche kommen von hinten fast unbemerkt auf leisen Plastiksohlen, aber ihren angestrengten Atem hört er schon einige Sekunden lang bevor sie vorbei hasten. Außer diesen Ehrgeizigen die ihren Körper stählen, scheint hier draußen beiderseits des unaufhörlichen grauen Stromes noch alles zu schlafen und er kann sich vorbereiten, stärken in der Ruhe des frühen Morgens, erfreuen an dem Gezwitscher der Vögel die den neuen Tag begrüßen, zumindest für diesen Moment, bis der Abend den Tag und alles in ihm wieder verdunkelt.
Er geht in das kleine Uferkaffee wo man ihn, den Mann des frühen Morgens längst kennt, für ihn und die anderen die den Tag so zeitig angehen wollen oder müssen, immer ein guter Kaffee bereit steht. Dazu ein frischgebackenes Croissant, um gleich danach in den Fluß des rauschenden Straßenfüllenden Verkehrs der erwachenden Stadt, einzutauchen.
Stets als Erster, betritt er das Büro, mit dem Zweifel im Herzenschaffe ich es heute? - Diese Frage erhält von Tag zu Tag größere Bedeutung und erzeugt Qual, hinterläßt Selbstzweifel, Unsicherheit vor der immer näher kommenden Zukunft des nächsten, des übernächsten, der kommenden Tage, Wochen, Monate, Jahre.

„Du fliegst nach Anchorage und mußt diesen Auftrag für uns an Land ziehen, klar!"

Stan schaut ihn mit zwingendem Blick an und Bert überfällt das Grauen der Verantwortung.

„Flieg du," antwortet er.

„Bist du verrückt, wir haben doch unsere eingefahrene Arbeitsteilung in der die Akquisition dein Part ist, compris....,capisce.....compren-dre amigo!"

# 7
## DIE JÄGER

Hatte er Panik als das Flugzeug auf dem Eis des Sees niederging? Angst jetzt zu sterben, verletzt in der Wildnis ausgesetzt, plötzlich auf sich alleine gestellt zu sein? Nein – müßte zu seiner Überraschung die Antwort aus seinem Inneren heraus lauten. Diese Ereignisse hatten mit allem was davor lag nichts zu tun. In seinem Kopf gab es nur die Angststränge des Vorigen und neue konnten nicht wachsen, sie wurden durch die plötzlichen Geschehnisse gekappt. Der nahe Tod und das unerwartet neue Sein hatten die Ängste der Vergangenheit für eine bestimmte Zeit ausgeblendet. Konnte dieses Zurücklassen von Dauer sein? Konnte es sein, wenn er das Jetzige überlebte, daß der Teufel der Ängste verschwunden blieb, oder würde er wieder aus der Deckung kommen, wenn alles, was jetzt vor ihm lag gut gelaufen wäre?

Bert glaubte es im Moment des Rückblicks, als er nach langen Tagen des Hierseins mit Chaa auf der Bank vor dem Haus saß und die Sterne in ihrer scheinbaren Unschuld auf ein Stück Land und zwei Menschen in ihrer Abgeschiedenheit herunter blickten.

„Du kannst hier bleiben. Drunten im Eiskeller habe ich, wie du weißt, genügend Vorräte für uns beide oder du kannst gehen, wenn noch in diesem Jahr, dann in den nächsten vier oder fünf Tagen, denn der Winter wird in Kürze mit aller Kraft das Land überziehen und dann ist kein Fortkommen mehr möglich. Wie du erlebt hast gab es am Anfang des Monats, zunächst eine unerwartet frühe Kältewelle, so daß das Land und die Wässer für kurze Zeit schockgefroren wurden, sogar mein Fluß da unten. Dies zu eurem Glück, denn so konnte Bill auf dem Eis des Sees landen. Glück für ihn, jedoch ohne Dauer. Kurz darauf kam dann die ebenfalls für diese Jahreszeit ungewöhnliche Warmluft und sie wird noch wenige Tage anhalten die du nutzen kannst. Die Weideröschen und die Indian Paintbrush mit ihren widerstandsfähigen roten Stachelköpfen sind jetzt plötzlich verschwunden, was stets ein Zeichen für den nahen eigentlichen Wintereinbruch ist.

Wenn du gehst gebe ich dir Suu mit, sie kennt den Weg nach Evansville und kommt auch alleine wieder zurück. Es ist ein gutes Tier das dich beschützen wird. Ihr leises Knurren wir dich warnen wenn sie Gefahr wittert. Denke nach und gib mir Bescheid."

Bert läßt zwei Tage verstreichen ohne einen Entschluß zu fassen. Seine Schmerzen waren durch die, für ihn geheimnisvollen Behandlungen Chaas, fast verschwunden. Heiße, kalte und lauwarme Umschläge mit kräutergefüllten Stoffsäckchen und das minutenlangen Auflegen von Chaas Händen auf die verletzten Stellen hatten wahre Wunder bewirkt. Eindrucksvoll und dies faszinierte Bert in ganz besonderer Weise, war das Empfinden in seinem Körper wenn Chaa die verletzten Körperbereiche gar nicht berührte, sondern mit seinen beiden Händen im Abstand weniger Zentimeter darüber strich, einfach so in der Luft und es dabei an diesen Stellen einmal kalt und dann wieder sehr warm wurde, ja fast heiß. Diese Behandlung half, was Bert rational nicht erklären konnte, da ihm bisher nur die Methoden der Schulmedizin bekannt waren die ausschließlich mit direkter Wundversorgung, der Einnahme von Medikamenten, oder chirurgischen Eingriffen einher gingen.

Doch dann erinnerte er sich an seinen Großonkel Jan van Boese der ihm früher einmal von dessen Großmutter Philipine erzählte die als homöopathische Ärztin und Heilpraktikerin ähnliche Behandlungsmethoden sehr erfolgreich angewendet hatte und nach langen Widerständen der Schulmediziner durch ihre Heilerfolg auch bei Fällen die als hoffnungslose galten, später von den gleichen Leuten hohe Anerkennung erfuhr. Dieser Onkel erzählt ihm auch von seinen eigenen Erfahrungen in Japan wo er als staatlich examinierter Judolehrer - das Zentrum des Weges - Kodokan an der Tokyo-Universität besuchte und in den Grundlagen dieses Sportes die Religionsphilosophien des Zen-Buddhismus erfuhr - so insbesondere von der Untrennbarkeit des menschlichen Körpers mit dem, in ihm wohnenden Geist. Hier können wirksame Zusammenhänge zur Heilung von Krankheiten abgeleitet werden, die ohne Anwendung allopathischer Medikamentierungen, zur Gesundung führen können. An All dies erinnerte sich Bert als er die meditative Ruhe von Chaas Behandlungen erfuhr, die aus dessen Geist gewachsen, in dessen Händen übergingen.

Bert wußte nicht genau wieviel Tage, ja Wochen, er schon hier war, zumal er die erste Zeit im Blockhaus in einem Wechsel von Bewußtsein und Bewußtlosigkeit verbrachte. Wenn er wach war sah er im Halbdunkel Chaas Silhouette an seinem Arbeitstisch. Alles Andere verschwamm vor seinen Augen sowie er sich anstrengte etwas zu erfassen, sich eine Erklärung dafür auszudenken. Manchmal schien die Sonne durch das kleine Fenster und Bert begriff, daß es dann wohl Morgen sei, denn Chaa verließ gleich darauf das Haus mit allerlei Gerät. Später kam er zurück, wieder beladen ohne, daß Bert erkennen konnte was er trug, da er die Dinge auf den Tisch legte, der sich über Berts Augenhöhe befand, Chaa mit dem Rücken zu Bert daran hantierte und ihm so jeden Blick auf die Vorgänge auf der Tischplatte verstellte.

Irgendwann beginnt Bert dem still in seine Arbeit vertieften alten Indianer, wenn dieser das Kamin anzündete und es so erkennbar Abend wurde, Stück für Stück seine Lebensgeschichte zu erzählen, ganz behutsam mit großen Pausen der Besinnung in der Erinnerung an all die Bilder und Gedanken die in dem geschilderten Geschehen durch sein Leben zogen. Er erzählt alles ohne etwas wissentlich auszulassen, manchmal geradezu selbstquälerisch, sich selbst bloßstellend.

Chaas Haltung, bleibt während des Berichtens unverändert, schaut nicht auf, sagt nichts. Ab und zu sind von ihm unterschiedliche Laute zu hören, die man bei genauem Zuhören mit etwas Fantasie, zuordnen könnte. Da waren Laute die nach Überraschung klangen, andere nach Traurigkeit, Freude oder Unverständnis, Empörung, Kritik, mitfühlsam, bedauernd und nachdem Bert schwieg und glaubte alles, wenn auch unbeholfen, stockend, aber doch offen ohne Beschönigungen erzählt zu haben, dreht sich Chaa - es waren Stunden vergangen - auf seinem Hocker langsam um und sagt:

„Der große Geist ist überall um uns, in der Natur, in den Tieren, Pflanzen und insbesondere in uns selbst. Wenn wir ihn spüren, sollten wir auf ihn hören und nicht versuchen ihn zu verdrängen, besonders dann wenn wir wissen etwas Unrechtes zu tun – getan zu haben. Wenn wir jedoch das Ungute immer wiederholen, verlieren wir ihn, erkennen ihn nicht mehr, nicht mehr das Gute in uns, dann sind wir verloren, wenn es uns im Wohlstand auf dieser Erde auch scheinbar gut gehen mag. Du hast den guten Geist behalten, ich spüre es, ihn jedoch oft strapaziert, mit ihm gekämpft, bist ihm aber treu geblieben, das wird dir helfen anders als bisher dein Leben in seinem Geiste zu führen und wieder Freude an deinen Taten gewinnen. Du wirst Menschen kennen lernen die deinem Denken nahe kommen und wieder andere die du meiden solltest wenn du deren Verlust am großen Geist bemerkst. Diese werden ohne wirkliches Glück flüchtig leben und sterben. Dann müssen sie Rechenschaft ablegen. So ist es und wird es bleibt solang wir Menschen den freien Willen haben."

Dies sagt Chaa nach langem Schweigen.

Es bleibt still im Raum, nur das Knistern des Feuers füllt die Abgeschiedenheit der jetzt schweigenden Männer, von denen der Eine aufgewühlt in seinem Innern eine bisher nie gekannte Ruhe zu finden glaubt, in der sich ein noch unerkanntes Glücksfühl auszubreiten beginnt. Die Gedanken des Anderen bleiben hinter der bronzenen Stirn verschlossen.

Und doch hört Bert in dieser Nacht noch einmal die dunkle Stimme des alten Mannes der den Kopf nicht wendet:

„Vergangenes ist geschehen und nicht mehr zu ändern, so wie wir Menschen das Wetter, das Fallens des Schnees im Winter und den Schein der Sonne am aufsteigenden Tag nicht beeinflussen können und es belassen müssen so wie es ist, geschieht oder war. Auch du wirst das Geschehene oder das Geschehen in der Natur nicht verändern können, also war es, geschah oder geschieht es und erhält einen Platz in deinem Inneren wo du es ablegen kannst und dir, wenn du dies ohne hadern begreifst die Chance bietet in die Zukunft zu blicken. Vergiß allen Gram, alle Ängste, begrüße den neuen Tag, dann wird er dir Gutes bringen, so wird auch der große Geist, der in deiner Seele wohnt dir helfen dich von den Lasten früherer Tage zu befreien und eine neue Chance geben. Erkenne sie, packe sie an, zweifle nicht dann wird dich der gute Gedanke zu gutem Tun führen. Berts Gedanken füllen sich mit dem Erfahrenen und er beginnt daran zu glauben am Anfang einer lebenswerten Zukunft zu stehen.

Dann kam völlig unvorbereitet, unvorhersehbar, wie der Blitz aus einer Gewitterwolke der Tag an dem sich Berts Entschluß, zu bleiben oder zu gehen, abrupt entschied.

Es war ein Tag, scheinbar wie jeder Andere. Bert schickt sich an mit der Angelroute zum Fluß hinunter zu gehen, an eine Stelle die er sich ausgesucht hatte und Stunden, ja inzwischen Tage des ungestörten Nachdenkens verbrachte den inzwischen umfänglichen Bau des Bibers im Blick, der sicherlich im Frühjahr auf Brautschau gehen würde um der Auserwählten mit Stolz sein repräsentatives Heim vorzustellen. Damit hätte er schon einen erheblichen Vorteil seinen stets wachsamen Konkurrenten gegenüber, vor allem den jungen Spunden denen der Respekt vor der Erfahrung des Älteren noch fehlt. Und noch etwas hatte Bert feststellen können, nämlich die sich während des Biberbaus durch Aufstauung langsam vergrößernde Ausbuchtung des an sonst reißenden kleinen Flusses, in der sich jetzt gerne die Fische unterschiedlichster Art verfingen, sich darin sichtbar wohl fühlten und so Opfer der verlockenden Speisen an der Angel wurden. Mit dem Gedanken auch heute, neben dem fast alltäglichen, ihm manchmal zuviel werdenden Fleischessen einen oder mehrere frische Fische auf den Tisch zu bekommen, verläßt er das Haus, als ihn nach wenigen schritten Chaas Stimme zurück hält: „Nimm das Gewehr mit. Ich habe einen großen Wolverine (Vielfraß) herumschleichen sehen der ein Rottier gerissen hat und offensichtlich äußerst aggressiv ist. Er hat mich angefaucht und ich weiß, daß er manchmal auch Menschen angreift wenn er seine Beute in Gefahr sieht. Also Augen auf und wenn du ihn siehst, erschieß ihn. Ich kann diesen alles fressenden Räuber in meinem Revier nicht gebrauchen, außer seinem Fell. Zu deiner Kenntnis, er ist etwa einen Meter lang, braunpelzig, wie ein großer Marder, mit einem dunklen Gesicht. Du wirst ihn gleich erkennen.

Bert nimmt Bills Gewehr vom Hacken, lädt es wie immer, den oberen Lauf mit dem groben Double-O -Schrot und den unteren mit dem großkalibrigen Flintenlaufgeschoß. Ein paar Patronen steckt er zusätzlich in seine Anoraktasche, die er unter der von Chaa erhaltenen Felljacke trägt, als es kälter wurde.

Er hat Glück. Gleich zu Anfang fängt er zwei Hundslachse die er sofort an ihrer grünlichen Haut erkennt -Dogsalmon- wie Chaa etwas abfällig sagt und diese Fische vorwiegend als Hundefutter verwendet, jedoch beim widerholten Verzehr, von Bert angeregt, zugeben mußte, daß sie sich auch als schmackhafte Speisefische für den Menschen eigneten.

Es ist still, nur das Rauschen des Wassers und hin und wieder Geräusche von Tieren aus dem umgebenden Wald durchbrechen die Ruhe einer dem Winter zustrebenden Natur.

Dann hört Bert plötzlich Stimmen oben am Haus, was ihn mehr als überrascht, denn Chaa hatte ihm gleich zu Anfang gesagt, hierher würde sich niemand verirren.

Die Stimmen werden lauter, ja geradezu heftig und Bert legt die Angel weg, nimmt das Gewehr und geht mit schnellen Schritten durch den Niederbusch nach oben zum Haus.

Das schon seit einigen Minuten begonnene Bellen der Hunde geht in eine langgezogenes Heulen über und Bert hört wie sie an ihren Ketten zerren. Jetzt hat er den Blick zwischen den Bäumen hindurch auf den Platz vor dem Haus frei und sieht zwei Männer, ungepflegt, verwildert, in Pelze gehüllt die auf Chaa, der am Boden kniet, die Hände offensichtlich auf dem Rücken zusammengebunden, den Kopf durch den Druck eines Gewehrlaufes in seinem Nacken, gesenkt, lautstark einreden.

Der schwarzbärtige Mann mit dem Gewehr drückt Chaas Kopf mit dem Gewehr immer weiter nach unten und seine schreiende Stimme überschlägt sich.

Bert versteht nicht was er sagt.

Der Andere ohne Bart, aber mit einer von Ausschlägen oder Pocken zerfressenen Gesichtshaut ist bartlos, offensichtlich ein Athabascan

Indianer, hat sein Gewehr seitlich an einen Baumstumpf gelehnt. In einer Hand hält er ein großes Jagdmesser und in der anderen Reste von Lederriemen mit denen er offensichtlich Chaa gefesselt hatte.
Bert sieht, daß sich der Abzugsfinger des Bärtigen bewegt und sich jeden Moment ein Schuß lösen kann der Chaa töten würde.
Er tritt zischen den Bäumen heraus und schreit:
„Waffe fallen lassen!"
Die fremden Männer blicken verdutzt in sein Richtung, wobei der Bärtige blitzschnell sein Gewehr hochnimmt und ohne die geringste Verzögerung auf Bert abfeuerte.
Die Kugel dringt mit einem satten Geräusch direkt neben dessen Kopf in den Stamm einer Birke.

Dann schießt Bert reflexartig und den Mann im Fellkleid wirft es vom groben Schrott getroffen wie von Geisterhand zwei Schritte nach hinten, bevor er wie ein entwurzelter Baum auf den Rücken fällt. Er zuckt, scharrt mit den Füßen, krallt mit den Händen in der Erde, dann liegt er ganz still.
Der Indianer bleibt einen Moment bewegungslos stehen, dann will er nach seinem Gewehr am nahestehenden Baumstumpf greifen, aber Bert stoppt ihn:
„Keine Bewegung!"
Bert ist auf das Äußerste angespannt. Sein Herz schlägt ihm bis zum Hals und er glaubt einen Moment lang sein Atem würde still stehen. Vorsichtig nähert er sich dem Indianer dessen narbiges Gesicht einen verzerrt bösen Ausdruck angenommen hat. Bert richtet den Gewehrlauf auf dessen Brust und nimmt ihm mit der linken freien Hand vorsichtig das Messer ab. Dem am Baumstumpf lehnende Gewehr gibt er einen Tritt, so daß es ein Stück entfernt zu liegen kommt. Dann schneidet er Chaas Fesseln durch der kein Wort sagt, sich jetzt langsam aufrichtet, einen Moment lang seine Handgelenke reibt, dann das Gewehr des Toten aufnimmt und damit auf den Indianers zugeht. Er drückt den Gewehrlauf auf dessen Brust und spricht zu ihm in seiner Sprache. Der Athabascan antwortet mit kurzen herausgestoßenen Worten, die sich fast wie das Zischen einer

Schlange anhören. Dann drückt Chaa ab und nach dem dumpfen Knall, gedämpft durch den auf das dicke Fellkleid aufgesetzt Lauf des Gewehrs, fällt der Mann mit einer merkwürdigen Drehung nach hinten auf sein Gesicht.

Bert sieht was da geschieht und sein Denken setzt für Sekunden aus. Er ist zu keiner Reaktion fähig wie auch immer diese hätte aussehen können.

Chaa geht jetzt mit erhobenen Händen den Blick zum Himmel gerichtet zum Haus, setzt sich mit verschränkten Beinen in Richtung der Toten auf den Boden und beginnt in Tönen, die nur in wenigen Oktaven wechseln, leise klagend zu singen. Seine Hände und sein Kopf, jetzt mit geschlossenen Augen ist dabei noch immer nach oben gerichtet. Auch die Hunde heben ihre Köpfe als Chaa zu singen beginnt und heulen, den Wölfen ähnlich, gegen den Himmel.

Es vergehen lange Minuten.

Die Hunde haben ihre Klagelaute eingestellt und liegen jetzt, die Köpfe zwischen den Vorderpfoten, mit gespitzten Ohren in engem Kreis. Nach einer endlos erscheinenden Weile läßt Chaa die Arme sinken, richtet sich auf und sagt:

„Sie haben mich schon einmal ausgeraubt. Jetzt kommen sie nie wieder."

Dann wendet er sich an Bert:

„Hol den Sommerschlitten!"

Bert kennt diesen besonderen Schlitten mit den hohen schmalen Stahlkufen, der aufrecht unter dem Vordach am Haus lehnt und befolgt die Weisung ohne selbst auf das soeben Geschehene reagieren zu können.

Die Hunde ziehen den mit den beiden toten Körpern beladenen Schlitten den Berg hinauf, zerren ihn durch harkende Büsche, schleifen an Bäumen entlang, rattern mit den Metallkuven über Geröllfelder - loses Gestein prasselt den Berg hinunter. Die Gruppe aus Mensch und Tier hastet in unverminderter Eile hinauf zum Fuß der steil aufragender Felswände.

Es ist eine Stunde vergangen. Chaa führt jetzt die hechelnden Hunde an der inzwischen erreichten Felswand entlang bis zu einer Stelle an der sich diese höhlenartig öffnet.

Sie zerren den Schlitten ins Dunkle. Bert ist geblendet und sieht nichts, folgt einfach dem Geräusch das die Stahlkufen auf dem steinigen Untergrund verursachen. Dann wird es ein wenig heller. Licht fällt von weit oben herunter wie der Strahl einer Lampe und Bert erschrickt als er erkennt, daß auf dem Felsgrund mehrere menschliche Skelette nebeneinander liegen deren Schädeln ihn mit grauenhaften Lachen häßlicher Zahnreste anstarren.

Chaa löst die Gurte der Hunde und führt sie aus der Höhle ins Freie. Sie sind äußerst unruhig, heben schnuppernd ihre Köpfe, bellen mit hocherhobener Nase, heulen und zerren an den Ketten, die Chaa, draußen um einen abgebrochenen Baumstamm gewunden hat.

Als er in die Höhle zurück kommt in der Bert, unfähig zu einer selbständigen Handlung wie erstarrt stehen geblieben ist, trägt Chaa einen gewaltigen Bündel trockener Äste in den Armen, die er offensichtlich im vorderen Teil der Höhle seit langem gelagert hatte. Dann öffnet er die Lederriemen mit denen die beiden toten Männer übereinander auf dem Schlitten festgezurrt sind und legt die Körper auf die Äste, die er inzwischen über den vorhandenen Menschenknochen ausgebreitet hat. Er nimmt Bert den roten Plastikkanister aus der Hand, den er aus dem Schuppen hinter dem Haus hatte holen und herauftragen müssen und gießt den Inhalt über das Totenbett. Dann wirft er einen Bündel brennender Streichhölzer hinein die einen fauchenden Flammenstrahl auslösen, der sich gleich darauf über dem schreckliche Hügel aus Holz und toten Menschen, lodernd ausbreitet.

Der Rauch zieht wie durch ein Kamin hinauf in den Lichtstrahl der sich verdunkelt als würde die Nacht hereinbrechen.

Bert wird zum schweigenden Beobachter einer Szene, die er wahrnimmt ohne in der Lage zu sein selbst einen klaren Gedanken zu fassen. Nach langen Sekunden löst sich seine Erstarrung und er verläßt fluchtartig die Höhle. Mit einem letzten Blick zurück, sieht er Chaa, wie nach den Schüssen drunten vor dem Haus, mit verschränkten

Beinen auf dem Boden sitzen und wieder ist es dieser eintönige Gesang der sich schnell hinter Bert verliert als er stolpernd dem Ausgang zueilt.

Er setzt sich zwischen die Hunde die ihn laut jaulend empfangen und versucht vergeblich seine Gedanken auf einen Punkt zu bringen von dem aus er sein weiteres Handeln bestimmen kann.

Eine quälend lange Stunde vergeht. Die Hunde sind jetzt ruhig und haben sich hingelegt. Bert streicht über ihr Fell, er liebt sie und sie spüren es. Suu, seine besondere Hundefreundin ist ganz nahe an ihn herangerückt und blickt ihn immer wieder an wobei sie ihre Ohren, die an den oberen Enden leicht gerundet sind, ganz flach an den Kopf legt. Ihre Augen sind eisblau mit winzigen grün-braunen Einsprengungen. Bert versucht der inneren Panik Herr zu werden. Wer ist Chaa der so sanft erscheinende, lebensweise alte Mann in Wirklichkeit? Bert fühlt sich extrem unwohl und er will weg, schnell fort von dem Unbekannten, dem Grauen und er weiß nun ohne Zweifel, daß er sich gleich morgen auf den Weg machen wird, egal wie und unter welchen zu erwartenden Schwierigkeiten. Er will den Orte seiner Zuflucht verlassen, auch, oder gerade weil er nicht verstehen kann was da vor sich ging, welchen Hintergrund diese gnadenlosen Aktionen hatte. Sein eigener Gewehrschuß erfolgte in einem Reflex der Selbstverteidigung und er hatte dabei einen Menschen getötet der ihn wahrscheinlich wenige Sekunden später umgebracht hätte. Das war Fakt und er dachte darüber nicht lange nach, aber die Hinrichtung des Athabaskan durch Chaa blieb im Raum, auch wenn dieser, als einzige weitere Erklärungen nur die kurze Bemerkung von früheren Vorkommnissen machte und von da an, Bert, ohne weitere Erklärungen, in die folgenden Aktionen, bis zur Verbrennung der Leichen wie selbstverständlich einbezog. Auch die Hunde schienen dieses Vorgehen ihres Herrn nicht zu verstehen, denn sie zeigen eine, bisher nicht beobachtete, gleichbleibende Unruhe, verbunden mit einer auffallenden Anschmiegsamkeit an Bert während der Zeit des Wartens vor dem steinernen Höllenloch, aus dem träge wabernde, eklig, süßlich riechende Rauchfahnen herausquellen.

Bei dem ungewöhnlichen Herandrängen der Tiere an den Menschen glaubt Bernd bei ihnen eine instinktive Ängstlichkeit zu verspüren. Die Hunde liegen jetzt eingerollt flach am Boden, die buschigen Schwanzenden über den Nasen, so wie sie es auch tun wenn sie sich einschneien lassen und durch die Fellenden ihrer Schweife, welche im Gegensatz zum übrigen Fell keine Unterhaare besitzen, Luft zum atmen bekommen.

Als Chaa nach langer Zeit aus der Höhle tritt sieht er furchterregend aus. Er hat seine Gesicht mit schwarzer Holzkohle kreuzförmig bemalt. Eine Linie läuft senkrecht von der Stirn über den Nasenrücken bis zum Kinn und zwei weitere Linien queren das wie zu Stein erstarrte Gesicht. Er trägt die beiden Gewehre der Getöteten in der Hand und geht damit wortlos an Bert und den Hunden vorbei, die ohne ein Laut von sich zu geben nicht mehr tun als ihre Köpfe zu heben. Chaa geht den Felsen entlang bergauf und entschwindet hinter einem steinernen Vorsprung aus Berts Blickfeld. Dann erfolgen dumpfe Schläge wie von Stein auf Metall und Bert vermutet, daß Chaa die Waffen irgendwo in Felsspalten hineinschlägt um sie für immer verschwinden zu lassen.

Der Morgen graut durch des kleine Fenster mit den schlierigen Scheiben, die Chaa sicherlich niemals reinigt, dies dem gelegentlichen Schlagregen überläßt, der vom Wind getrieben manchmal fast waagrecht auf die Hausfront trifft.

Bert hat die letzten Stunden vor dem ersten Licht des neuen Tages nicht geschlafen. Seinen Rucksack hatte er schon am Abend zuvor gepackt und mit nur einem bestimmend ausgesprochenen Satz Chaa darüber informiert, daß er gehen werde. Ohne ein Wort des Einverständnisses oder Verstehens von Berts Entschluß, erklärt Chaa, er würde ihm wie bereits früher angesagt, Suu mitgeben, sie kenne den Weg nach Evansville und zurück. Er würde ihr in Tragetaschen ein Teil ihrer Nahrung und eine Mitteilung an seine Neffen Akule (= *Schaut hinauf) mitgeben. Mehr wurde nicht gesprochen. Chaa wußte anscheinend genau, daß der Mann aus der Stadt sein Handeln nicht verstehen würde, nicht verstehen könne und sich dadurch

jede weitere Erklärungen erübrigte. Er hatte nach dem Gesetz seiner
Väter gehandelt und das war für ihn gut

Bert verspürte in der Nacht neben allen Erinnerungen an die Schre-
cken des Geschehens, andererseits eine heftige Beklemmung, ja fast
eine instinktive Angst von Chaa wegzugehen, so endgültig, abrupt,
ausgelöst durch Vorgänge und Handlungen die er nicht verstand,
weil er aus einer Welt kam in der andere Gesetze galten, die, vielleicht verformt durch Verlust von Urinstinkten hier durch verein-
fachte Handlungsgründe, auf Althergebrachtes reduziert, keine
Gültigkeit hatten. Die Angst vor dem Abschied, dem Verlassen der
Geborgenheit im alten Haus zwischen den Birken hatte mit seinen
früheren Ängsten nichts zu tun, war neu und nur durch das Töten,
das Verbrennen der Leichen und dem Schweigen von Chaa zu den
unerklärten Skeletten oben im Fels, ausgelöst.
Doch bevor er geht, den Rucksack mit den Schneeschuhen die ihm
Chaa wortlos übergibt, auf dem Rücken, das Gewehr in der Hand,
kann er die Frage nach den Gebeinen in der Höhle nicht unterdrücken und Chaa antwortet lakonisch:
„Meine Brüder."
Waren es seine wirklichen Brüder, Stammesbrüder oder bezeichnete
er alle Menschen als Brüder wenn der große Geist ihre Seelen gerufen hatte und diese durch den Steinkamin die Höhle verließen. Wer
auch immer sie waren, auch wenn Chaa sie vielleicht getötet hatte,
gelten für alle dessen letzte Worte:
„Ihre Seelen gingen durch den Felsen hinauf zum großen Geist."
Mehr war nicht zu erfahren und ein Geheimnis um diesen einsamen
alten Mann bleibt unerklärt zurück. Mit jedem Meter den Bert mit
seinem Unwissen zwischen sich und dem oberen Haus zum Fluß hinunter zurück legt mindert sich eine unsichtbare Last von seinen
Schultern.
Chaa wußte sicherlich sehr genau, daß er Bert unabdinglich verloren
hatte und beschränkte sich so auf das Sachliche. Er erklärte ihm mit
ruhiger Stimme den Weg - zuerst entlang des Wolverine-Cheeks,
dem Fluß unterhalb des Hauses, dann beim Zusammenfluß mit dem

John- River wie er dort über die Furt kommen konnte, um am Ostufer auf den alten Trail nach Evansville zu kommen. Neunzig Kilometer, also etwa neun bis 10 Tage nach Süden bis zur Siedlung würde er, wenn nichts Ungewöhnliches dazwischen käme, benötigen. Dann schweigt Chaa, nimmt ein soeben fertig gestelltes Messer mit einer etwa fünfzehn Zentimeter langen Klinge und einem Griff aus Elchhorn in den vier Buchtungen für die Finger des Benutzers eingearbeitet sind, von seinem Arbeitstisch und übergibt es Bert wortlos, zusammen mit einer selbstgefertigten Lederscheide auf der ein symbolisierter Elch abgebildet und das Wort „Ithua", der Name jenes Elchs der Bert verletzt hatte, eingeritzt ist.

Und noch etwas drückt Chaa in Berts Hände.

Es ist ein kleiner, prall gefüllten ledernen Tabaksbeutel und eine stummelartige Pfeife aus altem Bruyereholz deren Handreichung von einer fast verlegen klingenden Bemerkung begleidet wird - er solle sie rauchen, wenn er sich schlecht fühle, der Tabak gäbe ihm gute Gedanken und leise fügt er hinzu, die Pfeife habe sein Vater aus dem Osten mitgebracht.

Zuletzt übergibt er ihm ein geschnürtes Stoffbündel mit den Worten: „Ich habe aus den zerrissenen Resten deines Zeltes eine Plane genäht die du nachts gegen den Wind aufspannen kannst. Die Eckschlaufen sind zur Befestigung mit zugeschnittenen Astgabeln im Boden und für die windabgewandten Seite brauchst du zwei längere Stöcke. Ist zwar kein Zelt, aber ein Wetter-und Windschutz, besser als ohne Schutz die Nacht zu verbringen. Dem Winter wirst du wahrscheinlich auf dem Weg hinunter nicht entgehen, ich rieche ihn, er ist ganz nah.

Bert ist durch die wohlüberlegten, bereits vorbereiteten Mitgaben beschämt und überlegt fieberhaft wie er wenigstens mit einer angemessenen Geste danken könnte. Dann fällt ihm seine Münze ein die er zeitlebens am Hals trägt.

„Danke Chaa für alles. Ich habe nichts gegen deine Gastfreundschaft zu setzen außer dieser kleinen Münze die ich seit Kindheit am Hals trage und die ich dir schenken möchte. Eine Taufgabe meiner gütigen Tante Else".

Chaa blickt auf die abgenutzte Silbermünze, deren Schrift und das königlich holländische Emblem mit dem Schwert tragenden Löwen, kaum noch zu erkennen ist, dann reicht er sie Bert zurück.

„Behalte dieses Andenken an den unschuldigen Anfang deines Lebens, die Worte des Dankes und dein guter Wille sind genug. Leb wohl in deinem neuen Leben das du hoffentlich finden wirst wenn du aus der Schönheit der Schöpfung des großen Geistes in die steinerne Wildnis zurück kommst."

Dann geht Chaa vor Suu auf die Knie und redet mit ihr in seiner Sprache. Die Hündin blickte ihn dabei mit hochaufgerichteten Ohren unentwegt an. Chaa bindet ihr eine Art zweiteiligen Rucksack auf den Rücken der aus zwei Seitentaschen besteht, die an einem Satteltuch über dem Rücken des Tieres gelegt, beidseitig befestigt wird. Unter dem Körper halten zwei dünne Lederriemen diesen Lastsattel in einer stabilen Position.

Im letzten Augenblick als Bert den Ort endgültig verlassen will macht Chaa einen Schritt auf ihn zu legt ihm die rechte Hand auf die Stirn und sagt:

„Versenke das Geschehen der letzten vierundzwanzig Stunden im Köcher des Vergessens, es gehört nicht zu deinem, sondern nur zu meinem Leben. Du hast mit deinem Schuß mir und dir das Leben gerettet, denke daran als Einziges."

Seine Handfläche ist rauh, aber die zunehmende Wärme die von ihr ausgeht löst in Bert eine bisher nicht gekannte Trauer aus.

Als die Hand sein Gesicht frei gibt verläßt er das Haus.

„Warte!"

Chaa stoppt ihn mit diesem ganz bestimmte Kommando nochmals abrupt und sagt:

„Solltest du Chilaili wiedersehen, gib ihr dies."

Chaa löst von seinem Hals einen an einer Lederschnur aufgefädelten Anhänger, der auf den ersten Blick wie ein gerades gleichmäßige dickes hellgelbes Aststück aussieht, jedoch aus Horn besteht mit ringsum laufenden eingeschnitzten winzigen Gravuren. Es sind Vögel mit großen Schwingen die in einem Spiralwirbel um den run-

den Stamme nach oben fliegen – Chilailis - (Schneevögel) im Auf-
wind der Freiheit des Himmels entgegen.
„Das hat ihre Mutter getragen bis sie starb, von einem trächtigen Bä-
renweibchen gerissen."
Dann macht Chaa eine letzte Bewegung mit der Hand, als wolle er
sagen – „geh jetzt deinem Weg, es ist Zeit."
Nur ein einziges mal blickt Bert zurück und sieht den alten Trapper
halbwegs von den dazwischen stehenden Bäumen verdeckt, den
Blick auf den Fluß und zu ihm hinunter gerichtet, dann verschwindet er aus Berts Leben der in diesem Augenblick in seinem Inneren
eine große Traurigkeit verspürt. Würde er Chaa, wie auch immer
wieder begegnen, real oder nur in seinen Träumen? Wir gut hatte
es angefangen, was hatte er von ihm erfahren, gelernt, das ihm half
Vergangenes in einem völlig neuen, besseren Licht zu sehen und wie
dramatisch unheimlich, unergründet endete diese Begegnung so abrupt.

Suu geht dicht vor oder neben ihm die Augen immer wieder zu ihm
hoch gerichtet und Bert fühlt sich geschützt.
Sie erreichten nach drei Stunden entlang des sich wild durch das
schmal eingeschnittene Tal schlängelnden Fluß, mühsam durch
dichten Niederbusch, den Zusammenfluß des Wolverin-Creeks mit
dem schnell fließenden breit verästelten John-River.
Suu läuft am Ufer entlang, bleibt dann unvermittelt an einer Stelle
stehen wo Felsbocken wie kleine Inseln in den Fluß hinein verstreut
liegen und sie beginnt von einem auf den anderen Stein zu springen,
bis zu einer Stelle am anderen Ufer, das durch zwei schwarz aufragenden einsame Sitkafichten aus hohem Tundragras heraus mar-
kiert wird. Suu blickt zu Bert zurück der jetzt ebenfalls die
unterschiedlich geformten Steininseln als Trittflächen zur Flußüberquerung nutzt. Dazwischen schießt reißendes Wasser an den Hindernisse vorbei, mit der sichtbaren Warnung auf keinen Fall einen
Fehldritt zu riskieren.
Auf dem vermeidlich anderen Ufer angekommen erkennt Bert, daß
er nicht das Ostufer des John-River erreicht hat, sondern auf einer

Insel steht die den Fluß teilt. Hinter diesem bewachsenen Landfleck, weitet sich der breite Strom nochmals deltaartig ihn viele unterschiedlich breite Wasseradern, die von kleinen weiteren Inseln und Sandbänken unterbrochen, Suus nächsten Sprungziele sind. Nach vielen spielerisch wirkenden Sprüngen erreicht sie das tatsächlich andere Ufer. Bert erkennt, daß zwischen den einzelnen Stein-und Sandaufschüttungen das Wasser nicht allzu tief ist. Er zieht Boots und Strümpfe aus um durch das, auf der anderen Inselseite langsamer fließende Wasser, in flachem Bett zu waten, was ihm ohne Probleme gelingt. Suu beobachtet ihn dabei mit erhobenen Kopf und hoch aufgerichteten Ohren vom östlichen Ufer aus.

Als Bert bei ihr ankommt drängt sich Suu an seine Beine, wobei sie leise Töne von sich gibt. Bert kniet sich neben die Hündin und umarmt sie in einer spontanen Zuneigung und sie rührt sich dabei nicht. Sie ist sein Freund geworden, ganz plötzlich in einem für ihn fast überschäumenden Gefühl der Zuneigung mit der Gewißheit, daß diese Freundschaft Bestand hat, nicht wie bei den Menschen die sich trotz anfänglich scheinbar tiefgehender Verbundenheit oft wieder verlieren. Bert spricht von da an mit Suu als wäre sie ein Mensch und sie versteht ihn, davon ist er überzeugt auch wenn er von jetzt an alles in deutscher Sprache sagt. Er vertraut ihr seine Gedanken an, die Pläne die ihm durch den Kopf gehen, auch bei Belanglosem wenn es vordergründig nur um die Suche nach einer geeigneten Stelle für das Nachtquartier geht. Fragt sie was sie zu diesem oder jenem Platz meine, welcher besser wettergeschützt sei und Suu läuft hin und her um dann an einer Stelle hinzusitzen als wolle sie sagen, „hier ist es gut."

Bert weiß aus seinen lebenslangen Beziehungen zu Tieren, ganz speziell zu Hunden, daß die Sprache, Englisch oder Deutsch als solche keine Rolle spielt, denn Tiere lesen, zumindest ist Bert davon überzeugt, von dem Gesichtsausdruck des Menschen ab, vom Geruch der bei unterschiedlichen Tätigkeiten von den Menschen ausgeht, der Tonlage in der das eine oder andere ausgedrückt wird, von Handzeichen und natürlich lernen Hunde auch auf ganz bestimmte Worte zu reagieren die immer wieder vorkommen und stets einer bestimmten Handlung zugeordnet sind. Er hat in seinem bisherigen Leben immer die Nähe zu Tieren, besonders zu Hunden gesucht, auch auf der Straße in der Stadt und hat mit ihnen gesprochen. Auch wenn er nichts sagte, kam die Zuneigung der Tiere zu ihm, zum Beispiel wenn er bei einem Hundebesitzer gemeinsam mit vielen anderen Menschen zu Gast war, nahm der Hund des Hausherrn stets zuerst Kontakt zu ihm auf, weil er offensichtlich die besondere Ausströmung von Zuneigung mit seinem feinen Geruchssinn wahrnahm.

Bert hatte diese instinktive Beziehung auch bei Hunden ausprobiert, die an der Kette gehalten, aggressiv geworden waren, indem er sich ihnen ohne tatsächliche Furcht, die er auch wirklich nicht verspürte, näherte und ruhig mit dem aufgeregten Tier sprach, dessen Herr sicherlich kein Tierversteher war und verwundert bemerkte:
„Der Kerl - und er meint natürlich seinen Hund, hätte wohl seine Wachsamkeit verloren."

Bert erinnerte sich an ein ganz besonders Erlebnis dieser Art im Schwarzwald auf dem Berg über Breitnau, wo man einen riesigen Schäferhund in ein kleines Gatter vor dem Schweinestall gesperrt hatte, der mit seiner tiefen Wolfsstimme jeden anbellte der in seine Nähe kam oder sich an der Stallseite vorbei zu dem daneben liegenden Gasthaus bewegte. Bert hatte auf einem seiner Wege beobachtet, daß der Wirt das Tier schlug. Trotzdem näherte sich Bert eines Tages diesem sichtbar gequälten Lebewesen und sprach mit ihm. Zuerst lautes Bellen, dann kam das schöne, jedoch ungepflegte, fast verwildert zu nennende Tier langsam zum Zaun an dem Bert stand und dieser versuchte mit ganz ruhiger Hand über dessen Kopf zu streicheln. Der Hund zuckte zuerst zurück, dann aber beim zweiten Versuch hielt er still.

Bert hatte mit Amélie und seiner Tochter eine kleine Ferienwohnung in der Nähe, so daß er oft am Zaun vorbeikam und dabei eine ungewöhnliche Freundschaft zwischen ihm und dem Hund entstand die soweit ging - Bert konnte es kaum glauben - daß sich der Hund hinter dem Zaun auf die Hinterpfoten aufrichtete und Bert mit seinen Vorderpfoten, die er durch das großmaschige Gitter streckte, in Taillenhöhe umarmte. Wenn Bert dies jemandem erzählte glaubte man es ihm nicht, so daß er Amélie eines Tages bat diese ungewöhnliche Umarmung zu fotografieren, was sie tat ohne dabei näher zu kommen. Sie hatte Angst und der Hund roch es. Jedesmal wenn Bert wegging winselte sein Freund dessen Name er nie erfuhr und er ihn dieser halb einfach „mein Freund" oder „mein Guter" nannte. Wenn Bert sich entfernte rief sein Freund ihm nach, bis er ihn am oberen Waldrand aus den Augen verlor.

Eines Tages war der Hund verschwunden, vielleicht hatte er seinen bösen Herrn gebissen und dieser erschoß ihn. Bert erfuhr nie was mit seinem Freund wirklich geschah und er fragte auch beim Wirt nicht nach, weil er diesen Tierschinder dann vielleicht geschlagen hätte. Aber es gab auch wenige Begegnungen mit Hunden deren Herren sie so gepeinigt hatten, daß sie jedwede freundliche Beziehung zu allen Menschen verloren und nur noch aggressiv auf jeden reagierten. Das waren die Ärmsten - die Verlorenen.

# 8
# WÖLFE

Auf einem flachen Uferbereich des John-Rivers der jetzt nach Süden in permanenten Schlangenlinien verläuft, die sich zum Teil in mehrere Stränge mit dazwischen liegenden trockenen Sandbänke auflösen, richtet Bert die von Chaa gefertigte Zeltwand auf. Bei der Schneeschmelze im Frühjahr würden nicht nur die Inseln sondern auch die blankgespülten Uferzonen sicherlich vom Schmelzwasser der Berge überflutet werden.

Er schneidet sich kräftige Holzheringe aus Astgabeln, die er durch die Eckschleifen des Tuches tief in den sandigen Boden treibt und fällt zwei kleine schlanke Birken, die das Ufer säumen, um aus ihren Stämmen die vorderen Zeltstangen anzufertigen. Seinen Schlafsack breitet er in der niedersten Schräge des Tuches aus, so daß der aufstrebende hohe Teil zu einer Art Vordach wird.

Suu bekommt Trockenfisch an dem sie lange kaut, dann aber plötzlich aufspringt und im Niederbusch des Ufers verschwindet. Bert ist beunruhigt, jedoch grundlos, denn nach wenigen Minuten taucht Suu mit einem kleine Tier im Maul wieder auf das sie, nicht in Berts Nähe, sondern ein Stück entfernt am vorbei fliesenden Wasser verspreist. Bert hört ab und zu das Knacken von Knochen wenn Suu das Erdhörnchen, Wiesel oder den jungen Marder maulgerecht zerkleinert.

Über dem breiten Flußbett, das an dieser Stelle besonders weit aufgefächert ist, kreist minutenlang ein weißköpfiger Seeadler der plötzlich mit pfeilartig angelegten Flügeln heruntersticht, um sich sekundenschnell, jetzt mit schwerfälligen Flügelschlägen, einen zappelnden Fisch im Schnabel auf dem Ast eines verdorrten Baumes niederzulassen.

„Wird er dort oben den Fisch verzehren?"

Nein, er fliegt mit seiner Beute zum nahen Wald, weg von den neugierigen Augen des Beobachters.

Es ist Nacht geworden und Bert bleibt lange am Feuer sitzen. Er fühlt sich frei wie nie zuvor, befreit von allen Lasten seines Lebens, auch von den Gedanken an das jüngste Erleben in der Knochenhöhle, die jetzt weit entfernt zwischen ihm und dem Vergangenem, jene Distanz geschaffen hat von der Chaa sprach, wenn er die Unveränderbarkeit von Geschehenem beschwor und auf die Zukunft ausgerichtet hinzufügte:

„Beachte stets sorgfältig was gut oder schlecht war oder ist, lerne daraus und handle danach."

Zum ersten mal denkt Bert, zwar nur in Bruchstücken, an seine Zukunft denn jetzt ist er auf dem Weg zurück und irgendwann würde er wahrscheinlich wieder hinter den bodentiefen Verglasungen seines Hochhausbüros sitzen und auf das Verkehrsgewühl drunten auf den hektischen Straßen Frankfurts blicken. Bei diesen Gedanken beschleicht ihn ein eigenartiges Gefühl zwischen - das wird für mich nie mehr zum Problem werden, die alltäglichen Unbillen werden mich nicht mehr erreichen, ich werde meine Arbeit machen und diese beherrsche ich - und andererseits - soll ich mich nicht aus dem ganzen Streß, der unweigerlich mit meiner Tätigkeit im Verbund mit Stan, den Mitarbeitern, den Kunden, einhergeht, heraushalten und mich etwas ganz Anderem, etwas Neuem zuwenden?

„Ich weiß es nicht, muß es jetzt auch noch nicht wissen - ich habe Zeit bis diese Fragen wieder aktuell werden - vielleicht komme ich auch gar nicht mehr zurück - breche ich mir hier in der Wildnis ein Bein und sterbe weil ich nicht mehr weitergehen kann? Alle Optionen sind offen und ich lebe für den Tag den Moment, so wie es mir Chaa geraten hat. Nicht zu viel denken was Hypothese ist solange die Fakten im Unklaren bleiben."

Das Jetzt zählt und dieses so zu sehen bringt ihm das gute Gefühl des Momentes in dem was ihn hier an Schönheit der Natur umgibt. Er riecht das Wasser, den Wald, den Schmelz des Felles von Suu, die jetzt friedlich und gesättigt neben ihm liegt und sich auf die Nacht der schönen Träume vorzubereiten scheint, so wie auch Bert, losgelöst von Vergangenem, Ängstigendes, das ihn auch im Traum nicht mehr erreichen sollte. Aber in allem Loslassen blieb doch die unlöschbare Störung seines tödlichen Schusses auf einen Menschen, wenn es auch sicher ist damit Chaas und vor allem sein eigenes Leben gerettet zu haben und Chaa ihn dahingehend geradezu bestimmend beruhigte.

Irgendwie hatte Bert das Töten von Leben in seinem Unterbewußtsein noch nicht eingeordnet. War es der Schock der sein Empfinden für die so plötzliche und zeitlich minimierte tödliche Aktion und sein überhasteter Weggang fast unberührt gelassen hat oder war es der so außergewöhnliche Vorgang den er inhaltlich gar nicht begriff, da sein inneres Empfinden auf ganz andere Dinge ausgerichtet war? Vielleicht würde ihn das Geschehen erst später oder vielleicht auch gar nicht mehr einholen? Bleibt noch der unerklärte Totentanz in der Höhle wo der große Geist dem Menschen begegnet, ihn zu sich nimmt, wenn man wiederum Chaas Worten folgt als er später hinzufügt - „der große Geist offenbare sich in der Natur, kommt in der Sonne zum Vorschein die Licht und Leben spendet, wohnt in uns Menschen, den Tieren, den Pflanzen, dem Wasser, den Steinen. Dies erfordere Respekt - merke dir das - wenn du dich in deinem neuen Leben wiederfinden willst."

Gegen Mittag des nächsten Tages sieht Bert durch die Birkenstämme, die hier einen lichten Wald bilden, von seiner erhöhten Position auf die Einmündung des Allen- in den John-River hinunter. Die Flüsse schlängeln sich ineinander und die Wasserführenden Rinnen scheinen nicht sehr tief zu sein.

Suu läuft den Fluß entlang und hat bald die beste Furt hinüber gefunden. Treibholz das überall die Ufer säumt bildet an dieser Stelle geradezu eine Brücke aus angeschwemmten, zwischen den Felsbrocken festgeklemmten Baumstämmen. Suu steht bereits drüben am Ufer wo er auf den alten Trail stoßen müßte, als er erst ein leises, dann ein lautes Knurren vernimmt und sieht, daß es von Suu kommt die mit hochgezogenen Lefzen diese bedrohlichen Töne von sich gibt. Dann erkennt er auch den Grund dafür, denn ungefähr Einhundert Meter oberhalb des Zusammenflusse überquert in diesem Moment ein kleines Rudel grauer Wölfe, es mögen sechs oder sieben sein, den Allen-River, so wie Bert es gleich tun wird.

Schon am gestrigen Nachmittag hatte er geglaubt im angrenzenden Wald Bewegungen zu sehen. Außerdem hörte er in der Nacht das Heulen von Wölfen und dachte sich es müßten mehrere sein, nicht allzuweit entfernt. Die Nähe der Wölfe beunruhigte ihn nicht da diese Tiere nach seinem Schulwissen in der Regel keine Menschen angreifen, es sei denn, sie fühlten sich oder ihr Revier bedroht, besonders wenn sich im Rudel ein Muttertier befindet das ihren Nachwuchs in Gefahr sieht. Vielleicht auch wenn sie am Ende eines harten Winters ausgehungert sind, aber sicher nicht jetzt nach einem satten Jahr.

Drüben findet er sehr schnell die Spuren des alten Trails, denn, obwohl dieser kaum noch benutzt zu werden scheint, erkennt man die rinnenartige Bodenvertiefung der früheren Gehspuren und bemerkt auch, daß die Wegeführung an den lichteren Stellen durch Niederbusch und Wald ausgerichtet ist.

Bert hat, ohne wirklich ängstlich zu sein, zur Sicherheit jetzt auch den unteren Lauf seines Gewehrs mit Schrott geladen und nochmals die korrekt Ladung der Trommel seiner Smith & Wesson geprüft. Sollten die Wölfe wider erwarten, aus welchem Grund auch immer, ihm oder Suu zu nahe kommen oder gar angreifen, wäre er vorbereitet.

Nach vier Stunden neigt sich der Tag zum Abend der jetzt mit einem sehr kalten Wind einhergeht und kleine Schneeflocken wirbelnd mit sich trägt.

Bert sucht sich aufgrund dieses stärker werden Windes, nicht wie die Tage zuvor im Uferbereich einen Übernachtungsplatz, sondern seitlich des Trails in einem zum Urwald mutierten Wald, wo er sich von einer möglichen weiteren Wetterverschlechterung während der Nacht besser geschützt sieht.

Zwischen zwei umgestürzten Bäumen spannt er in Schräglage seine Zeltplane damit Schnee abrutschen kann wenn er in der Nacht fallen würde. Der Höhepunkt dieses Tages war jedoch, neben der Wolfsbegegnung, sein Jagdglück. Er hatte, dank der mit Schrott geladenen Läufe, nacheinander zwei Schneehühner geschossen die ziemlich arglos am Ufer zwischen Sand, Steinen an den Wasserrinnen nach kleinen Flußbewohnern suchten.

Das grobe Schrot hatte die Tiere zwar ziemlich zerrissen, aber die wichtigen Teile, die Brüste und Schlegel, zumindest des eines Huhnes konnte er mit seinem rasiermesserscharfen Longuiol-Messer, noch vor Ort im Ganzen und mit Freude auf dieses Abendessens heraus trennen. Das andere Huhn, das ziemlich schlimm aussah, band er auf den Rucksack um es am Abend in Ruhe zu zerlegen, falls er in dem blutige Bündel weißer Federn und Innereien noch Verwertbares finden würde.

Suu ist seltsam unruhig.

Sie liegt dicht bei ihm, müßte gleich ihm vom vorzüglichen Hühneressen satt sein aber etwas anders schien sie in Erregung zu versetzt. Dann beginnt plötzlich das Heulen der Wölfe so unvermittelt nah, daß Bert erschrickt, die Pfeife die er soeben noch mit Genuß geraucht hatte, beiseite legt und nach dem Gewehr greift.

Jetzt sieht er sie, vielmehr ihre Augen die im Restlicht des Tages, wo immer es herkommen mag, wie Lichtpunkte wirken. Ihm ist nicht wohl aber als Hundefreund glaubt er seine Sympathie auch auf Wölfe übertragen zu können, welche ja die Urväter seiner Freunde sind. Suu knurrt und mit den dabei hochgezogene Lefzen und den dadurch sichtbaren kräftigen Zähnen sieht sie nicht sehr freundlich aus. Bert denkt für Sekunden wie sehr bei ihr jetzt das Wolfsblut sichtbar wird. Sie blickt ihn an, die Ohren am Kopf angelegt, dann im Wechsel diese wieder steil aufgerichtet in den Wald hinein lauschend. Bert geht mit dem zerschossene zweite Huhn in der einen und das Gewehr in der anderen Hand in die Richtung aus der das Wolfsgeheul am stärksten zu hören ist. Dabei spricht er wie er es bei den Hunden tut:

„Hallo Freunde nicht aufregen, alles ist gut.....Ich habe für Euch ein kleines Geschenk damit ihr wißt, daß ich euch mag....!

Er bleibt stehen und wirft das Huhn in Richtung der Augen die ihn offensichtlich intensiv mustern und deren Nüstern den fremden Geruch der da auf sie zukommt einatmen, vielleicht, so hofft Bert, auch den Geruch seines freundschaftlichen Empfindens. Auch er ist jetzt aufgeregt denn er weiß in keiner Weise was folgen würde. Er kniet sich hin um seine Größe zu mindern und spricht weiter. Erzählt von zuhause, vom Harzer Wald, was ihm gerade einfällt.

Plötzlich sind die Auge weg. Suu steht jetzt neben ihm und heult das Heulen der Wölfe was aus ihrem tiefsten Inneren zu kommen scheint, den Kopf zum Himmel gerichtet wie es ihre Brüder tun. Bert erschrickt zunächst, dann ist er fasziniert Suu beim Schrei ihrer Vorfahren zuzuhören der so unvermittelt hervortritt und von Bert bisher nicht vernommen wurde. Manchmal nachts hatte er im Haus dieses Heulen in unterschiedlichen Frequenzen gehört, aber nicht zuordnen können. Waren es Chaas Hunde oder nahe Wölfe?

Bert zieht sich jetzt langsam zum Feuer zurück, doch Suu bleibt und auf einmal wird ihr Heulen aus der Tiefe des Waldes erwidert, als wäre es ein Dialog.

Es ist still als er die Augen öffnet. Die Welt um ihn hat sich über nacht verändert. Schnee bedeckt die Natur dämpft alle Geräusche und rieselt unentwegt in großen Flocken aus dem schweren Grau des Himmels. Es ist kalt. Ein leichter Wind gibt den fallenden Schneekristallen eine schräge Richtung und zeichnet schraffierte Bilder über den jetzt schwarz erscheinenden Wald.

Wo ist Suu? Keine morgendliche Begrüßung wie all die Tage. Bert quält sich beunruhigt aus dem Schlafsack der trotz der aufgespannten Zeltplane eine dünne Schneedecke trägt.

Hat sie sich einschneien lassen? Nein, sie ist weg und Bert fühlt sich alleine. Ist sie dem Lockruf der Wölfe gefolgt von denen jetzt weder etwas zu sehen noch zu hören ist. Bert denkt, nur um sich zu trösten, es sei gut wenn der Mensch nicht alle Macht über das Tier besitze und doch kann er seine Enttäuschung nicht unterdrücken. Wo ist sein Freund, seine Freundin geblieben. Warum hatte sie ihn, der er sie so sehr in sein Herz geschlossen hat verlassen oder ist ihr etwas zugestoßen?

Er ruft ihren Namen, immer wieder in den Wald hinein, aber nur die

Stille des beginnenden Winters kommt lautlos zurück.

Bert ist traurig. Wird er Suu wiedersehen oder hat sie den Schritt zurück in die Freiheit der Wildnis, ihrer eigentlichen Heimat, vollzogen?

Noch vier Tage bis Evansville hatte er Gestern ausgerechnet, natürlich ohne zu wissen ob oder wie ihn der Schnee behindern würde. Er schätzt dreißig Zentimeter Höhe, doch wenn es den Tag über, vielleicht sogar die nächsten Tage weiterschneite, könnte das Problem zunehmen. Gut, daß ihm Chaa die Schneeschuhe mitgegeben hat, denn er hatte den Wintereinbruch gerochen, wie er sagte.

Bert schneidet sich zwei lange Stöcke, ritzt im oberen dicken Teil tiefe Rillen für die Umschnürung von Lederriemen ein, die eigentlich für die Befestigung der Plane vorgesehen waren, ihm jetzt aber als Schlaufen, wie bei Skistöcke, das Vorankommen erleichterten. Er ist noch nie auf Schneeschuhen gegangen und lernt jetzt mühsam das neue Gehen mit breiteren Schritten in einer neuen Langsamkeit, die ihn beunruhigt. Die letzten Tage an denen er gut vorankam hatten ihn sicher gemacht ohne größere Probleme in der vorgedachten Zeit an sein Ziel zu kommen. Jetzt aber war eine andere Zeitrechnung angezeigt, wenn es ihn auch überraschte wie schnell sich seine Beine auf die ungewohnte Gehweise eingestellt hatten und die ungewohnten Strapazen gut ertrugen.

Suu blieb verschwunden – für ihn ein ganz außergewöhnlich schmerzlicher Schock. Dazu kam der nicht eingerechnete Schnee mit den damit verbundenen Erschwernissen und trotzdem hoffte er spätestens am kommenden Tag, die Niederungen es Flußdeltas zu erreichen. Dort sollte er dann, zumindest glaubte er es, den schwierigsten Teil seines Weges bewältigt zu haben.

An den Sitkafichten, vor allem jedoch an den herausragenden Hemlocktannen haftet der Schnee auf der Windseite wie Zuckerwatte, so daß der Wald ein asymmetrisches Gesicht erhält. Dahinter steht das kristallene Weißblau der beidseitig noch immer begleitenden hohen Berge mit ihren eiserstarrten Häuptern.

Bert läuft so schnell er kann und versucht seine Müdigkeit und die, durch das ungewohnte Gehen ganz plötzlich auftretenden Schmerzen in den Beinen zu ignorieren. Die Sonne hat sich zurückgezogen und dem Himmel ein anonymes Grau beschert. Bert ruht sich am steinig flachen Ufer auf einem Treibholzstamm aus und kaut an einem Stück Trockenfisch.

Von der Kaputze seiner Felljacke fällt Schnee auf seine Hände. Er kann deutlich die Unterschiedlichkeit der Flockenkristalle erkennen und die Mächte und Regeln der Natur beeindrucken ihn einmal mehr. Drüben am anderen Ufer bricht eine Elchkuh mit lautem Krachen durch den verwilderten Saum des Waldes. Was wird wohl ihr heutiges Ziel sein? Wohin geht sie jetzt wo wahrscheinlich jetzt die schwere Zeit kommt ausreichend Futter zu finden.

Und die Bären - haben die ihren Winterschlaf angetreten oder tun es in diesem Augenblick? Er hat auf dem ganzen letzten Teil seines Weges keinen dieser Herren des Waldes und der Tundra gesehen.

In kleinsten Ausbuchtungen des Flusses, zwischen Treibholz und den Ausläufern buschiger Niederungen, haben sich im Lauf des Tages bereits hauchdünne Eisschichten gebildet, die den plötzlichen Kälteeinbruch sichtbar machen.

Berts fellgefütterte groben Hirschlederhandschuhe, die im Chilaili so eindringlich empfohlen hatte, bewähren sich jetzt aufs Beste. Dachte sie manchmal an ihn oder hatte sie ihn längst vergessen? Ein kleine, fast eifersüchtige Sehnsucht überfällt ihn bei diesen Gedanken, auch wenn ein solches Gefühl hier und jetzt absurd ist.

„Wenn ich zurück komme will ich sie wiedersehen, hatte sie doch in ihm eine längst verloren geglaubtes Gefühl der Annäherung an einen Menschen ausgelöst, das, als sie spürte was in ihm vorging durch ihr schnelles Weggehen, unerwidert ließ.

Wo ist Suu? Gerade jetzt bei diesen Gedanken an einen Menschen, der ihm viel hätte geben können, vermißt er sie um so mehr, seine vierbeinige Begleiterin. Ihre Tragetaschen die er ihr jeden Abend abnimmt, liegen neben ihm. Suus Geruch haftet ihnen an.

„Warum ist sie nicht bei mir geblieben?"

Die Nacht ist unruhig. Ständig wacht er auf und glaubt Suu´s Schnaufen zu hören. Mühsam hatte er einen Platz zwischen den Bäumen am Waldrand von Schnee befreit, die Zeltplane schräg darüber gespannt und am Rande seines Lagerplatzes ein Feuer entzündet. Zum Glück besitzt er noch immer mehrzählig die Feuerzeuge die er fast wahllos, besser gesagt gedankenlos neben der Kasse des Outdoor-Shops aufgegriffen hatte, wahrscheinlich nur weil Alaska darauf stand, denn jetzt wurde es mit dem nassen Holz immer schwieriger Feuer zu machen. Dazu benutzt er bevorzugt die Rinde von Birken die an den Innenseiten trocken ist, schnippelt sie in kleine Späne aus denen dann nach wenigen Versuchen die ersten Flammen züngeln.

Diese, noch vor wenigen Tagen nach dem Aufbruch in ihm entfachte Freude über seine Freiheit wurde durch das so plötzlich veränderte Gegenwärtige, ausgelöst durch das Verschwinden von Suu, empfindlich beeinträchtigt.

„Ich muß jetzt sehr schnell wieder festen Boden unter die Füße bekommen sonst verliere ich meine, in all den Wochen aufgebaute innere Stabilität, die doch unabdinglich Basis meines neuen Lebens sein soll."

Der Fluß fächert sich wieder verstärkt auf und Bert kann so am ausgewaschenen steinigen Ufer in dem der Schnee weitgehendste verwehten ist schneller vorankommen. Eine fast bis zur Flußmitte hinausragende Waldzunge, deren vorderste Bäume sich bereits mit ausgeschwemmten Wurzel dem Wasser zuneigen, versperrt ihm nach weiteren zwei Stunden das Fortkommen direkt entlang des Flußufers. Er muß durch das Dickicht wieder hinauf um auf den Spuren des alten Trails zu stoßen, aber er findet ihn nicht mehr. Der Schnee hat ihn unkenntlich gemacht. Bert ist durch den quälenden Kampf gegen das Busch - und Ästegewirr umgefallener Bäume erschöpft.

Die Dämmerung bricht herein und der Schnee fällt jetzt ohne Pause, wie ein dichter weißer Flaum aus dem langsam dunkler werdenden Firmament, so als wolle er die Erde für alle Zeit unter sich begraben. Aus der Ferne glaubt Bert die Wölfe zu hören. Angestrengt richtet er sein Ohr in die Richtung aus der die Tierlaute kommen. Das Wolfsheulen, sowie Bell-Laute wie von Hunden, sind jetzt deutlich vernehmbar. Bert hat keine Angst, im Gegenteil, er glaubt plötzlich Suu´s Nähe zu spüren und ruft ihren Namen immer wieder, aber es kommt keine Antwort.

„Ich muß einen Lagerplatze finden."

Der Wald ist dicht und die Dunkelheit fällt unvermittelt herein. Hier zwischen den Bäumen wo weniger Schnee den Boden erreicht, erkennt er an einer lichteren Stelle plötzlich wieder den alten Trail, dessen Spuren einstmals durch viele Füße entstanden, den Boden ausgeformt hat. Es geht bergauf, immer zwischen den Bäumen, dann auf einmal bergab und die Seiten des Weges öffnen sich. Die Ränder des Waldes rücken ab. Mehr und mehr macht sich die Tundra mit Ihren verdorrten Gras und den niederen Büsche breit.

Es hört auf zu schneien und ein mattes Mondlicht, das mühsam durch die tiefhängenden wassersatten Wolken auf den einsamen Mann herunterfällt, gibt ihm die Möglichkeit sich nach einem geeigneten Übernachtungsplatz umzusehen. Seine Wanderstöcke dienen ihm auch als vordere Zeltpfosten, während er das Tuch auf der Windseite mit den gabelförmig geschnitzten Holzpflöcken direkt im Boden befestigt. Dann hört er am Feuer sitzend in die Nacht hinaus die jetzt nach Ende des dämmend dichten Schneefalls wieder lebt. Es sind die Stimmen der Tiere, das Rauschen des Buschwerks im Wind und das sprudelnde Fließen des nahen Stromes.

Der Kuß, am Ende seines Traumes, der sein Gesicht streift, weckt ihn und im öffnen seiner Augen wird aus dem Gesicht der unbekannten Frau, der Kopf von Suu dicht über ihm, deren feuchte Schnauze sein Gesicht berührt hat.

Die Ohren ganz flach an den Kopf gelegt blickt sie ihn aus ihren eisfarbenen Augen an und kommt dabei seinem Herzen ganz nahe. Dieser Moment einer tief empfundenen Freude wird ihn ein Leben lang begleiten. Suu legt sich jetzt ganz flach ausgestreckt neben seinen Schlafsack, die Vorderpfoten parallel zueinander, den Kopf dazwischen als wolle sie durch einen Kniefall um Verzeihung bitten.

Bert durchströmt ein Glücksgefühl verbunden mit dem fast euphorischen Gedanken, daß jetzt alles gut würde. Er drückt Suu´s Kopf an seine Brust und spricht zu ihr – daß er ihr nicht böse sei, alles gut wäre und sie jetzt zusammen den Rest des Weges sicher schaffen würden. Bert liebt dieses Tier in einer Intensität die keine Steigerung erfahren kann.

„Haben dich deine Brüder gerufen? War ein Freund dabei? Bist du ihm weggelaufen ohne daß er dir böse ist oder will er dich zurückholen?" Bert gibt Suu zwei Trockenfische denn sie hat deutlich an Gewicht verloren. Ihr Fell ist ruppig zerzaust, an manchen Stellen sind Kratzspuren die ein wenig geblutet haben.

„Es kommt alles wieder in Ordnung, meine Gute, verlaß dich darauf."

Sie haben jetzt die freie Tundra-Ebene erreicht und die Berge sind seitlich und hinter ihnen abgerückt. Etwas tiefer fließt der John-River der allmählich zu einem geschlossenes Strom zusammenwächst und jetzt auch deutlich mehr Wasser führt.

Tundra und kleine Waldstücke wechseln ständig ihren Weg. Seit dem Morgen begleitet sie außerdem noch etwas anderes, zuerst hörbar, dann huschend, zwischen Bäumen und Sträucher immer wieder sichtbar, Wölfe. Suu ist unruhig, läuft dicht neben ihm und knurrt mehrfach, das sich manchmal zu einem Bellen oder Heulen steigert.

„Die werden uns doch nicht angreifen weil Suu sie oder ihn verlassen hat?" Bert hat die Schneeschuhe ausgezogen, denn das Fortkommen im Niederbusch der Tundra ist mit den großen Fußtritten beschwerlicher als mit den Boots, die zwar im Schnee-Buschgewirr einsinken, aber maximal nur bis knapp unter seine Knie.

Er hat jetzt einen seiner Stöcke längs auf dem Rucksack festgebunden und trägt statt dessen das Gewehr in der Hand.

Wieder kommt ein Waldstück licht, mit vielem Bruchholz am Boden das unter seinen Füßen knackt.

Plötzlich knurrt Suu laut, zieht die Lefzen hoch, dann sieht er ihn, den Wolf mit dem mächtigen, schwarzen Kopf. Er steht, vielleicht zwanzig Meter entfernt zwischen den Bäumen als wolle er ihnen den Weg versperren. Von den anderen Wölfen des Rudels ist weder etwas zu hören noch zu sehen.

„Ruhig Suu, wir sprechen mit ihm."

Bert im Falle einer wirklichen Gefahr eines Wolfangriffes darauf eingestellt sofort zu schießen, geht auf den Beherrscher des Waldes zu, ganz langsam bis auf etwa die halbe Distanz, kniet sich hin und spricht ihn mit ruhiger Stimme an:

„Ich verstehe dich. Dir gefällt meine gute Suu, aber sie hat sich entschlossen dich wieder zu verlassen und zu mir zurück gekommen. Sie ist ein Halbblut und hat sich an die Menschen gewöhnt. Das Leben im Wald ist ihr fremd geworden. Sie hat es die letzten drei Tage nochmals versucht bei Euch zu sein aber gemerkt, daß es nicht geht. Respektiere ihre Entscheidung, lasse sie und mich unseres Weges gehen denn ich will dich nicht töten müssen um Suu und mich zu verteidigen."

Der Wolf steht mit gespitzten Ohren. Als Bert aufsteht und langsam weiter auf ihn zugeht zieht auch er die Lefzen hoch und zeigt sein mächtiges Gebiß. Sein Bellen ist wie ein Brüllen und Bert fürchtet, daß es zu einem Angriff kommt, geht jedoch weiter das Gewehr schußbereit in Hüfthöhe auf den Wolf gerichtet. Bert glaubt ihn gut zu verstehen, er mag ihn sogar auf seine tierliebende Art, weiß jedoch, daß sein nächster Schritt für Beide entscheidend sein würde, führt ihn trotzdem, oder gerade deswegen aus und genau in diesem Moment der letzten Annäherung wendet sich der wilde Geselle zur Seite, um gleich darauf mit tiefgeducktem Kopf im Gehölz zu verschwinden.

„War verdammt knapp," denkt Bert und ist mehr als erleichtert, daß er nicht schießen mußte. Ob er den Wolf richtig getroffen, oder dieser noch die Möglichkeit gehabt hätte ihn zu attackieren, wer weiß? Wo waren die anderen Wölfe des Rudels? Hätten sie ihm geholfen oder war klar, daß die Angelegenheit mit Suu nur dessen alleiniges Problem war? Es galten in diesen Minuten der Konfrontation von Mensch und Tier alleine die Gesetze der Natur, beider Kontrahenten, was Bert in seinem tiefsten Inneren gespürt hatte.

Er hoffte bei hereinbrechender Nacht sein letztes Lager aufschlagen zu müssen. Suu wich ihm den ganzen Tag nicht von der Seite und wenn es irgend möglich war versuchte sie körperlichen Kontakt herbei zu führen. So drückte sie ab und zu Ihren Kopf an seine Beine und schlief in der Nacht direkt neben seinem Schlafsack, was sie vorher nicht immer getan hatte. Meist suchte sie sich nach umständlich wirkendem Suchen um den Lagerplatz herum ihre ganz spezielle Ruhestelle, nach Kriterien, die ein Mensch nicht nachvollziehen kann.

Am frühen Morgen hört Bert Geräusche, die nach sein Meinung von Menschen ausgehen. Eine weit entfernte Motorsäge könnte dieses kaum vernehmbare Brummen erzeugen. Suu witterte und läuft, bis Bert zusammengepackt hat aufgeregt hin und her. Sie spürt oder riecht die Nähe anderer Menschen. Heute würde er Evansville erreichen, da war sich Bert nach seiner Zeitrechnung sicher und er war am Leben geblieben, unversehrt – ein Wunder oder sein Schicksal oder keines von Beiden – einfach weil er Glück hatte.
Doch was heißt Glück – er hatte dazu beigetragen oder war es eine Addition günstiger Zufälle? Was sind Zufälle? Gibt es sie? Diese Fragen ließ sich nicht beantworten, was zählte war das Ergebnis.

# 9
## EVANSVILLE

Die eingeschossigen Häuser stehen verstreut in kleinen Gruppen oder einzeln zwischen den Birken und Kiefern beidseitig der Mainstreet welche die kleine Ansiedlung längs durchschneidet und auf den Airstrip, den kleinen Flughafen, am Ende der Bebauung zuläuft. Das Holzhaus von Akule, Chaas Neffe, ist blau gestrichen. Er ist Athabaske mit einem kantigen Gesicht wie aus Holz geschnitzt. Groß, muskulös mit langen schwarzen Haaren, die er ähnlich seinem Onkel oben auf dem Kopf zusammengebunden hat ohne die ganze dichte Fülle dort fixieren zu können. Seitlich seines Gesichtes fallen die nicht gebändigten Haare in glänzenden Strähnen auf seine Brust und seine breiten Schulter. Akule blickt den Mann, der an seiner Türe geklopft hatte und ihm jetzt gegenüber steht, überrascht und ein wenig mißtrauisch an. Letzteres, weil er ihn nicht kennt, wo er doch als Deputy-Sheriff in dieser einsamen Gegend alle zu kennen glaubt, sofern sie nicht gerade vom Himmel gefallen sind, wie dieser weiße Mann in seinem verwilderten Aussehen in der Felljacke, den merkwürdigen Stöcken, dem Gewehr unter dem Rucksackdeckel und den anderen für ihn auf die Schnelle nicht zuortbaren sonstigen Gegenständen, die an dessen Gürtel und am Rucksack befestigt sind. Aber da ist Suu die Hündin seines Onkels, die ihn freudige begrüßt, an ihm hochspringt und dabei in unterschiedlichsten Tonlagen, Laute von sich gibt.

„Verdammt, hätte ich doch dem alten Chaa ein Satellitentelefon, besorgt wie schon lange vorgesehen, dann wüßte ich Bescheid was es mit dem Fremden und Suu auf sich hat."
Akule ärgert sich ob seiner Nachlässigkeit, denn der Onkel konnte draußen in der Wildnis auch krank werden, verunglücken und sterben, wenn er niemanden um Hilfe rufen kann. Wie alt ist er eigentlich- fünfundsiebzig, achtzig oder gar darüber?
Der Mann ergreift das Wort und erklärt in englischer Sprache mit einem für Akule unbekannten Akzent, wer er sei, wo er herkomme

und was geschehen war. Dessen Gesichtshaut über dem dichten grau- schwarzen Vollbart ist rissig. Seine welligen dunklen Haare, mit vielen grauen Strähnen reichen ihm tief in den Nacken und sind offensichtlich lange Zeit weder gewaschen noch geschnitten worden. In der Hose und auch in den Schäften der Boots sind offene Risse zu sehen, die wahrscheinlich von Dornen und anderem scharfen Gewächsen stammen, durch die der Mann gegangen ist oder gehen mußte. Jetzt nimmt er seien Rucksack ab, stellt ihn an die Hauswand und setzt sich auf die alte verwitterte Außenbank auf der Akule abends sitzt und seine Pfeife raucht. Genau Letzteres tut dieser Fremde jetzt auch, indem er aus einer Tasche eine kurze Stummelpfeife hervor holt, diese aus einem ledernen Tabaksbeutel stopft und wortlos zu rauchen beginnt. Er macht den Eindruck als sei er nach langer Zeit angekommen, da wo sein Leben ihn hingetrieben hat, wo auch immer der Ausgangspunkt liegen mag.

Ohne selbst ein Wort zu sagen hört Akule der sehr langsam gesprochenen, mit langen Pausen unterbrochenen Erzählung des Fremden zu, der sich Bert nennt, was Akule als Bird = Vogel versteht und dies für ihn eine gewisse Symbolik erhält, so als wäre der verwilderte Mann tatsächlich vom Himmel gefallen.

Akules Haus liegt am Fluß der hier eine steile hohe Uferböschung ausgewaschen hat und verfügt, als Office District-Deputy-Sheriff, über ein Telefon, das jetzt durch die mehrzähligen Telefonate, die den Äther hin und zurück füllen, heiß läuft.
„Am Montag, also in zwei Tagen gegen Mittag kommt eine Cessna und holt sie nach Fairbanks. Dort werden Sie von einem Firmenflugzeug der CONACON abgeholt und nach Anchorage gebracht. Alles weiter organisiert ihre deutsche Firma.“
„Ich fliege von Fairbanks nicht direkt weiter.“
„Warum nicht?“
„Ich will mit Bill Mahouny´s Frau sprechen.“
„O.k. sie fliegen ohnehin nicht direkt weil der Polizeichef von Fairbanks sie wegen des Flugzeugabsturzes persönlich vernehmen will.“

„Vernehmen?

„Sorry, anhören möchte, um die genauen Umstände, eventuell die Ursachen des Unglücks und den Tod von Bill Mahouny zu ergründen."

„Vielmehr als das was ich ihnen bereits erzählt habe gibt es nicht zu berichten – Ausfall des Flugzeugmotors, der Funkanlage, Landung auf dem Eis, Einbruch des Flugzeugs zusammen mit Bill. Ein Rettung unmöglich, da ich vom Ufer aus nach wenigen Metern selbst bis zur Hüfte in das Eis einbrach und nicht zu Bill - fünfzig Meter - weiter in den See hinein kommen konnte. Dann war ich alleine. Den Rest kennen sie wie von mir bereits berichtet.

Bert hatte den Tot der beiden Jäger nicht erwähnt, da dies sicherlich zu erheblichen Konsequenzen führen würde und Akule, als Sheriff, wegen seines alten Onkels Chaa in große Verlegenheit brächte.

Gibt es in Evansville ein Hotel - einen Shop wo ich mir Hemd, Hose, Strümpfe und Unterzeug kaufen kann?"

„Sie können bei mir im Hanggeschoß schlafen. Da habe ich eine Gästezimmer mit Dusche und allem was sie brauchen. Ersatzkleidung können sie auch von mir haben. Ich verfüge über ein kleines Lager an Kleidung für Jäger die aus der Stadt kommen. Da können sie sich bedienen- kostet nichts - schenke ich ihnen als Freund meines Onkels. Apropos - Jäger. Zwei, die vor einigen Tagen den John-River hinauf wollten um Wölfe zu schießen, sind überfällig. Sie wollten eigentlich nach drei Tagen zurück sein und hatten nur leichtes Gepäck dabei, sowie eine Abschußlizens des Departements für vier Wölfe und ein Karibu. Letzteres haben sie für ihren Wintervorrat bei mir eingekauft. Einer der beiden war Thema (=Donner*) ein Kokon, ( * stammt von den indianischer Palau = Ureinwohner Alaskas), der andere ein Europäer aus Anchorage."

Auch er sagt –Europäer - zu dem Weißen der sicher Amerikaner war und in Anchorage lebte.

„Warum schießt man Wölfe?"

„Man hält sie für überflüssig und das Fell von einem jungen Wolf bringt was ein."

„Eine arrogante Bösartigkeit, denn die Wölfe tun niemanden etwas.

Ich bin ihnen begegnet und sie waren und sind meine Freunde."
Akule schaut Bert erstaunt an und sagt mit einem kleinen Lächeln
auf den Lippen:
„Dann haben wir gemeinsame Freunde, das ist gut."
Suu liegt neben Berts Liege und beide fühlen auf unterschiedliche
Weise die große Entspannung nach aufregenden Tagen.
Akule hat Suu mit einem reichliches Mal verwöhnt und dem Fremden ein, für diesen fast vergessenes unglaubliche Vergnügen einer
halbstündigen Dusche ermöglicht und seine kleinen Wunden an den
unterschiedlichsten Stellen seines Körpers und an der Hände versorgt. Manche davon hatte Bert erst entdeckt als sie mit der Seife in
Berühren kamen und zu brennen anfingen, alles unbedeutende Verletzungen durch Dornen, Astspitzen, Steine die sich ihm in den Weg
stellten. Seine Verletzungen von Ithua dem alten Elch waren gänzlich verheilt, nur den Rippenstoß spürte er noch bei bestimmten Bewegungen ziemlich heftig.
In der Ruhe des Liegens in Sicherheit empfindet Bert vor allem
Dankbarkeit, daß ihn sein Schicksal auf diesen Weg geführt hat, der
ihm so Entscheidendes vermittelte das ihm niemand mehr wegnehmen konnte. Um dies zu erleben mußte Bill sterben und auch hier
bleibt die Frage nach der Gerechtigkeit des Lebens zweier Menschen, die durch Zufall oder Schicksal aufeinander treffen, unbeantwortet. Chaa würde sagen: „Der große Geist bestimmt die Wege
seiner Schöpfung nach seinem Ermessen, auch wenn wir den Grund
dafür - als kleine Teilchen des Ganzen - nicht verstehen."

Ein anderer Gedanke beschäftig Bert und dieser quält ihn, denn er
hat geradezu Angst vor dem Moment, wenn er sich von Suu für
immer verabschieden muß. Er durchdenkt die verrücktesten Möglichkeiten diesem Schmerz aus dem Weg zu gehen.
„Ich nehme sie mit, wir bleiben zusammen," und gleichzeitig weiß
er, daß dies nicht geht, dies die schlechteste Lösung für Suu bedeuten würde, die hierher gehört und nicht an die Seite eines Menschen,
der zurückkehrt in die Wildnis der Zivilisation. Nein, nach Frankfurt
in der versteinerte Welt auf das harten Pflaster der Gehwege - nein

Suu muß zurück zu ihren Wurzeln, zurück zu Chaa, zu ihren Artgenossen, vor den Schlitten und dies bedeutet für Bert zurück zu stehen, auf seinen sehnlichsten Wunsch diese ungewöhnliche Freundschaft mit dem Tier seines Herzen, zu dessen unabdinglichen Guten, zu verzichten. So muß es sein, wird es gut sein. Die Erinnerungen wird für immer tief in seinem Innern bleiben.

Bert geht die kleine Stichstraße hinauf die Akule mit seinem robusten Police-Truck täglich vom Haus zur Mainstreet benutzt, Hanky, seinen bulligen schwarzen Labrador-Hund hinten auf der offenen Ladepritsche.

„Auf Patrouille"- sagt er. Oben an der Hauptstraße nach Osten, an einzelnen, meist zurückliegen Häusern oder Häusergruppen vorbei, öffnet sich ein großer unbefestigter Platz mit einer offensichtlich von unzählig vielen Trucks festgefahrenen Oberfläche. Niedere Gebäude, Hallen und Schuppen, unterschiedlichster Bauweise, säumen das unregelmäßige Rund, das wohl eine Art Ortszentrum zu sein scheint, denn hier befindet sich zwischen dem Konglomerat von Leichtbauten, das „Goldfoot - Camp Restaurant", als einziges seiner Art, außer dem Trucker-Café etwas weiter die Straße hinunter. Der Name des Restaurants deutet auf frühere Goldfunde in dieser Gegend hin, vor allem, in der Umgebung der zweiten kleinen Ansiedlung ähnlicher Struktur, namens Bettles, wenige Meilen entfernt, wie Bert erfährt als er mir dem Barkeeper ins Gespräch kommt.

Das Restaurant im Westernstil aus Holz gebaut, versucht zum Platz hin mit der hohen rechteckigen Bretterfront zu imponieren, hinter der sich, das eigentliche, niedere Restaurant befindet. Vor der mit allerlei verwaschen Schriften gezierten Fassade befindet sich, zwei Stufen erhöht, eine durchgehende, von Holzpfosten getragene überdeckte Veranda. Darauf stehen wahllos der Front entlang Stühle, auf denen ein paar Männer sitzen und ihre Pfeifen rauchen. Es sind wild aussehende Burschen, meist älter, unrasiert oder mit zerzausten Vollbärten. Sie blicken Bert neugierig an, auch wenn sich dieser, selbst nach seiner körperlichen Reinigung, optisch nicht sonderlich von ihnen unterscheidet. Trotzdem erkennen sie ihn ihm sofort das

Fremde. Zumal die Geschichte mit dem Flugzeugabsturz und seiner Ankunft bereits die Dorfrunde gemacht hat, vor allem weil Bert bei seiner Ankunft am Westende einen Mann, der seinen Truck belud, fragte wo Akule wohne. Vielleicht hatte Akule auch beim abendlichen Drink, Gestern noch ein bißchen geplaudert, um sich für die von ihm getroffenen Maßnahmen den Fremden sicher von hier fort zu bringen, hervor zu heben.

Der Raum ist fensterlos, dunkel, fast finster, wenn man aus dem Tageslicht kommt. Die matte Raumbeleuchtung kommt von wenigen Lampen mit kegelförmig weißen Schirmen. Nur über dem langen Holztressen, dessen Oberfläche und Kanten von unzähligem Gebrauch blank gewetzt sind, hängt eine Leuchtstoffröhre, die ein kaltes bläuliches Licht ausstrahlt und die Gesichter der Männer auf den Barhockern fahl aussehen läßt, so als hätte man sie für einen filmische Horrorscene dort hindrapiert. Man sieht ihnen an, daß sie meist draußen arbeiten. Ihre Hände sind rauh und ihre Gesichtshaut vom Wetter dieser kargen Gegend, gegerbt. Vielleicht machen sie Mittagspause, drüben von der Säge oder es sind Monteure der Autowerkstatt, einem Schuppen über dessen großem zweiflügligen Blechtor „Truck- Hospital" steht. An den dunkeln Wänden hängt, so könnte man es beschreiben, ein Museum von Gegenständen der nicht allzulangen Geschichte dieses Ortes, alte Gewehre, Baumsägen mit großen Zähnen, Teile von Indianerausrüstungen und vieles andere Kleinteilige, zusammen mit allerlei Werbeschilder für Biere, unter anderen der Firma Silver Brewery – Gulch Fairbanks, so auch das Goldfoot-Pilsner, Fairbanks Lager, Copper Creek Amber Al, daneben Veranstaltungsplakaten bis hin zu emaillierten bauchigen Schildern von Whiskey-Brennereien, für Bourbon und sogar original Malt-Whiskeys. Daneben abgebildetes, sprudelndes Selters-Wasser oder Plakate von Wunderheiler, deren Produkten Allheilwirkung versprechen. Hinter dem Tresen, vor der verspiegelten Wand eine unendlich erscheinende Reihe neben-und hintereinander angeordneter Flaschen mit allen alkoholischen Getränken, die bis hierher gelangt sind und sicherlich keinen Wunsch offen lassen. Der Barmann trägt einen nach beiden Seiten mächtig herausragenden grauen Kaiser Franz Joseph Bart und die Gäste rufen ihn „Bartel." An einem der Messingzapfhähne, die hinter der Theke aufgereiht glänzen, steht „Paulaner" neben Budweiser, Alaskan Amber, Anchor Steam, Samuel Adams Boston Lager, Pale Ale SevenUp, Coca-Cola und anderen gängigen Soft-Getränken und Bert fragt den Keeper auf Deutsch wo er herkomme.

„Geh, schau ein Landsmann, wo kommst denn her?"

„Aus Frankfurt."

Grinst und sagt im breitesten Bayrisch:

„Au no a Preiss, host di verirrt oder was?"

Bert erinnert sich genau in diesem Moment der doch sehr ungenauen Zuordnung eines Mannes aus Hessen nach Preußen, an die lange zurück liegende Begegnung mit zwei bayrischen Eiskletterer, in den Zermatter-Bergen auf der hochliegenden Monte -Rosa-Hütte, jenseits des Gornergletschers, den er mit Amélie auf einem nicht ungefährlichen Trip überquert hatte. Beide Eiskletterer aßen damals Ölsardinen und Bert frug sie ob dies denn die richtige Nahrung sei wenn man gleich ins Monte - Rosa - Massiv aufsteigen wolle. Und er hielt die grinsende Antwort, „alle Bergsteiger täten dies, falls sie ihr Ziel nicht erreichen würden, könnten sie ihr Versagen auf einen Magenverstimmung, wegen überalterter Sardinen schieben". Und noch eines fügte er hinzu, als er hört Bert und Améli, wohnten zwar in Hessen, kämen aber im Ursprung aus dem Schwarzwald - „die Schwarzwälder könnte man als Bayer- durchgehen," lassen, ansonst würde für sie der Grundsatz gelten, jenseits der Isar – begänne Preußen, genau genommen – Südschweden.

Bert und Amélie hatten über eine solche, spezifisch bayerische Betrachtungsweise gestaunt, sich mit den Jungs, die natürlich geflachst hatten, jedoch gut verstanden.

Und jetzt hier, nahe dem Ende der Welt, dieser kauzige Bayer, der und man mußte es trotzdem eingestehen, in die Gegend hier unter diese Männer und den harten Umgebungsbedingungen gut paßte, auch wenn das Land aus dem er kam weit von den hiesigen Lebensbedingungen entfernt lag.

„Bist du der Mann aus dem Flugzeug?"

„Ja."

„Hast Glück gehabt."

„Kann man sagen."

„Bill war eine feiner Kerl. Er kam oft mit seiner Cessna und hat uns versorgt wenn die Straße zum Dalton-Highway nicht befahrbar war. Schade und traurig für seine Russin, eine tolle Frau kann ich Dir sagen." Nach einer Pause fragt er Bert:

„Willst ein echtes Paulaner?"

„Und ob. Woher bekommst du denn dieses original Münchner Bier", und er duzt ihn gleichermaßen.

Der Bartel beugt sich über den Tresen um näher an Bert heranzukommen und sagt:

„Scheiße, es ist kein ganz echtes Paulaner. Kommt aber von einer Brauerei in Vancouver die von einem Landsmann betrieben wird, doch du wirst staunen, es schmeckt wie ein echtes Paulaner."

Recht hatte er und wenn es auch nicht dem Geschmack des Original entsprochen hätte, wäre es Bert egal gewesen, denn nach der langen Zeit ein echtes Bier trinken zu können war für ihn in diesem Moment der allerhöchste Genuß.

„Rest weg-Boden hoch, alle Achtung. Noch eins?"

„Und ob!"

Suu, die sich neben seinem Barhocker niedergelassen hat schaut immer wieder zu ihm auf und vielleicht wundert sie sich was ihr Freund da oben zu sich nimmt.

„Hast einen schönen Hund. Willst ein Wasser für ihn?"

Suu bekommt von Bartel noch ein Stück Wurst, eine Art Bratwurst mit spitzen Enden, wie man sie in den bayrischen gebrannten Mehlsuppen findet auf deren Oberfläche meist große Fettaugen schwimmen.

Suu schmeckt es hörbar.

„Wie hat es dich hier her verschlagen?"

„Eine zu lange Geschichte um sie dir hier über den Tresen zu erzählen, außerdem stinklangweilig. Abenteuerlust, als junger Mann in

Canada angekommen und gleich ins Holzgeschäft eingestiegen – heißt –Waldarbeit. Dann hatte ich einen Unfall und konnte nicht mehr im Wald arbeiten. Mit der Entschädigung der Firma - die waren erstaunlich großzügig - hab ich dann eine Kneipe aufgemacht, drunten in Whitehorse. Irgend einer erzählte mir dort von Goldfunden bei Beetles, dem kleinen Dreckkaff den Fluß runter und ab durch die Mitte, was hieß, auf dem Klondike Highway hinüber nach Tok, Alaska und weiter über Fairbanks mit einem Eisroudtrucker vom Dalton Highway über die alte Military Hickel Road, die nur im Winter befahrbar ist, wenn der Jim-River zugefroren ist, nach Evansville.

Zuerst habe ich drüben in Beetles gewohnt und dort gescharrt, in den Flüssen gewaschen, bin dabei fast erfroren und von einem Grizzly angeknappert worden. Ich war bald halb tot und ohne Gold. Mit meinem letzten Geld hab ich mich zurück nach Evansville geschleppt und bin schließlich hier hängen geblieben. Hab ne Frau, eine Athabaski, aber sie ist o.k. und ich bin zufrieden. Das ist die Kurzfassung meines Lebens, dazu gäbe es noch manches zu ergänzen, aber – its gone, let´s stay where it is!"

„Die zwei Biere gehen aufs Haus."

„Danke, kann ich hier ein Steak bekommen so mit allem drum und dran?" „Aber klar, du bekommst das Beste - dreht sich um und schreit überlaut durch eine Fenster, das zwischen den Flaschenreihen zur dahinter liegenden Küche geht:

„Aponie (= *Schmetterling) mach meinem Freund, dem „German-Fucker" eine Steak von Besten mit Dekor, aber schnell sonst versohle ich dir deinen fetten Hintern," dabei grinst er Bert an und sagt:

„So mußt du mit diesen faulen Weibern reden, dann läuft es und sie fressen dir aus der Hand."

Bert ist froh, daß zwei neue Gäste kommen und Bartel sich mit denen beschäftigen muß, denn ihm ist in keiner Weise nach einem weiteren Gespräch mit dem Mann aus dem alten Land.

„Ich esse meine Steak drüben am Tisch und - zapf mir noch ein Bier im Krug.

„Komm Suu" und sie legt ihre Schnauze auf seinen Stiefel als würde sie ahnen, daß sie dies bald nicht mehr tun kann. Bert glaubt sie könne seine Gedanken lesen, die sich immer wieder mit dem Abschiednehmen beschäftigen, sobald er Suu bewußt anblickt. Können Hunde auch diese Empfindungen riechen oder in den Augen der Menschen, deren Gesichtsausdruck, Gedanken lesen? Bert kann es sich vorstellen, so wie er Suu´s Reaktionen auf diese unausgesprochen schmerzlichen Gedanken, zu bemerken glaubt.

Draußen ist es kalt. Ein eisiger Wind hat die harte Oberfläche des Platzes von dem wenigen Schnee der hier gefallen ist befreit. Bert zieht die Fellkaputze über den Kopf, so daß nur noch das Mützenschild mit den inzwischen ziemlich verblaßten goldenen Wildenten, über seinen Augen herausragt. Er liest auf einem Schild, der Kälterekord hier in Evansville sei am 21. Januar 1989 mit - 82 Grad Fahrenheit gemessen worden, was minus 28 Grad Celsius entspricht.
„Hätte ich eigentlich kälter erwartet, „denkt Bert," vielleicht hab ich mich verlesen oder sind die Zahlen so verwittert, daß am sie nicht mehr richtig entziffern kann, denn weiter südlich in Fairbanks würde die Temperatur im Winter doch weit unter 40 Grad Celsius fallen, wie man ihm gesagt hatte.
Das Steak, auf das er lange hatte verzichten müssen, war „zum träumen" würde er sagen, wenn man ihn gefragt hätte, aber, wie so oft in der USA, auf einem viel zu kleinen Teller serviert mit aufgehäuften French Potatos drum herum, die schon beim ersten Schnitt in das saftige Fleisch kompanieweise vom Teller auf das Plastiktischtischtuch fielen, von den sinnlos angelegten Salatblättern ganz zu schweigen. Diese fragwürdige Tellergarnitur hätte der Bayer mit seinem Wissen, wie man in seiner Heimat ein Tellerbild ästhetisch gestaltet, wahrhaftig verbessern können. Vielleicht hatte er einfach vergessen, Tellergröße und Speisen aufeinander abzustimmen, nachdem er in Amerika diese gängige Servierart, über die sich offensichtlich niemand beschwerte, unbewußt oder gleichgültiger weise übernommen? Vielleicht kam er auch ursprünglich von einem Taglöhnerhof, wo es nur darauf ankam so viel wie möglich Essen auf einen Teller

anzuhäufen, um satt zu werden, unabhängig von dessen Größe. Möglicherweise stammten die weitverbreiteten amerikanische Serviergebräuche auch aus der Pionierzeit, als man aus Last - und Platzersparnisgründen auf den Planwagen oder im Packsattel, eben nur Kleinteiliges mitnahm. Letzteres könnte man als Ursache am ehesten annehmen, was thematisch jedoch im Falle Bert nur einen kleinen Bereich seiner Nebengedanken bewegte, da der vordergründige Genuß, selbst jener vom Tischtuch aufgelesenen Pommesfrites, alles andere in den Hintergrund drängte.

Bert setzt sich am Abend auf die verwitterte Holzbank an der Uferseite von Akules Haus direkt über dem Fluß, der unterhalb der ausgespülten Böschung träge dahinfließt, nicht mehr in einzelnen Kanäle aufgelöst, sondern in einem jetzt geschlossenen Strom der sich an den beidseitigen Waldungen vorbei windet. Da und dort nimmt er einen bereits unterspülten Baum mit der sich dann drehend, als wolle er nicht ertrinken, mit anderem Treibholz das der Strom mit sich führt, einem unbekannten Ziel zustrebt. Suu sitzt direkt vor seinen Füssen den Kopf, wie sie es neuerdings ständig tut, auf eine seiner Schuhspitzen gelegt.

Genau genommen befindet sich Bert noch immer in einem traumatischen Zustand, der die Realität seiner jüngsten Vergangenheit und die Tatsache, daß er, der Mann aus dem fernen Frankfurt hier am Ufer des John-Rivers in einer Tierfelljacke sitzt, mit aufgerissenen Stiefeln, fremdem Hemd, Unterwäsche und Strümpfen, noch immer nicht wirklich begriffen hat was mit ihm geschehen ist. Noch ist es so, als befände er sich noch immer in einem Traum aus dem er noch nicht erwachen kann. Die Zeit und die Umstände noch nicht dafür reif wären. Andererseits macht sich in ihm eine nicht vorbedachte Zufriedenheit bemerkbar, als hätte er trotz Unglück, Tod, Schmerzen und unsäglichen Anstrengungen, einen, oder den Höhepunkt in seinem Leben erreicht und diesen, für ihn kaum begreiflich, im wahrhaft positiven Sinne. Mußte sich dies alles ereignen bevor er begriff wer er wirklich war, erkennen was im Leben tatsächlich für ihn gilt, dieses als solches ausmacht. Es schien so zu seine, daß sich, nach dem überwundenen Tod seiner Frau ein zweiter Abschnitt seiner Selbst auftat, der ihn zunächst einen Dornenweg gehen ließ, von dem aus er jedoch jetzt bei den nächsten Schritten sicheren Boden finden würde.

Wenn auch alles Vergangene wieder näher rückt, er zurückkehren wird auf den Platz den er sich in seinem früheren Leben geschaffen hatte, so empfindet er doch zwischen sich und dem Kommenden eine unsichtbare Hülle, die ihn schützt, ihn schützen wird und es ihm leicht macht, dann aus der Hülle herauszutreten, wenn er es für angezeigt hält, er es will, dann wenn Freudiges oder Glück ihm begegnet.

# 10

# OFFENE HORIZONTE

Suu hechtet mit riesigen Sprüngen neben der immer schneller wer-
denden Cessna her und ihr Bellen, das in ein lautes Heulen über-
geht, hört Bert durch das Flugzeugfenster hindurch. Es klingt wie
das schreien eines kleinen Kindes, dabei hält sie den Kopf schräg
und blickt während des Laufens ohne Unterbrechung hinüber zu
Berts Gesicht hinter dem kleinen runden Fenster, aus dessen Augen
Tränen über die Wangen fließen.
Er hatte auf dem hartgestampften Boden des Airstrips kniend ihren
Kopf lange umarmt - sehr lange - und mit ihr gesprochen, wie auch
Chaa es vor dem Abschied tat und der unvergleichliche Geruch ihres
Felles, dem er so lange nah war, verstärkte seinen Schmerz des Ab-
schieds für immer.
Blind vor Tränen half man ihm in das einmotorige Flugzeug. Suu
an seine Seite bis zum Einstieg blieb zurück als mit einem dumpfen
Knall die Bordtüre zuschlug und der Riegel einrastete.

Suu wird kleiner und kleiner, kann dem immer schneller werden und
steigenden Flugzeug nicht mehr folgen, bleibt mehr und mehr zurück bis Bert sie nicht mehr sehen kann.
Georg Gryffis der Deputy aus Fairbanks der neben dem Piloten sitzt
dreht sich um. Legt seine Hand auf Berts Knie und sagt:
„Ich verstehe sie gut, kann ihnen nachfühlen, meine treue Kenosha
wurde vor einem halben Jahr von einem Jäger erschossen. Besorgen
Sie sich einen neuen Freund oder Freundin, das hilft den Schmerz
zu vergessen," und er meinte dabei nicht einen Menschen.

Uljana Mahouny wohnt nicht ständig in Fairbanks, sondern hauptsächlich in Anchorage, nahe des Hafens am nördlichen Ende des
Minnesota Drives, wo die Touristenschiffe, die sie begleitet ankom-
men oder ablegen. In Fairbanks haben sie und Bill ein kleines Holzhaus, was ihr eigentliches Zuhause ist, wo sie zusammen sind wenn
er und sie dienstfrei haben. Meist ist Bill dort alleine weil er aus-

schließlich Tagesflüge macht und nur selten über Nacht an seinem Ziel bleiben muß, wenn das Wetter den Rückflug nicht zuläßt. In großen zeitlichen Abständen geht er mit Uljana nach Anchorage, nur dann wenn größere Anschaffungen auf ihrer Liste stehen oder um hin und wieder das Community Theater zu besuchen, das weit über die Staatsgrenze hinaus, vor allem wegen seiner magischen Darbietungen bekannt ist.

Uljana kommt aus Sibirien, genau genommen ist sie ein Tschuktsche, geboren auf der Tschuktschen-Halbinsel am Kap Deschnjow das gegenüber Alaska in die Beringsee hinein ragt. Sie hat leicht asiatisch geformte Augen und hohen Backenknochen, doch Bert ist von diesem Gesicht in seiner ganz individuellen Schönheit sofort fasziniert als sie ihm die Türe des Holzhauses am Chena-River in Fairbanks öffnet, das sie, so erfährt er später, seit dem Verschwinden von Bill nicht mehr verlassen hat. Sie wollte nicht wahr haben, daß er nicht mehr zurück kommen würde, ihm etwas zugestoßen sei, er gar tot wäre, bis der Polizeichef am Tag an dem Bert in Evansville eintraf ihr persönlich die furchtbare Nachricht brachte, die in ihr alle Hoffnung zerstörte. Lange bleibt sie unter der Türe stehen, wie erstarrt die Augen fest auf Bert gerichtet, der ihr Bills Gewehr entgegenhält. Es vergehen Minuten, dann nimmt sie es in beide Hände, vorsichtig wie eine Reliquie, so als könne es zerbrechen.
„Diese Waffe ist das Einzige das ich Ihnen von Bill zurückbringen kann, es hat mein Leben gerettet." Nach einer Pause - sie stehen noch immer unter der Haustüre, sagt Bert:
„Bill mußte nicht leiden, alles ging rasend schnell und ich konnte nicht zu ihm kommen, ihm helfen, glauben sie mir." Das Letztere sagte er fast flehentlich weil sie nicht annehmen sollte, daß er für irgend eine Tatenlosigkeit im Zusammenhang mit Bills Tod, verantwortlich sei oder zu feige gewesen wäre.
Uljane nickt mit dem Kopf, dreht sich wortlos um geht ins Haus zurück. Die Türe fällt leise ins Schloß.

Bert kann sich minutenlang nicht rühren. Er steht auf dem Holzrost, der vor der Türe liegt als hätte man ihn geschlagen. Was hatte er erwartet? Hätte sie in Tränen ausbrechen, er ihr alle Details schildern sollen, nein nichts hätte das Geschehene verändert. Uljana hatte besser verstanden als er, daß es nichts mehr zu sagen gab, kein Lamentieren, was gewesen wäre wenn, oder hätte man nicht dies oder jenes tun müssen und er denkt an Chaas Worte - unabänderlich Vergangenes im Köcher des Vergessens versenken. Für Uljana konnte er nichts mehr tun. Sein Part hoch oben im Alaskas Norden, ging in dem Moment als die Türe von Bills Haus hinter Uljana zuschlug zu Ende und überließ ihn seinen Gedanken.

Ein vom Wind getriebener Eisregen friert sofort auf dem Boden und treibt Bert zurück in den Komfort seines River´s Edge Ressorts, drüben am Chena-River, das ungerührt der Ereignisse, seit er vor vielen Wochen hier zum ersten Mal geschlafen hatte, Wohlbefinden ausstrahlt.

Seinen Jeep hatte die Verleihfirma längst abgeholt und das Gepäck darin der Polizei übergeben, da man nach einer Woche ohne Information über den Verbleib des Flugzeuges der Firma „Larry´s Air-Service", annahm, es wäre irgendwo abgestürzt und die Insassen seien dabei ums Leben gekommen. Diese Annahme erhärtet sich nach tagelangem, ja wochenlangem ergebnislosem Suchen, mit Hubschraubern, zehn Meilen östlich und westlich von Bills Flugroute in den unendlichen Weiten des alaskanischen Nordens.

Am morgen wird Bert in die Lobby gerufen wo der Debuty ihn erwartet.

„Der Mayor (*Bürgermeister) gibt um 11 Uhr eine Pressekonferenz zu der er sie zu kommen bittet. Das öffentliche Interesse ist sehr groß, da auch zwei Jäger, die vor wenigen Wochen im Norden abgesetzt wurden, spurlos verschwanden. Man ist besorgt. Den Rucksack einer dieser Männer hat man vor zwei Wochen am unteren John-River an einer Felsnase hängend gefunden und angenommen, das die Beiden eventuell bei einer versuchten Flußüberquerung ertrunken sind.

„Aber ich habe dem Chief (Leiter der Polizei in Fairbanks) doch bereits alles berichtet was ich weiß, genügt das nicht?"

„Nein, sie wissen, daß sich die Presse immer auf solche mehr oder weniger dramtischen und geheimnisvolle Geschehnisse stürzt und der Mayor will seine untadeligen Vorgehensweise bei der Fluzeugsuche öffentlich demonstrieren. Tuns sie es, dann können sie morgen nach Anchorage fliegen wo sie sicher noch einmal allen möglichen Leuten ihre Geschichte erzählen müssen. So ist das eben bei uns, wo überall alles ans Licht gezerrt wird damit die TV-Ärsche auf ihre Kosten kommen."

„TV ist dabei?"

„Immer, denn wir haben hier einen Lokalsender der selbst das Scheißen einer Hauskatze auf die Kühlerhaube des Bürgermeisterautos in Wort und Bild kommentiert, den Bericht dann noch in die Länge zieht, damit die Werbung üppig dazwischen gequetscht werden kann - Arschlöcher!" „Ich muß mir vorher den Bart abrasieren."

„Nein, um Gottes Willen, der muß dran bleiben bis nach ihrer Ankunft in Anchorage. Die Leute wollen Wildernees sehen dann bekommt das Ganze erst die richtige Dramatik. Vom TV sind die Menschen hier gewohnt die Dinge so drastisch wie möglich serviert zu bekommen." „Auch egal, ich hab sowieso nicht das richtige Werkzeug mir den Wildwuchs aus dem Gesicht zu schneiden, respektive zu schaben. Ich geh in Anchorage zum Friseur."

„Und ziehen sie die Super-Felljacke von dem alten Indianer an wenn man sie interviewt, das macht Eindruck und die Leute sind beeindruckt!"

„Schwachsinn!"

„Andererseits gebe ich das gute Stück sowieso nicht mehr her, es hat mich verdammt warm gehalten. Im Übrigen ist es hier in Fairbanks inzwischen auch ziemlich frostig, so daß ich über die Jacke mehr als froh bin."

Monroe Huxel der CONACON-Technik-Ingenieur der Bert mit dem Flieger in Fairbanks abholt, schaut ihn während des beginnenden Sinkfluges auf den Airport Anchorage mit einem fragenden Seitenblick an, als wolle er sich vergewissern, ob Bert auf das vorbereitet sei, was in wenigen Minuten, wenn Sie gelandet sind und das Flugzeug verlassen, auf ihn zukommt.

„Kein Problem Monroe, das stehe ich auch noch durch. Wenn der ganze Rummel denn sein muß, geht auch dieser vorüber, dann aber, und das sage ich dir mit aller Entschiedenheit, dann ist gottverdammt noch einmal Ruhe und ich will bis zum Abflug nach Old-Germany, in zwei Tagen, keinen offiziellen Frager oder Presse-Fuzzy mehr sehen, klar?"

„Klar, ich sorge dafür, soweit ich das steuern kann."

Es war dann tatsächlich so als käme ein Weltstar von einer erfolgreichen Tournee zurück. Unten an der Gangway hatten sich Fotographen, mehrere Fernsehteams mit ihren Kameramännern und offizielle Persönlichkeiten versammelt, schieben sich drängend hin und her, um den Star - „das bin ich" – denkt Bert und lächelt in sich hinein, möglichst als Ersten zu begrüßen und möglichst mit ihm aufs Bild zu kommen. „Wie kam es zum Tod von Bill Mahouny.....konnten sie ihn nicht retten.....wie haben sie als europäischer Stadtmensch in der Wildnis überleben können.....hatten sie Begegnungen mit Bären......wer ist der Indianer der ihnen geholfen hat.........warum haben sie die Suchflugzeuge nicht gefunden......wie fühlen sie sich nach all den Strapazen..... hassen sie Alaska..... und so weiter.

Dann packt ihn der körperlich mächtige General-Boss von CONACON William Hausmann am Arm und zieht in energisch aus der Menge, indem er den Presse- und TV-Leuten zuruft es sei jetzt genug alles weitere würden sie morgen in der Tages- Presse erfahren, er habe im Übrigen für die Daily New bereits einen Exklusivbericht vorbereitet, der jetzt noch von den Aussagen „unseres", er sagt tatsächlich werbewirksam - unseres - Herrn Berthold Christian van Boese, dem deutschen Geschäftspartner von CONACON ergänzt wird. Schlußendlich und offensichtlich unvermeidbar, will auch der bisher überraschenderweise in den Hintergrund gedrängte, ansonst stets sich wichtig nehmender, extrovertierte dritte Direktor der CONACON, Gregory van den Burg, vor der Presse auch noch seinen Kommentar abgeben, den Bert jedoch auf dem Weg den sie schnellen Schrittes zum Empfangsgebäude zurücklegen, nicht mehr mitbekommt. Monreo Huxel und Hausmanns Fülle decken ihn ab, als ihn zwei aufeinander folgenden, plötzlichen Entdeckungen geradezu paralysieren. Kurz vor der Automatiktüre zur Halle wird sein Blick, wie von selbst hinauf zur Zuschauertribüne gelenkt und dort genau in die Augen von Chilaili die am Geländer in ihrer rotschwarz karierten Jacke und einer braunen Strickmütze auf dem Kopf, steht, ganz schmal im Gegenlicht, ihre Hand aus der Jackentasche zieht und ihm mit einer kleinen Bewegung zuwinkt. Ein Sekundenbruchteil der ihn wie ein freudiger Blitz trifft, doch schon hat man ihn durch die Türe in die Halle geschoben, direkt in die Arme seines Geschäftspartners und Freundes Stanislaus Badelang.

Stan umarmt ihn, hält ihn wortlos mehrere Minuten lang fest, dabei kommt aus seinem Mund ein Laut, der sich wie ein Schluchzen anhört und Tränen rinnen ihm über die Wangen.

„Mann, altes Haus, daß ich dich wiederhabe."

Bert ist von dem was hier in wenigen Minuten geschieht völlig überfordert.

„Bitte bring mich weg, schnell, bitte, reden können wir später."

Stan erklärt den Herren von CONACON, daß man den Heimkehrer jetzt wohl am Besten in Ruhe ließe, ihn ausruhen läßt, was die Herren mit einigem Wiederwillen akzeptiere, mit dem Hinweis auf die von der Firma vorbereitet Willkommensfeier im großen Sitzungssaal.

Bert ergreift das Wort und bedankt sich für alles was man für ihn getan habe, bittet dann aber entschieden um Verständnis, daß weitere Aktivitäten, so gut sie gemeint sind, und er diese sehr zu schätzen weiß, heute nicht mehr wahrnehm kann.

"Sorry!"

Bert sagt dies ganz ruhig und an Stan gewandt:

„Bitte übernehme das Heutige in meinem Sinn, aber bring mich jetzt direkt ins Hotel und dann laß mich für ein paar Stunden in Ruhe, bitte!" „O.k. mein Freund, ich verstehe. Deine kleine, dir wohlbekannte Suite im Hilton wartet auf dich. Wir werden, und wir müssen allerdings, Morgen mit den CONACO-Leuten nochmals zusammen kommen, denn immerhin haben sie sich für deine Rückkunft mehr als stark engagiert, nicht zuletzt den Flug von Fairbanks hierher organisiert und bezahlt. Im übrigen zu deiner Information, läuft der von dir hereingeholte Auftrag mit CONACON hervorragen, dank vor allem auch Mr. Monroe Huxel und der stets wohlwollend schützenden Hand des mächtigen Mr. Hausmann, der, wenn du ihn näher kennst, ein durchaus angenehmer und umgänglicher Geschäftspartner ist, mit dem sich reden läßt.

Draußen auf dem Weg zur schwarz glänzenden, überlangen Stretch-Limousine mit dem CONACON-Stander am rechten vorderen Kotflügel und goldener Firmenaufschrift auf den Seitenflanken, geht Berts Blick suchend nach allen Seiten um Chilaili zu sehen, aber sie ist nicht da. Irgend etwas hat in ihm zu brennen begonnen, als er sie so unvermittelt oben auf der Hallenterrasse entdeckte und ihn mit dieser winzigen Bewegung ihrer Hand begrüßte.

„Sie hat mich nicht vergessen. Es war also doch ein wenig mehr, als nur ein freundlicher Café-Haus-Plausch. Er hatte es sich in seinen vielen einsamen Stunden draußen im Wald manchmal sehr gewünscht und sich vorgestellt, sie eines fernen Tages in die Arme nehmen zu können. Diese Gedanken einer schier unerfüllbaren Sehnsucht, traten dann aber, über die große Zeitdistanzen wieder in den Hintergrund weil ihn das Tägliche bis an die Grenzen seiner Möglichkeiten forderte, oder er selbst mit den Gedanken an sein eigenes Leben nicht fertig wurde.

Man kannte ihn, wußte offensichtlich um sein Geschichte, was sich auch in der besonders zuvorkommenden höflichen Aufmerksamkeit am Hoteltresen äußerte. Leute drehen sich nach dem bärtigen Mann mit der Felljacke um der so gar nicht in die goldverzierte Landschaft des großen Hotelfoyers paßte, aber niemanden schien dies zu stören, nein man war neugierig und tuschelte hinter seinem Rücken.

„Haben sie einen Hausfriseur der mir den Bart abnimmt?"

„Aber selbstverständlich."

„Er soll sofort kommen. Ich will mich frisch machen und dann für den Rest des Tages nicht mehr gestört werden. Können sie dies bitte in die Wege leiten?"

Der Friseur, ein affektierter Homosexuellen, der sich selbst „Coiffeur" nennt, macht seine Arbeit überraschend gut, sanft mit Gesichtsmassage, wobei er nach Berts Wunsch zwar alle Barthaare sauber entfernt, jedoch einen kräftige Schnurrbart stehen läßt. Warum Bert diesen Wunsch geäußert hatte, weiß er selbst nicht so ganz genau, vielleicht sollte dieser Oberlippenbart ein äußerer Ausdruck dafür sein, daß er jetzt einem neuen, anderen, besseren Leben auch ein anderes Gesicht geben will.
„Verdammt habe ich an Gewicht verloren."
Seine Hose ist ihm um drei Gürtellöcher zu weit und nach der Rasur blickt ihn im Spiegel ein Mann mit leicht eingefallenen Wangen, unter stark heraustretenden Backenknochen an. Besonders die Vertiefungen an seine Schläfen überraschen ihn und er denkt daran, daß man auch alte Elefanten an den eingefallenen Stirnseiten erkennt. Aber alt kommt er sich nicht vor, nur auf eine ganz bestimmte, noch schwer zu erklärende Weise, reifer, erwachsener, ja auch stärker, was ihn nach den ungewöhnlichen Strapazen, die er hinter sich bringen mußte eigentlich nicht überrascht. Dabei freut er sich ein klein wenig über die noch zarte Blume eines neuen Bewußtseins.

Im schwarzen Fassadenspiegel des gegenüber liegenden Towers verabschiedet sich der Tag. Bert hat bis in den frühen Abend hinein tief geschlafen und blickt jetzt hinaus auf die Stadt die sich unverändert zeigt, wie er sie vor gefühlter, unendliche langer Zeit, verlassen hat.
Er betritt unten von der Halle aus Bruins Bar, setzt sich in jenen roten Kunstledersessel, wie vor der Zeit und staunt, daß der Barkeeper ohne, daß er etwas gesagt oder gar bestellt hatte, ihm, mit einem Lächeln, dieses Mal ein gut gezapftes Budweiser auf den Tisch stellt. Dazu ein Schälchen mit Erdnüssen und Kartoffelchips.
„Geht aufs Haus." Alle Achtung, hier scheint es ja jeder mit mir gut zu meinen" denkt Bert und erfährt von George dem Keeper weiter,

daß man die Suchunternehmungen fast täglich am TV hatte verfolgen können, bis vor vier Wochen als man mit der Erklärung aufgab, es mache keinen weitern Sinn mehr weiter zu suchen, nachdem man das in Frage kommende Absturzgebiet mehrmals, auch im Tiefflug und mit Wärmebildkameras abgesucht hätte und keinerlei Hinweise gefunden habe. Um so mehr dann die Überraschung seines plötzlichen Auftauchens mit der Erklärung, Bill habe nach dem Motorschaden ohne Funkkontakt nach einer geeigneten Notlandezone Ausschau gehalten und wäre dabei offensichtlich viel zu weit nach Westen von seiner Route abgekommen. Von dem Hartschalenbehälter, als quasi privatem Sonderauftrag, erzählte Bert nichts, im Bewußtsein, daß die Versicherungen der Fluggesellschaft und auch die von Bills Lebensversicherung möglicherweise Auszahlungsschwierigkeiten machen würden, weil Bill bewußt von seiner Route abwich, um dem alten Chaa die angeforderten Utensilien abzuwerfen. Nur Chaa wußte über die Lage des abgeworfenen Behälter bescheid und holte sich auch dessen Inhalt nach Berts genauer Ortsbeschreibung noch während Berts Anwesenheit im Blockhaus am Wolverin- River. Chaa verschwand für vier Tage und kam des nachts schwer beladen zurück ohne irgendwelche Erklärungen abzugeben.

„George, wie lange haben die Geschäfte hier in der Stadt am Abend geöffnet?"
„Kommt darauf an. Manche schließen überhaupt nicht, so der Supermarket unten am Hafen, der hat vierundzwanzig Stunden offen."
„Ich meine ganz speziell den Outdoor-Shop die Straße runter."
„Bis zehn p.m. wie die meisten anderen Geschäfte auch."
Bert trinkt sein Bier aus, stopft sich unsinnigerweise noch eine Handvoll Erdnüsse in den Mund und macht sich auf den Weg. Chaas Felljacke, die er trotz des ungepflegten Aussehens jetzt auch hier in der Stadt trägt, alleine wegen des ihm so wohlvertrauten Tiergeruches, schützt ihn vor der durchdringenden Kälte die ihn draußen empfängt. Der Himmel ist schwarz, die Straße jedoch von den regelmäßig stehenden Bogenlaternen hell erleuchtet. Es hat wieder zu schneien begonnen und die großen Flocken wirbeln um die Lam-

pen, die hoch oben am Ende der langen Masten an den Bogenarmen schwerfällig im Wind hin und her schwingen.

Bert macht einen Schritt in den Windfang am Eingang des Shops, als er sie direkt hinter der zweiten inneren Glastür stehen sieht, den Blick auf ihn gerichtet, so als habe sie ihn erwartet. Er bleibt einen Moment fast erschrocken stehen, um dann mit wenigen Schritten durch die sich von selbst öffnende Innentür, Chilaili nahe zu kommen. Keiner der beiden sagt etwas, weil der Überraschungsmoment, dieser völlig unabgesprochenen Begegnung sie wortlos macht.
Sie stehen sich einen Moment schweigend gegenüber, dann umarmt sie ihn, drückt ihn fest an sich.
Als sich ihre Armen von ihm lösen sagt sie:
„Ich habe gespürt, daß du kommst, nachdem ich dich am Airport gesehen habe." Chilaili ergreift seine Hand, „Akule hat mich angerufen und ich war froh zu hören, daß du lebst und es dir gut geht."
Sie spricht zu ihm als würden sie sich schon lange kennen, nicht nur für eine Stunde im Café vor langer Zeit.
„Guter Großvater."
„Wahrhaftig."
„Komm."
Bert nimmt die Hand, welche die seine noch immer hält und zieht Chilaili sanft nach Draußen. Sie trägt über Ihrer rot-schwarz karierten Jacke einen weißgrauen Wolfspelz dessen Kapuze sie jetzt über den Kopf zieht und die langen schwarzen Zopfe darunter verbirgt.

Als er aufwacht und die Wärme ihres schlafenden Körpers neben sich spürt, beginnt er zu weinen. Sein Wissen um das Glücks, das er nach den Entbehrungen seiner langen Wegstrecke, bis in die Weichheit eines Körpers, der ihm alles gegeben hat was er sich je in einer Zweisamkeit ersehnen konnte, erfährt, bricht aus ihm heraus. Chilaili zieht seinen Kopf an ihre Brust und streichelt sein Gesicht. Sie versteht ohne Worte was in ihm vorgeht und ist ihm ganz nahe, bis er in einen fast kindlich Schlaf fällt der ihn beschützt und in das erste Licht des neuen Tages trägt.

# II

EPILOG.

Im vierten Jahr danach wird Stan und Bert, die Inhaber von STAN-BERT-METALL-INGENEERING-FRANKFURT zur Einweihung des von ihnen projektierten und von CONACON realisierte Teileproduktionswerk nach Anchorage eingeladen.
Die Herren Direktoren des Ölverarbeitungs - Unternehmens CONACON scheuen keinen Aufwand um ein großes Fest, mit Programm und Galadiner, zu organisieren, zu dem neben den direkt Beteiligten, die wichtigsten Landespolitikern, die Presse und eine Fülle von Ehrengästen, in das gemietet Stadttheater geladen sind, wobei in den üppigen Festreden an Eigenlob, aber auch an Anerkennung der Leistungen aller der Beteiligter nicht gespart wird. Bert ist ein bißchen Stolz auf das was sein Büro hier im fernen Alaska auf die Beine gestellt hat, zumal nach dem ersten erfolgreichen Kontakt, weiter Aufträge folgten, die zu einer Bürovergrößerung führte und sich dadurch zumindest in der nahen Zukunft keinerlei Existenzprobleme mehr abzeichneten. Und doch konnte sich Bert im Leben danach nicht ganz von seinen, ihm wohl in die Wiege gelegten, immer wieder aufflackernden Lebensängste, befreien, doch er hatte jetzt die Möglichkeit sich hinter seinen Erinnerungen an das Glück des Nordens, in der Natur, an Chaa in all seiner unvergleichlichen Lebensweisheit, an Suu der Treuen und über allem an die kurzen so intensiven Momente mit Chilaili, zurückzuziehen, dort verweilen, bis eine neuer Tag ihm Kraft gab.

Bert verabredet sich mit Chilaili, die einer Wiederbegegnung nur zögernd zustimmt.
Sie stehen sich gegenüber und sind verwirrt. Bert sieht, daß sie den Hornschmuck mit den wirbelnden Schneevögel am dünnen Lederband von Chaa um den Hals, zwischen ihren Brüsten trägt und alles kommt zurück, dann sagt sie:
„Vergangenes ist unumkehrbar – kostbar - aber manchmal wiegt es auch schwer. Ich bin verheiratet und habe einen kleinen Sohn."

Nach einer Pause antwortet Bert;
„Gut für Dich, denn unsere Erkenntnis – damals, - daß es für uns keine gemeinsame Zukunft geben kann, es die äußeren Umstände aus vielfältigen Gründen nicht zuließen, du nicht mit mir kommen konntest – wolltest - und ich nicht bleiben konnte, hat mich lange geschmerzt."
Wie alt ist dein Sohn und wie heißt er?"
„Er ist vier Jahre alt und seine Name ist Helaku, was in unserer Sprache - voll Sonne- bedeutet."
Dann schweigt Chilaili bevor sie den Blick senkt und hinzu fügt: „Es ist dein Sohn."


Akule findet eine Woche nach Berts Abflug aus Evansville auf dem Weg zu Chaa, neben dem alten Trail, entlang des John-Rivers, Suu´s zerrissenen, Tragetaschen. Er vermutet – nein - er glaubt es instinktiv zu spüren, daß sie, nach dem Weggang ihres Menschenfreundes den Weg zu ihren Brüdern und Schwestern gesucht und gefunden hat, denn zu Chaa kam sie nicht zurück.

Chaa stirbt zwei Jahre später auf seiner Fell-Liege im Holzhaus seines Großvaters und Vaters, an einem Rippenbruch, bei dem Knochenteile in seine Lunge eindrangen.


ENDE

# BISHER VERÖFFENTLICHE BÜCHER
Hans Frieder Huber                    01.07.2017

Buch 1    Erinnerungen an eine Freiburger Kindheit
          im Kriege
          „Die erste Zeit" 1942 - 1944
          Kehrer Verlag Freiburg 1984, ausverkauft

Buch 2    Kindheitserinnerungen - Kriegsende und
          die Zeit danach in Freiburg
          „Die zweite Zeit" 1944 - 1945
          Kehrer Verlag Freiburg 1986, ausverkauft

Buch 3    Jugenderinnerungen in einer geliebten
          Stadt „Die Dritte Zeit" 1946 – 1956
          Kehrer Verlag Freiburg 1992
          Alle 3 Bücher im deutschsprachigen Buchhandel
          event. bei Amazon, ausverkauft

Buch 4    MUNGO - Der Krieg, das Ende und die Zeit
          danach in Freiburg 1942 – 1956
          Gesamtneuauflage der „Ersten bis Dritten Zeit"
          Schillinger Verlag Freiburg 2005
          Deutschensprachige Buchhandel und bei Amazon

Buch 5    ARCHITEKT und.....
          Anekdoten vor realem Hintergrund
          Schillinger Verlag Freiburg 2007
          deutschsprachiger Buchhandel und bei
          Amazon

Buch 6    CLARA – Das zweite Leben
          Erzählungen - Karin Fischer Verlag Aachen 2012
          im deutschsprachigen. Buchhandel und bei
          Amazon

Zeitfracht Medien GmbH
Ferdinand-Jühlke-Straße 7
99095 Erfurt, Deutschland
produktsicherheit@kolibri360.de